JA

致死量未満の殺人

三沢陽一

早川書房

7637

目次

致死量未満の殺人

登場人物

水迫龍太《みずさこりゅうた》……………日本法制史ゼミの大学４年生。弥生に弄ばれる
山下花帆《やましたかほ》……………日本法制史ゼミの大学４年生。弥生に恋人と縁を切るよう脅される
八田真佐人《はったまさと》…………日本法制史ゼミの大学４年生。弥生に妹を酷い目に遭わされる
御崎圭《みさきけい》………………日本法制史ゼミの大学４年生。弥生に憧れの金巻をとられる
田坂弥生《たさかやよい》……………日本法制史ゼミの大学４年生。才色兼備の悪女
早間淳二《はやまじゅんじ》……………花帆の恋人で同じ法学部の同級生
金巻《かなまき》……………………日本法制史ゼミの担当教授
箱谷猛雄《はこたにたけお》・俊江《としえ》……金巻の別荘の管理人夫妻

まだ殺人に時効が存在した時代の冬の出来事である。
私は一生、この日のことを忘れないだろう。

序章

「弥生《やよい》を殺したのは俺だよ」

男は挨拶でもするように素っ気なく、私に告げた。

商店街から外れた一画に引っ掛かるようにして建っている、こじんまりとした喫茶店である。夜ともなると、闇が喧騒や街の灯りを黒い筆で振り払って、窓にはべっとりとした暗闇しか残さない。黒い鏡となった小さな窓に、男の横顔が細い線で描かれているのだが、あまりに呆気ない罪の告白に、私はその虚像が幻の言葉を紡いだのだとしか思えなかった。

「龍太《りゅうた》、しばらく会わない間に冗談を云うようになったのね」

コーヒーを差し出しながら、私は口許《くちもと》に笑みを結ぼうとした。龍太の恐ろしい告白を笑い声とともに冗談にして受け流したかったのだが、外の闇に投げたままの男の視線は私の思惑など寄せつけずに鋭く尖っている。私の微笑を崩すには充分すぎる、鋭利な刃のような視線だった。それが私の笑みを壊した。

「冗談じゃないって判ってくれたみたいだな」

自分を蔑《さげす》むように云い、スティック砂糖に手を伸ばした。白い紙袋を力任せに引き裂く仕種《しぐさ》と太い指は学生の頃と変わらないのだが、浅黒くなった肌の色や、深く刻まれた皺には三十五を過ぎた男の影が落ちている。その、どこか暗さを背負っている手には、目では判らない老いや弱さのようなものがあるようだった。とてもこの手が人を殺したようには思えなかった。

私は龍太の向かいに腰を降ろし、小さく首を振って、

「ううん、まだ信じられないわ。龍太が弥生を殺したなんて。あの事件は結局、迷宮入りになったはずよ」

「表向きはな。だが、俺が殺したんだ。それは間違いない」

龍太はそこで一度言葉を切った。指は砂糖の入っていた小さな紙袋を纏《まと》わらせ、白い色と戯れている。指先だけが別の意志を持って動いているように見える。弥生を殺したとすれば、龍太ではなく、不気味に蠢いているこの手なのだという気がした。

店内には私と、カウンターの向こうで洗い物をしている夫しかいない。たまに聞こえてくる水音が静寂の波紋を広げた。窓から滲み出てくる夜の闇と絡まって、その沈黙が無性《むしょう》に重く感じられる。

「明日が何の日か覚えているだろう?」

紙を弄んでいた龍太の指が不意に止まり、太い声が空気を切り裂いた。

龍太の言葉が何を意味するか、そして何故彼が今日という日を選んだのか、私にはすぐに理解できたが、敢えて口を鎖《とざ》した。声にするのが嫌だった。

始めから返答を期待していなかったのだろう、すぐに自分の問いに答えた。

「俺が弥生を殺した日。ちょうど十五年前の明日だ」

「そうだったかしら。すっかり忘れていたわ。だって、もう遠い昔のことだもの」

「本当にそう思っているのか? 本当は花帆《かほ》だってあの日のことを覚えているんだろう?」

彼の云う通りだった。歳月は流れているのだが、あのときのことは写真のように鮮やかに記憶に刻まれている。思い出や昔話といった言葉では片づけることができずに、記憶だけでなく、殺された弥生に対する複雑な感情までもが十五年前のまま私の心の裡《うち》に残っている。

「あの場にいた人間なら、忘れることなんてできないはずだ。みんな、弥生を憎んでいたんだからな。俺は弥生が死んだときの全員の顔を思い出せるぜ。花帆、お前は蒼い顔をしてたけど、俺には笑っているように見えたよ」

龍太の云う通り、あのとき私は確かに心の中で笑っていた。そして、それは私だけではなく、他のメンバーもそうだったはずだ。

「真佐人《まさと》も。圭《けい》だってそうだ。あの場にいた四人全員が弥生の死を歓迎していた。そうだろ？」

私は何も答えず、夫に店を閉めてもいいかしら、と声をかけた。夫は私と龍太の雰囲気を察してくれたらしく、洗ったばかりの皿を丹念に拭きながら、頷きを返した。

「……それで、どうしてここへ来たの？」

薄汚れた看板を店の隅に片づけてから、コーヒーを飲んでいる龍太に訊ねた。龍太は口をカップから離し、

「花帆には総てを話しておこうと思ってな」

「どうして私に？　圭や真佐人には話したの？」

「いや、誰にも話してない。勿論、金巻《かねまき》先生にも」

金巻は私たちが属していた日本法制史のゼミの担当教官だ。法制史は名は知られていないが、戦前からある学問である。しかし、メジャーな民法や刑法ほどの知名度はなく、かといって新たに生まれた他分野のように注目を集めることもない。エリートの長男と、二枚目の三男に挟まれ、その影に隠れるようにしている次男坊のような学問である。

金巻は講義やゼミではさすがの頭のキレのよさを見せていたが、扱っている分野同様に、控えめな性格をしていた。それが私たちには心地よかった。教授という身分を笠に着て傍

若無人に振る舞う教官が多い中、金巻は逆に自分の地位を恥じているような部分があった。上から人を見て、何かを教えるということを嫌っていたのである。身分を自ら捨てて、五十近くのひょろりとした体を学生たちの中に滑り込ませて同じように笑う姿は、とても教授とは思えなかった。新潟の相当な良家の生まれだったらしいが、クリスマスやバレンタインといった年間行事を忘れることがしょっちゅうあり、何度も生徒に指摘されて笑いを誘っていた。そういう浮世離れした部分が嫌らしい金の匂いを消していて、生徒の間での評判はよかった。

「それ、先生が好きだった花だよな」

不意に視線を店の入り口に走らせ、龍太が訊いた。

私たちのテーブルと夫のいるキッチン以外は灯りを落としているのだが、闇に包まれた入り口にはぼんやりとした明るさが残っている。無数の水仙が平凡な喫茶店には相応しくない豊かな嵩で白く照らしているのだ。

「先生から頂いたの。龍太が来る少し前にいらっしゃったのよ」

龍太の来訪に符牒《ふちょう》を合わせるように、ほんの数時間前に金巻からもらったものだ。店から近いこともあって、時折ここにも足を運んでくれ、毎年この時期になると自宅の庭に咲いている水仙を持ってきてくれる。

「俺は卒業してから一度も会ってない。いや、あの事件のあとからかな。先生は元気か？」

「ええ。先生、心配してたわよ。一度も顔を見せに来ないのは龍太だけだって。たまには会いに行きなさいよ」

「……そうだな、今日が終わったらな」

龍太は糸のように細めた目を水仙に留めたまま云った。

花は暗闇の中で白く眩く咲いているのだが、そのうちの数本は既に色褪せてしまっている。買った花ではないせいか、それとも花など見ない無粋な客が多いせいか、白い花片は僻《ひが》んだように萎れてしまっている。龍太の瞳は鮮やかな白ではなく、萎れている部分だけを見ているようだった。無意識のうちに綺麗なものを避けてしまう哀しい目をしていた。

「……さて、話を始めるか。あの事件を終わらせるために」

視線を私の顔に戻して龍太が呟いた。

「ちょっと待って。まだ先刻《さっき》の答えを聞いてないわ。先にそれを聞かせて頂戴」

エプロンを脱ぎ、束ねていた髪を解いて、龍太の方に向き直った。

「どうして花帆にだけ話すかっていうことか？」

「そう。何故？」

龍太は少しだけ考え込んでから、

「簡単だよ。花帆に一番迷惑をかけたからさ。警察に疑われて何度も事情を訊かれていたし、そのせいで周りからも白い目で見られた。決まりかけてた就職も駄目になったんだろ？　本当に済まなかった」

龍太は頭を下げ、ずいぶん経ってから顔を上げた。私の人生を捻じ曲げてしまったことへの詫びだけにしては長すぎる頭の下げ方だった。

確かに事件の影響は大きく、街路樹が色づき始めた季《ころ》になってようやく得た地方銀行の内定を私から奪った。だが、龍太の深謝には、私だけではなく関係者全員に対しての謝罪が含まれているように見えた。それほど長い時間、深く頭を下げていた。

龍太は頭を下げたまま、さらに、

「もし、俺の話を聞いて、警察に通報したいと思ったなら、そうしてくれてもいい。もう時間的に令状は取れないだろうから俺は逮捕されないだろうが、それでも犯人という烙印は押せる。迷惑な役目を押しつけるみたいで悪いが、審判はお前に任せたいんだ」

「審判だなんて……私……」

「俺の自己満足かもしれない。時効ギリギリになって自白するなんて、狡い人間かもしれない。でも、花帆にだけは罪を告白しておきたかったんだ」

律儀で真面目な性格は変わっていないらしい。その性格で学部の中でも五指に入るほどの優秀な成績を修めていたことを私は思い出した。

「もう昔のことよ、気にしないで。今まで忘れていたくらいなんだから」

そう云っても、龍太は申し訳なさそうに目を伏せている。

「ほんとのこと云うとね、龍太の顔だって忘れてたのよ、私。最初、誰だか判らなかったもの。昔はそんな髭、生やしていなかったじゃない」

冗談めかして云うと、強張った頬にやっと柔らかさが出た。がっしりとしている上に定規で引いたような角ばった輪郭をしているため、大学時代は実際の年よりも上に見られることが多かったが、今でも笑うと頬に丸い笑窪ができて途端に若々しく可愛らしい顔になる。

「実は俺も花帆の顔を忘れてたんだよ。いらっしゃいませ、っていう声を聞いて思い出した。お互い様だな」

笑っているが、微笑みに違和感があった。彼をここに連れてきたのは、その笑みよりも実直な性格の方だろう。十五年かけて棄てようとした殺人者という肩書きを、手から離れる寸前になってまた摑もうとしているのである。中年の男とは思えない無邪気な笑顔でも、その愚直さを隠しきれていなかった。

龍太はそのまっすぐな声で笑みを押し流し、

「忘れていたなら悪いことをしたな。そのまま忘れていた方がいいことだ。思い出は悲劇さえも喜劇にするって云うけど、あれは嘘だな。悲劇は悲劇のままだ……」

逃げ続けてきた十五年の疲れがそのまま声になっていた。弥生の命を奪ったと云ったが、それ以上に深い傷を負ったのは本当は彼の方だったのではないか。あまりにも沈痛な声から、私は龍太がどれだけ深い傷を負い続けてきたのかが想像できた。

「いや、あの夜が悲劇だったんじゃない。弥生と出会ったこと自体が一つの悲劇だったんだ、きっと」

「……そうかもしれないわね」

私は首肯しながらそう呟いた。

弥生はそういう人間だった。他人の人生を容易に悲劇に書き換えることのできる女だった。玩具《おもちゃ》のように人を弄び、無邪気な手でそれを壊した。名家の一人娘で自由奔放に育ったせいだと云う者もいたが、そうではないと私は思っている。引き込まれそうな澄んだ瞳の奥には、我儘な子供を思わせる独善的な光が宿っていたし、華奢な体には獰猛な悪意を飼っていた。彼女には家柄や育ちといった言葉では括りきれない邪悪さがあった。

弥生の中に潜んでいた魔物は容易に説明のつくようなものではない。弥生を悪魔めいたものにしている理由はたった一つだ。弥生が弥生であるから。それだけである。

「だから俺はあいつを殺した。殺せば総てが終わると思ってた。だけど、それは間違いだったんだな。あいつは死んでも俺を苦しめ続けた。怖い女だよ」

「そうね……怖い人だった」

私はもう一度頷きを返して、弥生の顔を思い出した。

彼女はいつも綺麗なものに譬《たと》えられた。弥生を表面的にしか知らない同級生たちは、微笑んだ顔を陽だまりみたいだと云い、風鈴のように爽やかな声をしていると云った。白い肌をしていたから、新雪を纏ったような女、と呼ぶ男もいた。

ただ、そういった清楚なイメージがある一方で、弥生のことを華やかな女だという人もいた。大輪の花のような煌びやかさを持っているという人もいたし、ファッション誌を飾るモデルみたいだ、という人もいた。弥生は自分の中にいくつもの鏡を持っていて、本当の顔を乱反射させて、見る人ごとに印象を変えているようだった。

共通しているのは、美しい、という一点である。美しさにも様々な種類があるが、弥生はその総ての要素を持っていて、会う人によって使い分けていたのだった。

当時、弥生の話を聞くたびに、そうね、と相槌を打ちながら、私は眉を顰《しか》めていた。本性はまったく違うからだ。

私からみれば、彼女は人の涙や苦悶を吸い取って咲く魔性の花だった。艶やかな花弁と甘美な香りで男を誘い、破局に導く一輪の恐ろしい花である。龍太も魔力に魅せられ、破滅に追い込まれた一人だった。そして、死んだあとも彼の胸の奥に根を張り続け、苦痛を与えているのだ。

「私も非道《ひど》い目に遭ったから判る。だから、先刻龍太が云った通りよ。弥生が死んだとき、嬉しかった」

薔薇《バラ》は自分の身を守るために棘をつけるが、彼女は人を傷つけるためだけに鋭利な凶器を隠し持ち、それで周囲の人間を鋭く切りつけた。私や圭、真佐人はその棘によって傷つけられたのだった。

「私だけじゃなくて、圭や真佐人も同じ気持ちだったと思う。みんなほっとした……殺したいくらい弥生を憎んでいたから」

「そう云ってくれると少し話しやすくなるよ。弥生を殺したことは後悔しちゃいないが、やっぱり人を殺したときのことを思い出すなんて嫌なものだからな」

無精髭を撫でながら苦笑すると、カップに口をつけた。落ち着かないのだろう、先刻から何度も喉を潤しているため、龍太のコーヒーはカップに最後の雫を残しているだけである。

私は空っぽになったカップにコーヒーを注いだ。白いカップに琥珀色の液体が溢れる。波打つ水面に窓外の光景が映り込み、薄っすらと白い斑点が泛《うか》んだ。

「雪が降ってきたみたいね。あの夜と似てる……」

私の声に弾かれるように、龍太が緊張した面持ちで外を見た。

窓の外を白く雪が流れている。人影の途絶えた裏通りには夜の闇と真っ白な雪しかなく、都会の片隅であることを忘れさせるほどに静まり返っていた。

黒と白の二色に切り分けられた窓外の世界を細い目でじっと見ながら、

「街中とは思えないくらいに静かだな。山奥のあの別荘みたいだ」

雪はあくまでも粛々と空から零れ落ちてくる。

弥生が死んだ夜もそうだった。あそこには真っ白く美しい雪と、その下に隠された黒い殺意しかなかった。そして今、龍太は十五年もの間隠し続けてきた真実を、あの晩と同じ白さの中で明かそうとしているのである。

「……ねえ、今までのこと、全部嘘にしちゃわない？　この真っ白い雪みたいに何もなかったことにしちゃわない？」

ふっとそんな言葉が零れた。白く凍っていく街を見ていて、気持ちまで冷えてしまったのかもしれない。雪は街のざわめきを何重もの白い襞《ひだ》で隠し、夜を白く染め抜いて私たちをあの晩に導いていくのに、私の気持ちは逆に遠ざかっていく。時効と龍太の告白という完全な幕切れを前にして、心が逃げようとしている。

そんな私の心を見透かしたかのように、

「そんなつれないこと云うなよ。俺に話をさせてくれ。せっかく話す覚悟ができたんだからさ」

縋るような目で私を見た。

「でも、誰にも話さずにいることだってできるでしょう？」

龍太は首を振り、

「俺の胸一つに隠しておくには、あまりに重すぎる秘密だよ。でも、警察に捕まるのは弥生に負けるのと同じだと思ったから、十五年は黙っていたんだ。その間、あの夜のことを忘れようとしたけど、生活の隙間にふっと花帆の顔が泛んでな……苦しかったよ。俺は関係のない人の一生を滅茶苦茶にしちまったんだって……だから、十五年経った今だったら話してもいい気がしているんだ。特に花帆になら……先刻も云っただろう？　花帆に審判を頼みたいんだ」

龍太は窓の外へ向けていた視線を手許へと折り、蹲《うずくま》るように体を縮めると、静かに目を閉じた。

「だから話をさせてくれないか？」

目を瞑ったまま、龍太はもう一度そう呟いた。すっかり小さくなった男の体を庇うように、掛け時計の鐘が鳴り、厳かに店内に響き渡った。

午後十時――。

十五年前、あの山荘の雪の下に葬られた犯罪の時効が成立するためには、あと二時間残されている。時計の針があと二周するだけで総てが終わるのだ。

「これも棄ててしまわないとな」

徐《おもむろ》に擦り切れた背広のポケットから一枚の写真を取り出した。星屑のように綺麗に輝くイルミネーションを背景にして、男女が仲良く肩を並べている。

龍太も弥生も、十五年前のままの微笑で四角い枠の中に収まっていた。

「莫迦みたいだよな。殺した女の写真をいまだに持ってるなんて。学歴も友達も親も故郷も棄てたってのに」

長距離トラックの運転手をしていると聞いたのが最後だった。法曹界を担う人材と噂されていた龍太が法律とは何の由縁《ゆえん》もない職業を選んだことに驚いたものだが、それから今まで、会うことはおろか噂を耳にしたことすらなかった。何度か同窓会があったのだが、龍太の姿を見たことは一度もない。

「持っていたものは全部棄てたのに、自分の心の中にあったものだけは棄てられなかった。棄てようとしても、最後の最後で手が止まっちまうんだよ」

よく見ると、写真は色褪せてボロボロになっている。無数に走っている白い皺と、ところどころに見える破れ目が、十五年間燻《くすぶ》らせていた弥生に対する未練への云い訳のようだった。

「弥生を何年経っても殺せないんだ。でも、やっと今夜殺せる気がする……」

龍太の手が灰皿に伸びた。写真を力いっぱいに丸め、薄茶のガラス皿に放り込むと、安っぽいライターで火を点けた。炎は赤い舌で写真の縁《へり》を舐めると、一揺れして大きく燃えあがった。

火は闇色の窓ガラスに赤い余韻を残しながら写真を飲み込んでいく。龍太はずっと前から望んでいたかのような安らかな横顔で、それを見送っている。

「――俺が弥生を殺す計画を練り始めたのは、あの事件の起こる半年以上前のことだった」

弥生の面影が完全に白い灰になると、唐突に龍太の口が開かれた。時計の分針は事件の終わりに向けて、最後の二周を走り始めた。その針のゆっくりとした歩みに合わせるように、雪は白く流れ続けている。いや、数分前よりも雪片は小さく細くなり、鋭く夜を切り裂いている。それまでは事件を覆い隠すように舞っていた雪が、今は一つの犯罪を暴くための、冷徹な刃物のように見えた。龍太の声とともに、雪は静かに長い月日を剝ぎ取っていく。

何故この平凡な殺人事件が解決されなかったのか。龍太はどのような策を弄して警察の目を欺いたのか。その総てが十五年の時を経て語られようとしている。そして、ようやく今日という日をもってあの事件が完全に終わるのだ。

私、龍太、圭、真佐人、そして弥生。時計の針は私たち五人の本当の終焉へと向けてゆっくりと滑り出した――。

第一章――十五年前

長野と岐阜の間の峻嶺《しゅんれい》に引っ掛かった暗雲が、地上に雪を降らせていた。ただ、雲の後ろに隠れた上弦の月が刃となり、白紙を細かく屑にして散らしているような雪らしくない雪だった。

大学卒業を間近に控えた四人を乗せた車は、吹雪と闘いながら必死に前へとタイヤを走らせていた。山へ向かっているせいか、窓ガラスを叩く雪の数はどんどん増えていく。

水迫《みずさこ》龍太は後部座席から闇と雪だけの世界を眺めていた。凍えるような寒さのためか、雪は一瞬だけ車窓に触れると、解けずに剝がれ落ちていく。

「えらい静かじゃねえか。具合でも悪いんじゃないのか？」

そう話しかけられた龍太が前を向くと、バックミラーを通して運転席の八田《はった》真佐人と目が合った。

龍太はミラーを見ながら、

「別に。酷い天気だな、と思って。すごい勢いで降ってるぜ。こんなんじゃ、何もできやしない」

「タイミング悪いときに来ちゃったわね。これじゃスキーなんてできないわ」

困った調子で云ったのは、助手席に座っている山下《やました》花帆である。肩のあたりまで伸びた黒髪を指で弄りながら、呆れたように雪を見ている。

「でもさあ、今日これだけ降っちゃえば、明日には止むかもしれないよ?」

御崎《みさき》圭が運転席と助手席の間から小柄な体を出した。

「明日も駄目みたいだぞ。聞いてみ?」

真佐人はラジオの音を大きくした。

――雪の勢いは衰えることなく、今夜から明日の夕方にかけて降り続くようです。多いところでは、積雪五十センチを越える――

淡々とした男の声が車の中に響くと、全員の口から溜息が漏れた。

「あーあ、思いっきりスキーができると思ったのになあ。学生生活最後の休みくらい思いっ切り遊びたいよ」

圭は大きな溜息をつきながら座席に凭れ掛かった。短い髪が小さく跳ねた。

「天気ばっかりはどうしようもないわね。運が悪かったと諦めて、金巻先生の別荘でゆっくりしましょうよ」

宥《なだ》めるように花帆が云うと、

「それじゃあ、この際さ、思いきって二泊三日じゃなくて、三泊四日に予定を変えちゃおっか」

先刻までの落胆が嘘のように、圭ははしゃいでいる。

「そういうわけにもいかないでしょ。みんなにも都合はあるだろうし、私も明々後日には用事があるのよ」

と撥ねつけると、真佐人がにやけながら、

「彼氏とデート？」

冷やかしたが、花帆は不愉快そうに視線を窓の外に投げ、

「どうでもいいでしょ。それよりも、しっかりと前を見て運転してくれる？　こんなところで事故に遭いたくないわ」

「はいはい。ちゃんと運転するって」

口を窄《すぼ》めて真佐人はハンドルを右に切った。

雪は道が細くなるにつれ烈《はげ》しさを増していき、白い嵐となっている。真っ白く濡れた道は白い帯が延々と伸びているようで現実感がない。

「それにしても、遠いな。せっかく別荘を建てても、こんな山奥にあったんじゃ、なかな

か来れないだろうに」

ぼそっと龍太が云った。

「だから、こうして私たちに使わせてくれるんじゃない？　いくら建てたばっかりってい
っても、たまには使わないと駄目になっちゃうから」

淡いオレンジ色の口紅を窓に映しながら、花帆が答える。

「少し足を伸ばせばスキー場があるっていっても、車でも行きにくいもんな。そもそも教
授は年だからできないんじゃないの？」

そう云って真佐人は意地悪く笑い、

「こんなところに建てるくらいなら、いっそのこと俺に――」

続けようとした真佐人の声を花帆が遮った。

「大学生が別荘を持つなんて生意気よ。こうして使わせてもらえるだけでもありがたいと
思わなきゃ」

「それもそうだな。しかし、教授本人が来れないのに、俺たちだけ別荘にお邪魔させても
らうっていうのも悪い気がするな」

遠慮するように龍太が云うと、花帆はしれっとして、

「仕方ないんじゃない？　急に出張が入ったんだって。大変ねえ、教授っていう職業も」

「先生はその分稼いでるから、いつも奢ってくれるし、いいもの着てるし。でも、全然嫌

味がないんだよね。他の教授とは大違い。今回も学生たちだけに別荘を使わせてくれるっていうのも太っ腹。さすが金巻先生」

甲高い声とともに、圭が顔を輝かせた。無邪気にはしゃいでいると、大人の部分が総て幼さの中に埋もれてしまい、十四、五の少女にしか見えない。

「まあね。垣根がなくて話しやすいわ」

ミラー越しに花帆が答える。

「だよね。友達みたいで一緒にいても楽だし」

「——でも、親しくなりすぎるのはどうかと思うわよ」

花帆が微《かす》かに瞳を曇らせ、視線を窓に向けた。

窓は夜陰と仄かな雪明りだけに鎖されている。景色の底を這うように雪が積もっているのだが、逆にそれが暗闇を際立たせ、夜を膨れ上がらせている。空が白い紙片を落とせば落とすほど、闇はそれを飲み込んで黒くなっていく。

「ちょっとした噂になっているわよ。気をつけた方がいいわ」

外の黒さを吸ったかのように、花帆の眼差《まなざし》が暗さを増した。

「……どうせ弥生でしょ、そんな噂を流しているのは。私と先生はそういう仲じゃないよ。先生とそういう関係になりたがってるのは弥生の方でしょ」

幼さの残った微笑を崩して、圭が答える。

「確かに弥生からも聞いたけど、この前の日曜日に見かけたのよ、あなたと先生が一緒に街中を歩いているのを」

圭の小さい体がびくっと動き、前髪が地に落ちた雹のように烈しく跳ねた。

「あの日は、ちょっと授業の内容について訊きたいことがあったから……」

俯きながら云う圭に、

「食事をしてまで訊くようなことだったのかしら？」

「……そこまで見てたの？　趣味が悪いんじゃない？　おせっかいもいい加減にしてよ」

声ははっきりとしているが、震えている肩は動揺を隠しきれていない。

「私もたまたまそこで食事をしていたのよ。どこかで見た顔が並んでいるな、と思って見たら、圭と先生だったっていうわけ。何の話をしてたかまでは聞こえなかったけど」

「……へー、花帆もあそこにいたんだ。誰と？　早間《はやま》くん？　あ、でも彼は弥生に盗られちゃったから、無理か」

「――」

虚を衝かれた恰好になった花帆は、顔に狼狽の色を泛ばせた。

龍太も真佐人も早間淳二《じゅんじ》のことはよく知っていた。後姿が龍太と似ていて、二人で歩いているときに淳二の友人に間違えて声をかけられたのがきっかけだった。ただ、実際会ってみると人が云うほど似ていなかった。確かに、体軀は似通っているが、顔の造りがまるで違う。角ばった輪郭をしている龍太に対し、淳二は端然としていて、周囲の初対面の人間が思わず警戒心を解いてしまうような人懐っこい笑顔が印象的である。

秋頃までは淳二と花帆が仲良くキャンパスを歩いているのをよく見かけたのだが、最近ではその光景を目にしなくなっていた。龍太も真佐人も口には出さなかったものの、ずっとそのことが気になっていた。しかし、話を聞いて納得した。弥生がまたちょっかいを出していたのだ。

「それこそただの噂よ。下らないことを云うのはやめて頂戴」

「なら、私と先生のことを変な風に云うのもやめてよ。私は先生を単純に尊敬しているし、慕ってるだけ。それだけの関係だよ。もしも変な噂が立って、先生にも迷惑がかかるようだったら、花帆だろうが誰だろうが、許さないんだから」

今までに見たことがないような烈しい色が瞳に流れている。圭は子供っぽい部分もあるが、その分だけ、人よりも正義感が強いことを龍太は知っていた。自分や金巻があらぬ誤解を受けるのは許せないのだろう。

怒鳴るような圭の声に押されたように、花帆は先刻よりも小さな声で、

「……判ったわ。もう何も云わないわ」

花帆はそう云うと口を噤んだ。圭も鬼燈《ほおずき》のように頬を膨らませ、窓の外を流れていく夜景を眺めている。

少し前までは後ろを振り返るとぽつぽつと人家の燈《ひ》が見えていたのだが、今はもう完全に暗闇の下に沈んでいる。細い山道の両端には灯《あか》りの代わりに杉や樅《もみ》の緑が並んでいるのだが、すっかり夜の中に溶けてしまっていて、墨を流したような景色だけが広がっている。

車内の雰囲気は重々しかった。別荘に行く、という目的がなければ、関係が完全に壊れてしまうところまで口論が発展してしまったかもしれないが、すんでのところで留まっている。圭も花帆もギリギリのところで言葉を飲み込み、別荘に早く着くことを祈っているように見えた。

「……そういえば、その弥生はちゃんと着いてるのかな？」

話を逸らすように真佐人が呟いた。

「多分、着いてるはずだよ。たまたま実家に帰ってて、近くだから直接来るって。私たちよりも、半日くらい早く着くって云ってたけど」

重苦しい空気を払うように、圭が明るい声で答えた。

「彼女の実家が岐阜か長野なんだっけ？」

「長野だった気がするが。木曽の近くじゃなかったか。地元の話になったとき、木曽漆器の話になったからな」

顎を撫でながら、龍太が答える。

「確かそうよ。木曽の……あまり聞いたことのない村じゃなかったかしら？」

頬杖をついていた花帆が真佐人の方を向いて云った。

「ふうん。意外だな、そりゃ。俺はてっきり、東京や大阪みたいな都会出身だと思っていたよ。ほら、彼女、華やかだし、野暮ったくないっていうか……なあ？」

「そうね。本人も田舎はあまり好きじゃないようよ」

「そういや、そんなこと云ってたな」

龍太の脳裏に弥生の顔が泛んだ。

上質な筆を滑らせたようなすっとした鼻筋。その先には、桜の花片をそのまま薄く殺いできたかのような上品な唇が緩やかに流れている。笑うとさらに艶が滲んで、しっとりと濡れた大人の美しさが広がる。

龍太が思い出す弥生は、いつも美しく微笑んでいる。それはきっと自分と弥生を映したあの写真のせいだ。イルミネーションと同じくらいの美しさで輝く弥生と龍太が並んだ一枚の写真——その中の弥生は飾ることなく、屈託のない笑顔を見せていた。龍太が思い出すのはいつもその弥生である。

殺したいほどに憎んでいるのに、記憶の中の彼女は常に触れるのが躊躇《ためら》われるくらいに美しい。ゼミで会っても見ないようにしているため、弥生の記憶は朧《おぼろ》で幻のように感じられるのだが、そんな曖昧なものよりも彼女を壊そうとしている自分の気持ちの方が信じられなかった。弥生を殺すことを決めた今となっても、その殺意の方が嘘のように思えてくるのである。そう思わせるほど、弥生は綺麗なままの姿で記憶に刻まれていた。

「弥生って、大人しい服を着てても、地味にならないよね。可憐っていうか、清楚っていうか。女の私から見ても綺麗なんだよねえ」

圭の声で龍太は我に返った。花帆との話など忘れたように、打って変わって明るい声をしている。

「たまに見惚れちまうもんな」

真佐人が云い、

「さらに頭もいい。その上、実家が名家。非の打ち所がないな」

と付け足した。

「弥生の話をすると、みんなそうやって絶賛するのよね。そりゃ確かに弥生は美人で頭もいいけどさ。でも、本当の弥生はそんなんじゃ――」

「ねえ、別荘ってあそこじゃないの?」

圭の声を制すようにして、花帆の細い指が闇の先を指した。仄かな光が雪に霞みながら、荒れ狂った夜を優しく労わるように撫でている。

「やった。やっと着いたんだね」

圭がはしゃいで見せる。

「ようやく見えてきたか。長かったな。疲れたろ、真佐人」

「ほんとほんと。いくら車が好きっていっても今回はさすがに辛かったわ。慣れない道の上に雪だろ？　神経をすり減らしたぜ」

　真佐人はハンドルに細い顎を乗せている。

「ちょっと、きちんと着くまで気を抜かないでよね」

「判ってますって。ああ、腹減った。別荘には美味い飯と酒が待ってるんだろうな。そういや、飯の支度とかはどうなってるの？　まさか俺たちがやるんじゃないだろうね？」

「それは大丈夫。知り合いに頼んであるって先生が云ってたよ」

「知り合い？　誰なの？」

「さあ？　私も詳しくは聞いてないんだけど……別荘の管理は別の人に任せてあるんだって」

　花帆の問いに圭は頭を振って答えた。

「向こうはこっちの顔を知らないんだろ？　事前に知らせてあるとはいえ、俺たちが本物の教授の知り合いかどうか怪しまれそうだな」

　それを聞いた花帆は、くすくすと笑いながら、

「普通は信じてもらえるものよ。龍太の場合、初対面の人に不審がられることが多いから、そう考えてしまうの。尤も、厳つい顔にその大きな体を見たら、大抵の人は警戒するけどね」

「そうそう。だから、龍太と真佐人が一緒にいると違和感があるんだよねえ。熊みたいなのと針金みたいなのが並んで歩いているのを見ると、何だか可笑しくて」

圭は二人を交互に見て、口許を綻ばせた。

確かに圭の云う通り、龍太は粗い岩を思わせるがっしりとした体つきをしている。一方の真佐人は鉛筆で描いたような細い線をしていて、肌も色白でどこか頼りない印象があるのだが、無口で人と接するのを好まない龍太と違い、陽気な気さくさがある。

「ま、プラスとマイナス。釣り合いが取れてるんじゃないかな。なあ、龍太？」

そう云って、ヤニで汚れた黄色い歯を見せた。つられて龍太も苦笑いを泛べる。

「あはは、そういうところは兄弟みたいに似ているんだね」

圭と花帆は顔を見合わせて笑った。

道の両側には雪を被った森林が鬱蒼《うっそう》としながら四人を乗せた車を見下ろしている。風を切りながら走る車の振動のせいなのか、撓《しな》った枝が雪を落としてくる。そのたびに、暗闇の一部が白く壊れた。

「風が出てきたようね。外はすごく寒そう」

寒がりの花帆は、シャツの襟に顎を埋めている。

雪が落ちるのに合わせるように、不意に空が唸り声をあげ、狂ったように雪を舞わせ始めた。山間《やまあい》の夜は白い息を吐き散らしながら吠えている。

「もう少しの辛抱だ。そろそろ着くはずだからな。そうすりゃ、暖かいところで美味いものが食える。にしても、外は酷い天気だし、道は狭いし、雪が積もって走り難いし……くそっ」

降り積もった雪がタイヤに絡まる上に、カーブの多い坂道である。なかなかスピードを出せずに真佐人は苛々しているようだ。

「あ、ねえねえ、月が出てるよ、ほら」

鮮やかな紅色に染まっている圭の爪の指す方を見ると、樅の葉の隙間に暈《ぼや》けた三日月が見えた。雪が結晶して空に泛んでいるような幻想的な白さである。

「こんなに天気が悪いのに妙なこともあるもんだな」

「そうね、なんだか不気味だわ。不吉なことでもあるみたい」

龍太と花帆がそう云った途端、分厚い暗雲が黒い翼を広げて隙間を鎖した。月はそこに置かれていたのが嘘だったかのように、完全に姿を隠した。

「あ、二人が変なこと云うからお月様が拗《す》ねて、どこかへ行っちゃった」

圭が諧謔《おど》けて云う。

「そっちの光は消えたようだけど、こっちは光が近づいてきたぜ」

見ると、いつの間にか道の両脇の木立が途切れており、その果てに大きな光が灯っている。つい先刻まで雪の流れに霞んでいた燈がはっきりとした形で光っていた。幾つかの門灯が皓々《こうこう》と光を放ち、周りの雪原を橙《だいだい》色に焼いている。

雪原に屹立している建物は別荘とは思えないほどの重量感を持っていた。さすがに初夏に完成したばかりの新築だけあって、細長い二階建ての別荘は以前訪ねたことのある教授の邸宅と大して変わらない立派な造りをしている。白で統一されているため、冬景色の中に溶け込んでしまいそうだが、雪を被っていても底から淡く光って見える気品の良さがある。ただ、気品はあるが、他人の手を撥ね退けるようなものではなく、龍太たちのような学生でも気兼ねなく泊まることができるような雰囲気がある。

「遠くから見たときには判らなかったけど、近くで見るとかなり大きいねえ」

圭が感嘆の声を漏らす。柱や門以外は綺麗な白色をしているため、建物が門灯の橙を吸い込み、それ自体が巨大な燈火のように雪の中に泛びあがっている。そのせいで余計に大きく見えるのかもしれない。

「確かにな。敷地も広いし。車はここら辺に停めればいいのかな?」

解け掛けの雪のような灰色の車が、建物から少し離れた広場に置いてある。

「向こうに広い場所があるわよ」

建物の西側に広いスペースがとってあり、駐車場らしき場所がある。

「なら、そっちに停めるわ」

真佐人がハンドルを左に切って、建物の西側に回った。ぎゅ、ぎゅ、とタイヤが降り積もった新雪を踏み締めた。だいぶ雪は深いようである。

真佐人は真っ白の雪原に車を停めると、

「疲れたー」

大きく溜息を吐きながら、エンジンを切った。それを合図にして、三人が外へ出る準備をする。

真っ先に車から降りたのは圭だった。

「わ、寒い……。山奥はやっぱり全然違うんだね」

身を縮こまらせながら云った。他の三人も黙って頷く。体が針に刺されるような痛みで真冬の空気を感じ取っている。

「圭は薄着過ぎるのよ。もっと厚着してこないと。私なんてこれだけ着てもまだ寒いわ」

「花帆は相変わらず寒がりだね」

会話は白い吐息となり、解けながら空に昇っていく。

「俺も花帆みたいに厚着してくりゃよかった。荷物出して、さっさと移動しようぜ」

薄手のパーカーしか着ていない真佐人が素早く後ろへ回り、トランクを開けた。中には四人分の荷物がつまっている。

「龍太、手伝ってくれよ」

龍太は頷きを返して、

「花帆と圭も自分の分の荷物くらいは持てよ」

「えー、そこは男が持つもんじゃないの？」

「お前らの荷物は多すぎる。持ち切れん」

真佐人も頷き、

「まったくまったく。どうして女ってのはこんなに荷物が多いんだ？」

すると、圭がくるりと真佐人の方に向き直って、笑いながら、

「いろいろあるのよ。今度妹さんに訊いてみれば？」

「――」

途端に真佐人の顔から色が消えた。渋いものを口に含んだような顔をしている。

真佐人が妹を娘のように大事にしていることは周知の事実だった。酔えば酒気の帯びた赤い声で妹の自慢話を始める真佐人の姿は、仲間内ではいい話のネタになっていた。

だから、圭も軽く冷やかすつもりで云ったのだが、真佐人は冗談という言葉では済まされないほどに恐ろしい顔をして黙り込んでいる。笑顔を絶やすことのない真佐人にしては珍しいことで、問い掛けた圭だけでなく、龍太と花帆もその異常な雰囲気を感じていた。

だが、ここで止まっていては凍えてしまう。龍太は何もなかったような声を作り、

「さっさと中へ入ろう。こんなところにいたんじゃ寒いだろ？」

圭もそれに便乗し、重い空気を払い除けるようにわざと明るい声を出して、

「そうだね。寒い寒い」

自分の荷物を重たそうに抱えて、別荘へと歩き出した。

真佐人も我に返ったようで、いつもの顔に戻り、圭のあとに続いた。

「さっさと中に入りましょうよ。寒いわ」

花帆はそう云って、足早に玄関に歩を進めた。

「あ、ちょっと待ってよ、花帆。雪で歩きにくいんだから」

黄色のシューレースのスニーカーに雪が絡まって歩きにくそうにしている圭の肩に、容赦なく雪が降り積もっていく。雪は収まる気配がなかった。舞い狂う雪は、唸り声をあげながら四人の後姿を切り刻んでいる。

玄関先で薄らと積もった雪を払うと、花帆は真鍮製の叩き金に触れた。

だが、叩こうとした瞬間、突然扉が開き、暖色の灯りが零れて玄関先の敷きつめられた雪に染みた。

花帆が仰け反ると、

「あらあら、ごめんなさい。さっき車が停まるのが見えたから、お手伝いしようと思って出てきたんですけど。驚かせてしまって済みませんねえ」

エプロンを着た女が済まなそうに頭を下げている。五十くらいであろうか、半白《はんぱく》ではあるが、ぱっちりとした大きな目と赤く染まった頰が女を若く見せている。

「い、いえ……大丈夫です。あなたは……」

「はい。金巻さんから皆《みな》さんのお世話を頼まれている箱谷《はこたに》です。私は俊江《としえ》。そして、こっちが……」

そう云って開かれた部屋の中へあかぎれの手を向けた。

俊江の傍らに大柄の男が立っていた。花帆も女性にしては背が高い方だが、それでも見上げなくては顔を正視できないほどに高い。

「猛雄《たけお》だ。よろしく頼む」

「は、はい。こちらこそよろしくお願いします」

花帆の声に続いて、後ろにいた圭が少し怯えたように頭を下げる。浅黒い肌に細く鋭い目、さらに蓬髪《ほうはつ》とあっては女性陣が怖がるのは無理もない。

龍太たちが自己紹介をしようとしたのだが、猛雄はくるりと巨躯を反転させると奥へ消えてしまった。

「愛想が悪くて済みません。悪気はないんです。人と話すのが苦手なだけで」

またぺこぺこと頭を垂れる俊江に、花帆は、

「いえいえ。私たち、そういうの気にしませんから。ねえ?」

龍太たちがそろって頷く。

「それならよかったです。それでは、中へどうぞ」

長い廊下を抜け、ガラス戸を開けると、リビングから温かい空気が流れてきた。

「うわ、あったかーい」

遠慮を見せずに、圭が部屋の奥に置かれている石油ストーブに駆け寄った。

「体が溶けてくみたいね。外、寒かったから」

花帆がぐったりとしたようにソファに体を預けた。

入ってすぐのところにソファが正方形を造るように四つ置かれており、その奥にはよく磨かれた木製の長テーブルがある。左奥はキッチンと繋がっていて、俊江が料理の下準備でもしていたのか、いい香りが漂ってきた。

「あれ？　弥生はまだ来てないのかな？」

圭が云い、リビングを見回す。

「田坂《たさか》さんのことですか？」

四人が持ってきた荷物を一人で運び、リビングの入り口のあたりに置きながら、俊江がそう訊ねた。

「ええ、そうです。弥生っていう名前なんです」

花帆が答えると、俊江は納得した表情で、

「なるほど、彼女にぴったりな名前ですね。田坂さんなら、午前中にこちらにお着きになってから、ご自分の部屋にいらっしゃいます。お疲れになったようで、休んでおられますよ」

「弥生は自分で運転してきたんですか？　それにしてはそれっぽい車は停まっていなかったんですが」

真佐人が訊くと、俊江は、いえいえ、と首を振り、

「男性に運転してきてもらったようですよ。その方はお帰りになられましたが」

「男友達に送らせたってわけかー。さすがだなあ、弥生は」

圭が感心したように云う。

「ってことは、これで一応全員揃ったわけか」

「五名様ですよね？　少ないようですが、お弟子さんはこれで全員なのですか？」

「いえいえ。うちのゼミには十人いるんですが、都合がついたのが俺たちだけでして」

真佐人が答えると、

「そうですか。それは残念でしたね」

「最初は八人が参加予定だったんですけどね。ほら、寒さで水道管が破裂しちゃったらしいじゃないですか」

「そうでしたわね。金巻さんが水抜きをするのを忘れたみたいで。金巻さんも新築の別荘の水道管をいきなり壊してしまったのでショックを受けておられましたよ」

「それで旅行は今日に延期になったんです。突然のことだったんで、集まったのは俺たち

だけ、というわけです。弥生みたいに実家に帰っちゃった人も多かったですし。彼女は実家が近くだからちょうどよかったようですけど」

真佐人の言葉に隣の龍太も頷いた。

「それじゃあ、弥生を呼びに行きましょうか。私たちが来たことに気づいていないかもしれないし」

花帆がそう云うと、タイミングを見計らっていたかのように、弥生が姿を見せた。リビングの入り口の横に二階へと続く階段があり、壁には大きな鏡がかかっているのだが、そこに弥生の姿がまるで一枚の絵のように泛んだ。

吸い寄せられるかのように、誰もがその姿に目を奪われた。瞳には二十二とは思えないほど成熟した女性の物憂《ものう》げさが漂っているし、すっ、とした鼻筋は花の茎のような清楚さがある。また、ペパーミントグリーンのニットワンピは弥生の華奢な体のラインをよく際立たせていた。

胸には精緻な刺繍で真っ赤な牡丹が咲いている。花の隣には黒髪が艶やかに流れており、波間に泛ぶようにして小さな真珠が配《あしら》われた髪飾りが光っていた。

「ごめんなさい。休んでいたものだから、出迎えできなくて。寝起きのまま、急いで降りて来たんだけど、遅かったようね」

黒目がちな瞳が四人を見て云った。膨らみかけた蕾のようなピンク色の唇のせいか、声までもが煌びやかな色に染まっていた。

——嘘だ。

龍太はそう思った。

薄く引かれたアイシャドーや丁寧に塗られた薄紅のマニキュアは明らかに時間がかけられているし、何より姿を見せる時が絶妙だった。ファッションショーのように、全員の目が自分に向けられる瞬間を見計らって階下に降りてきたのだ。

ただ、誰もがそう思っていても、口に出すものはいなかった。弥生にはそういった言葉を口に出させない何かがあった。

「私たちは大丈夫。それよりも、弥生、運転してきてもらった人にもせっかくだからここに残ってもらえばよかったのに」

圭がストーブに手を翳したまま云った。

「これ以上積もったら帰れないって云って、さっさと帰ってしまったわ」

「これだけ降るのはここでも珍しいのか？」

龍太が茶色のロングコートを脱ぎながら訊ねる。

弥生に代わって、俊江が、

「いいえ——このあたりではこれくらいの雪は珍しいものではありません。私どもはもう十年ほど前から、この地方にいるんですが、こういう天気にはよく出くわします」

「今、俊江さんが云った通りよ。私はこの近くの生まれだけど、こういうことはよくあるの。この時期の雪って、一度降り始めるとなかなか止まないのよ」

そう云いながら、弥生は窓に歩み寄った。

リビングが暖かいせいで、窓は水滴に曇っている。弥生は覆っている水滴を扇の形に拭い、そこから外を眺めている。ただ、いくら水滴を落としても、窓の向こうの世界は真っ白な雪に鎖されていて、何も見えなかった。

「あーあ。せっかく来たってのに残念だな。何もできないなんて」

大きく溜息をつき、真佐人は恨めしそうに窓に視線を走らせた。

「本当に残念ですね。少し足を伸ばせばスキー場がありますし、一つ山を越えたところには綺麗な湖もあるんですよ。でも、この雪だとそこへの道も閉鎖されてしまっているかもしれませんね」

「ここまで来るだけでも命がけでしたからね。これ以上の山道なんてとてもとても」

小さく首を振って真佐人が答える。花帆もそれに頷き、

「この雪の中遠出をするのは避けたいわね。明日以降、晴れるのを期待しましょうよ。ところで、俊江さん、ここには暇をつぶせるようなものはあるんですか？」

それに答えたのは俊江ではなく、弥生だった。

「遊戯室にビリヤードがあるわよ」

どうしてそんなことを知っているのか、という龍太たちの質問に先に答えるように弥生はさらに続けて、

「ここに来たことあるのは私だけだから、先生からみんなのことを頼まれてるのよ。遊戯室を使うときは云ってね」

さらり、とそんなことを云った。さりげなく自分と金巻が親しいという意味の発言をした弥生に、圭はほんの少しだけ眉を顰めたが、数秒して、声色をわざと明るくして、

「うーん、私はできないから意味ないなあ」

残念そうに云った。

弥生は仄かに笑みを滲ませながら、

「二階の書斎には面白そうな本が並んでいたわよ。それを読んでいればいいんじゃないかしら」

「えー、ここまで来て勉強するなんて嫌よ。それだったら、外で雪だるまでも作っていた方がいいな」

「俺たちはビリヤードでもしてるから、子供は外で雪ウサギでも作っていろよ。迷子にならないようにな」

からかうように真佐人が云うと、他の四人も笑い声をあげた。

頬を膨らませた圭がこう云い返す。

「大した腕じゃないくせに。龍太とやってるの見たけど、二人とも下手で全然ゲームが終わらなかったじゃん」

「あのときはたまたまそうだっただけだよ。普段はもっとうまいさ。なあ、龍太？」

真佐人はそう誤魔化し、銀色に輝くシガレットケースから煙草を取り出した。一本を自分の口に差すと、口裏を合わせるのを頼むように、もう一本を龍太に差し出した。

龍太はそれを口で受け取ると、大きく頷いて、

「まあ、あの日は二人とも調子が悪かったからな」

「それじゃあ、私とやってみる？」

キューを握る真似をしながら、弥生が名乗りを挙げた。実際に玉を突いている姿を見たことはないが、その華やかな雰囲気は真佐人や龍太よりもビリヤードに似合っている。

「それじゃあ、私も混ぜて男対女で対戦しましょうよ。それなら、圭も観ていて退屈じゃないでしょ？」

「くしゃん」

花帆の問いに答えたのは、大きなくしゃみだった。一斉に全員の視線が圭に集まった。

「風邪か？　大丈夫か？」

「大丈夫……だと思う。大したことないよ」

鼻をぐずつかせながら云う。

「寒いのに、そんな薄着で来るからよ」

母親のように花帆が窘《たしな》めた。

「向こうはこれでも充分だったんだけどな。くしゅ」

「大変ね。風邪薬、飲む？　私も少し風邪気味だから、持ってきたの」

くしゃみを繰り返す圭に、弥生が心配そうに云った。

「ううん、ありがたいけどいらないわ。薬、苦手だし」

「圭は薬が苦手だったたっけ。やっぱり子供だな」

紫煙を揺蕩《たゆた》わせながら、真佐人が揶揄すると、また大きな笑い声が起きた。

「べ、別に苦いからとかじゃないんだよ。薬って体に悪そうで嫌なの。だから、なるべく飲まないようにしているんだけど」

「あまり心配する必要はないと思うが。何かの雑誌で読んだが、市販されている薬ならまず心配はないらしい」

龍太が剃り残しのない顎を撫でながら云い、こう続けた。

「まあ、薬を飲むほどでもないって云うんなら、今日は早めに寝るんだな。そうすれば、治るだろ」

「うん。そうしよっかな。でも、取り敢えずはこの荷物を自分の部屋に運ばないと」

そう云って圭は腰をあげた。

「私たちもそうしましょ」

花帆も立ちあがり、龍太と真佐人もその後に続いた。

「私はキッチンのお手伝いをしているわ。俊江さんたちだけだと大変でしょうから」

すっと弥生の細く長い足が伸び、薔薇の香りを残して、キッチンへと消えていった。いいつまでも鼻に残る、濃密な匂いだった。

弥生が薔薇の香水を纏っているのではない。彼女自身が一輪の薔薇の花なのだ。恐らく弥生自身もそう自負しているだろうし、周囲がそういう目で自分を見ていることも知っているに違いない。

総てのものをその美貌と人気で割り切って、思い通りの反応を引き出す。周りにいる人間の気持ちまでもそうやって操るから、誰も口に出せないのだ。

しかし、そんな弥生が初めて計算を間違えたのがこの晩だった。濃厚な薔薇の香りの中に、殺意というこの世で最も恐ろしく、それでいて最も純粋な感情が混じっていたことに気づかなかったのである。

※

木製の階段を軋ませながら昇って行くと、二、三人が並んで歩けるほどの廊下が真っ直ぐ伸びており、その両側にいくつもの部屋が並んでいた。奥にはビリヤード台のあるという遊戯室があるのだろう、そこだけが広い部屋となっているが、その他は一人か二人用の部屋のようだった。それぞれの部屋の入り口にはプレートが掛かっていて、一から七までの番号が書かれている。

四人がどこに荷物を置こうか迷っていると、階下から俊江の声がした。

「金巻さんが、一人一部屋使ってくれ、とおっしゃってました。ですので、お好きなお部屋を使ってください」

それを聞いた真佐人が、

「それじゃ、俺はこの一番の部屋にしようかな」

いち早く云い、一というプレートの掛かった部屋のドアを開けた。

しかし、

「ここは駄目だ」

ドアは完全に開かれることなく、強情な暗闇に押し戻されるように元に戻された。

龍太たちが怪訝そうな顔を見合わせ、溜息をついて荷物を置いた真佐人の方を向く。

「なんで？　どうしたの？」

圭が鼻声で訊くと、

「いやあ、弥生の荷物があったから。彼女の性格を考えてみれば、一番の部屋を取るのは判ることだけどな」

それを聞いた龍太は、やっぱりな、と思った。弥生は何もかも自分が一位でないと気が済まないのだ。泥臭い努力をしていない振りをしながら、実は虎視眈々と首席の座を狙っているし、去年の学祭で行われたミスキャンパスでも嫌々出場する振りをしながらも、当日はモデルのような完璧な振る舞いで栄冠を勝ち取っていた。

龍太以外の三人も、弥生がこんな辺鄙《へんぴ》な場所に来てまでも一という数字に拘っていることに納得しているようだった。みんな、言葉にはしないが、弥生の性格を知っているように見えた。

すると、花帆が意味ありげな口調で、

「ふふふ。みんな判っていても、口に出さないのね」

低く笑いながら荷物を持つと、弥生の隣の部屋へと入っていった。

「俺たちもとっとと荷物を置いて、下に行こう」

真佐人も一度床に置いた荷物を右手に持ち、弥生の向かいの部屋のドアを開いた。

「それじゃあ、俺は真佐人の隣にするか」

四人の中で一番荷物の少ない龍太は、体とは不釣合いな小さいリュックを背負い、真佐人の隣室に足を向ける。

「あ、私は……花帆の隣でいいわ。それじゃ、また後でね」

龍太は軽く手を挙げ、返事に代えた。

ドアを開け、電気を点けると上品で柔らかい灯りが龍太を包んだ。

「ふう……」

長時間窮屈な車に揺られてきたせいで、体の節々が悲鳴をあげている。龍太はリュックを絨毯の上に置き、ベッドに疲れ切った体を沈めた。

「口に出さない、か」

部屋に入る前に花帆が云った言葉を反芻した。

花帆の云うことは的を射ている。どうしてみんな、弥生について多くを語ろうとしないのか。何故、彼女がひた隠しにしている陰の部分に言及しようとしないのだろうか。

陰口を叩き、彼女を貶めろというのではない。ただ、弥生を知る人間は必ず、彼女を褒めることしかしない。

しかし、龍太はその理由について判っているつもりだ。

光を鋭く撥ね返しながら揺れる長い髪と、陽射をそのまま通してしまうかのような白い肌。その肌に添えられた瞳や鼻や唇は、恐ろしいほど均整が取れている。それらは覚束なく浮かぶ蛍の燈のように危ういバランスの上にあり、少しでも触れたら全体が瞬く間に崩れてしまいそうである。ちょうど、グラス一杯に注がれた水が膨れながらも零れないのと同じように、弥生の美はぎりぎりの均衡の上に成り立っていて、その危うさがあるからこそ美しいのだ。限界までに高められた美。それに囚われているからこそ、その美を殺ぐようなことを誰一人として口に出さないのだ。

だが、龍太は美の陰に息づく悪魔を見てしまった。いや、それに取り憑かれた挙句、悪魔の鋭利な牙に傷を負わされたのだった。心に深く残ったその傷痕は弥生の顔を見るたびに疼き、龍太を痛めつける。

※

龍太と弥生が知り合ったのは、三年生の秋のことである。大学前の並木道が黄色く色づき始め、落ち葉が陽光に翻りながら夏の忘れ物のように構内を黄金色に彩っていた。

夜が深まるこの季節になると、大学では飲み会が増える。一人で過ごすには秋の夜は長すぎる。夜の隙間を、酒や莫迦騒ぎで埋めたいと思う人が多くなるのだろう。龍太には特別な相手がいるわけではなかったし、酒は好きだったので、声が掛かればどんな飲み会にでも参加した。

最初、その場に弥生がいることに龍太は気づかなかった。いつも通り、真佐人や他の気の合う友達と飲んでいたので弥生が目に入っていなかったのだ。だが、真佐人たちが珍しく酔いつぶれ、隣で安らかな寝息を立て始めたとき、不意に声をかけられた。

「お酒強いのね、水迫龍太くん」

弥生が自分の名を口にしたことに、龍太はびっくりした。一度も会話を交わしたことがないのに、どうして彼女は自分の名前を知っているのだろうか。

問い質そうとすると、

「政治学のテストで八十点以上を取ったのはあなただけだって聞いたから」

さらりとそう答えた。

法学部を代表する六法のテストでも上位の点数を取っていたが、龍太が好きだったのは、政治と法制史だった。確かに前の政治学のテストではトップを取ることができた。しかし、どうしてそんなことを弥生が知っているのだろうか。しかも、その事実を知ったからといってそれが自分に近づいてくる理由にはならない。

だが、驚きや疑問は酔いの回った弥生の甘い声に流された。頬のあたりをほんのりと桜色に染めて身を寄せてくる弥生に、龍太は明らかに動揺していた。

「私のこと知ってる?」

十人ほど入った広めの居酒屋の個室に、弥生の声が響いた。弥生と飲んでいた面々も既に酔っ払っていて、店の壁にもたれかかっている。ちゃんとした意識を保っているのは龍太と弥生くらいしかいない。

「ああ、田坂弥生さんだろう? 知ってるよ」

情報に疎い龍太でも弥生の噂は何度か耳にしていた。楚々とした美人で、頭の切れる才女がいるらしいと。遠くから何度か見たこともある。しかし、一度も会話をしたことのない龍太にとって、弥生は噂話の中の登場人物の一人でしかなく、気に留めたことは一度としてない。それに、そのときの龍太は、まだ弥生の男関係について何も知らなかったから、男よりも六法全書を相手にしているような堅い女を想像していた。

だから、目の前で言葉を紡いでいるのが本物の弥生だとは信じられなかった。六法全書なんかよりも、極彩のライトや鮮明なカクテルの方が似合う女が噂の弥生だとは思えなかったのである。

龍太は秋田の片田舎育ちである上に、男子校出身だ。そのため、弥生のような洗練された美人に触れる機会はほとんどなかったから、どんな会話をしたらいいのか判らず、龍太は必死になって会話の糸口を探した。普段は無口であまり人と積極的に話をしない龍太だったが、このときは何故か弥生と話をしなければいけないような気がしたのだった。

交通量調査という大して珍しくもないアルバイトをしていた龍太にはそれほど話すネタがあったわけではない。しかし、弥生は聞き上手で、龍太はいつの間にか、自分の生い立ちや家族関係を話していた。初対面の、しかも、異性に身内の話をしたことに龍太は自分でも驚いていた。それほどまでに弥生の会話術は巧みで、相槌を打つタイミング、感嘆の声、投げかけてくる質問——その総てが完璧だった。

高校までは受験勉強に追われ、異性に目を向ける余裕はなかったし、大学に入ってからも法曹界の扉を叩くために勉学に精を出した。異性に興味がないわけではなかったが、教科書や参考書ばかりを相手にしていた龍太は女とどう接すればいいか判らなかったし、恋愛事は法律の問題のように何らかの法則で動いているわけではないから、どこか怖かったのだ。弥生の絶妙な聞き役っぷりはその不安を払拭《ふっしょく》するのに充分だった。

気づくと一時間ほど経っていた。時間の流れを感じない心地いい時間で、龍太はもっと弥生と喋っていたい、と思った。

そのときだった。突然、弥生が唇を龍太の耳に寄せ、

「ねえ、私のこと知ってる？」

先刻と同じことを訊いてきた。

酔っ払っているのか、と思いながら、ああ、と答えようとすると、弥生はそれを遮り、ゆっくりと首を振った。

「ううん。知らないわ。だって、私、本当の自分を見せたことないもの」

そう云って華奢な手を龍太の腕に絡めてきた。

「二人きりで飲み直さない？」

声にはまだ酒の匂いが甘ったるく残っていたが、腕を摑んでいる手だけはアルコールを寄せつけずにしっかりとしている。女にしては力が強いな、と龍太は不意にそんなことを

思った。だが、腕だけでなく、気持ちまでも摑まれていることに龍太はまだ気づいていなかった。

連れて行かれたショットバーで、龍太は思い切って気になっていたことを口に出してみた。

「俺、田坂さんのことを誤解していたみたいだ。酒や男よりも、六法全書を優先させるような人だと思ってたよ」

するとと、目許をふっと緩めて、

「やっぱりそう見られているのね、私。心外だわ。学校以外の場所でなら、私だってただの女になるのに。勿論、好きな人の前でなら、だけどね」

どういう意味なのか、と訊こうとしたが、その場の雰囲気に合わせて云えるほど龍太は器用ではなかったし、そこまで酔っていなかった。

カウンターの奥の小さなテレビからは、八〇年代の洋楽のプロモーションビデオが流れていた。淡いシンセサイザーが甘いメロディを奏で、退廃的な雰囲気を醸し出している。華やかなライトの下では女装をしたかのような男が体をくねらせながら歌っている。ボブ・ディランやビートルズやストーンズといった古い音楽しか聴かない龍太にとっては悪趣味なものでしかなかったが、隣で座っている弥生は楽しそうに肩でリズムを取っている。体が揺れるたびに、花形のイヤリングが青や赤の光を浴びて煌いた。そのイヤリングと同じように、彼女自身もプロモーションビデオの淫《みだ》らな部分を吸い取ってさらに妖艶さを深めていた。

美しさに惹かれるというよりは、誘うような姿に龍太の中に眠っていた猥雑さが掻き立てられた。そういう美しさだった。

その媚態に引き摺られるように、龍太は今はただの女なのか、と訊こうとした。

しかし、龍太が云うよりも先に弥生が答えを口にした。

「だから、今はただの女よ」

弥生は龍太の心中を読んだかのように、ぽつりとそう呟いた。

胸の裡の心情を言葉にできないまま、その夜から龍太は弥生と頻繁に食事をするようになり、次第に距離を縮めていった。

ただ、きっかけがきっかけだっただけに、龍太の気持ちはいつも遅れていた。二人で映画を観に行ったときも、弥生を自宅に送っていったときになって、ようやくそれがデートだったということに気づいたし、クリスマスに前々からほしかったという時計を贈ったときも、嬉しいわ、と礼を云われたときになって、やっとそれがクリスマスプレゼントというものだと知ったし、キスをしたときも、帰ってきて襟元に口紅が薄く残っているのを見たときに、初めて弥生と唇を重ねたことを実感した。

今にしてみれば、そのどれもが弥生にとってはありきたりな恋愛ごっこだったのだろう。

だが、龍太にとっては、その一瞬一瞬がまるでドラマのように鮮やかな感情に色づいていて、どこか遠めから眺めているような錯覚を覚えていて、現実に龍太の気持ちが追いついていなかった。

思えば、いつも自分は遅れていた。人からも遅れているし、何より、自分の気持ちが常に目の前の事実の後姿を追っている。

子供の頃、服の中に忍び込んでいた蜂に首を刺されたことがあるのだが、泣き出したのは、痛みを感じた瞬間ではなくその正体が蜂だと判ったときだった。また、大学に合格したときも、喜びが込み上げてきたのは発表のときではなく、入学式で学長の長い挨拶を聞いているときだった。弥生との関係もこれまでの龍太の人生と似ていた。

龍太の気持ちが初めて前に出たのは、年明けの冬の夜のことである。真冬にもかかわらず、その日は季節が気を緩ませたように暖かかった。空は雨を雪に変えきれず、霙《みぞれ》となって街を濡らしている。弥生と出かけた繁華街はバーや風俗店のネオンが派手な文字と色で街を淫靡《いんび》に飾っているのだが、天気のせいか夜の街らしい生気が感じられない。

雨にも雪にもなりきれない半端な天候に似て、相変わらず龍太の気持ちも一つに定まっていなかった。弥生を愛しているのか、成りゆきに身を任せているだけなのか、それとも、それらとはまったく別の何かが自分を動かしているのか判らなかった。

それを確かめるように、弥生の誕生日であるこの日、龍太はあるものをプレゼントした。

クリスマスのときに贈った時計よりも恋人らしいプレゼントで、それを弥生に渡せば自分の気持ちがはっきりするかもしれないと思ったのだった。しかし、礼を云われたあとも、龍太は自分と弥生がどんな関係にあるのかよく判っていなかった。デートも何度かしたし、クリスマスには時計を贈ったし、キスもした。そして、ついに、龍太の考える最も恋人っぽいプレゼントをしたというのに、まだ気持ちは明瞭になっていなかった。

行きつけのダイニングバーで食事を済ませたあと、二人は化粧を落とされたように窶《やつ》れて見える無彩の繁華街を歩いていた。更《ふ》けた夜は霙を完全な雪にしていた。

信号待ちをしていると、不意に弥生の横顔にネオンの灯りが落ちた。雪白の肌がネオンを吸って様々な色に切り替わる。肌の下に龍太の知らない無数の鏡が隠されていて、光を乱反射して弥生を次々と別の女に変えていくようだった。どれが本当の彼女なのか、判らなかった。

「あの日の答え、間違えていたかもしれない」

ふとそんな言葉が零れた。酔っていたのかもしれない。

「何のこと？」

「最初に会った日のことだよ」

「私が、私のこと知ってるって訊いたときのこと？」

弥生は微笑で龍太の言葉を受け止め、そう訊き返した。

「ああ。知ってるって答えたけど、あれは間違いだったみたいだ。本当はきみのことを全然知らない」

本当に判らないのは自分の気持ちの方だった。弥生に引き摺られるままここまで来てしまったが、龍太は答えらしい答えを出せていない。

「そう？　そういう風には見えないけど」

信号が変わると、弥生は子供のようにスカートの裾を翻しながら、歩道を渡った。そして、真ん中のあたりでぴたりと止まり、龍太の方を向いた。

「それじゃあ、私のこと、もっと知ってみる？」

舞い散る雪の中で冗談ぽく云い、笑顔を見せた。黒いハーフコートに点々と纏わりついている雪がガラス屑のように輝いている。夜が白い雪を使って弥生のために一枚のドレスを織っているかのようだった。

返答を迷っている龍太の頭の上で、歩行者用の信号が急かすようにちかちかと点滅を始めた。明滅を繰り返す信号は龍太の気持ちそのものだった。手を伸ばすか、それともあの日から今日までのことを総て友達付き合いという一言で片づけてしまうか――。

「私を抱く？　それとも今の私の言葉を冗談のまま終わらせちゃう？」

もう一度、弥生は意地の悪いジョークのように、ではなく本当に冗談だったかもしれない。しかし、あとの出来事を考えると、その言葉を真に受けた龍太は足早に横断歩道を渡り、強引に弥生の手を摑むと、ちょうど近くに停まっていたタクシーに乗り込んだ。

元々、物をあまり買わない龍太の部屋は倉庫のように質素で、テープで継ぎ接《は》ぎされたボブ・ディランのポスターくらいしか人の住んでいる匂いを感じさせるものはなかった。だが、その日は普段以上に寒々しく見えた。ラヴホテルの一室同様、ベッドしか意味を持たなかったからだ。

いや、意味があったのは龍太だけだったかもしれない。二人の愛を確認し合うためのベッドだけがあればいいと思っていたが、そう信じていたのは龍太だけで、弥生にとってはそれすらも無意味だったからだ。事実、弥生はベッドさえも見たくないかのように、こう云った。

「灯りは消して」

タクシーに乗ってから翌朝までの間、弥生が口にしたのはその一言だけだった。

スタンドの燈を消し、暗闇の中に手を伸ばすと、弥生は慣れた風に、無言の肌で受け入れた。二人とも出会ったときと同じく、大切なことは何も声にしなかったが、龍太は伸ばした自分の手が言葉の代わりだと思ったし、それを静かに受け入れた弥生の体が返答なのだと思った。何より、この晩にプレゼントした例のものでようやく自分たちが恋人同士になったのだと龍太は思っていた。

女の体は冷たかった。静かに舞い降りる雪が弥生の体にそっと忍び込み、肌の底に澱んでいるかのようだった。龍太の伸ばした手に、弥生は言葉や仕種ではなく冷ややかな肌で答えを出したのだった。

結局、弥生を抱いて判ったのはその冷たさだけである。暗闇の中では、初めて女を抱く龍太の指や唇では弥生の体の総てを知ることはできなかったし、感触だけでは弥生の本当の気持ちを掴むことはできなかった。

肌の冷たさの理由は、政治学のノートや論文や資料を読んで自分なりにまとめたレジュメがなくなっていると気づいたときになってようやく判った。政治学の授業は後期にもある。弥生はトップを取った龍太のデータがほしかったのだろう。成績と引き換えに、弥生は龍太に体を開いたのだ。

それだけならば、龍太も弥生に殺意を抱くまでには至らなかった。だが、弥生は、盗んだノートとレジュメだけでは自分の体と釣り合わないと思ったのかもしれない。龍太にさらなる大きな傷を負わせていった。

弥生の態度がよそよそしくなってきた一月の終わりの出来事だ。それが龍太に殺意を植えつけた——。

※

龍太は過去を振り払うように烈しく顔を枕に押しつけた。別荘の一室はしん、と静まり返っている。壁が厚いらしく、隣からは物音一つ聞こえてこない。

弥生を抱いた日と同じく、雪明りの染みたカーテンの上を雪が影となって流れている。忘れたはずの弥生の肌の冷たさを思い出させるような、烈しい雪の流れだった。

「弥生の顔を見るのも今日が最後だ」

そう呟き、決意を込めてベッドから跳ね上がると、床に転がっているリュックを手に取り、煤けた小壜を取り出した。女の命を奪うであろうものが暗闇の中に顔を見せる。

中身を確かめるように小壜を振ってみた。外の雪とも区別のつかない白い粉が上下に揺れた。その様子がどこか可笑しく、何度も何度も繰り返した。その度に汚れた小壜はシャシャと音を立てるが、微かな音は部屋に響くことなく絨毯に吸い込まれ、消えていく。

だが、その小音は龍太を落ちつかせるに足りるものだった。

落ちつけば大丈夫だ。落ちつけ、落ちつけ。

そう云い聞かせ、小壜の中から白い粉を薄い包み紙に取り出す。

メチル水銀は空気中に放置しておいても毒性はなくならないと思うが、念のためにここまでは密閉したガラス壜の中に入れてきた。それに、包み紙は持ち運びには便利だが、何かの拍子で中身が零れてしまうかもしれない。

それを恐れて、ここまではガラス壜に入れてきたのだが、使うときには不便である。使う量だけ取り出して、壜はさっさと処分してしまった方がいい。また、事件が起こったあとにはきっと誰かが持ち物の検査をしようと云い出すだろうから、こんな云い訳の効かないものを持っているのは危険だ。どこかへ棄ててしまわなければならない。

龍太はメチル水銀を丁寧に薄紙で包み込み、それをポケットへ入れると空になった小壜を握った。

窓枠に左手をつき、体を前に乗り出した。外から見たときよりも、建物は低い造りになっているのが判る。雨樋《あまどい》や壁の凸凹を使えば簡単に二階から下へ降りられそうなくらいに高さがない。その低さに龍太は躊躇した。

野球やソフトボールをやっていたわけではないため、小壜を遠くまで投げる自信はない。龍太の部屋の目の前の雪の中から小壜が発見されれば忽《たちま》ち疑いをかけられてしまうだろう。ならば、ひっそりとここから外へ出て、誰かの部屋の前の雪原に隠した方がいいのではないか。

だが、ひんやりとした空気がその考えを払拭した。そんな危険な真似をする必要はない。二階からだって方向を調整すれば落ちる場所は何とかなる。特定の誰かを陥れたいわけではないのだ。自分以外のところへ落ちればいい。

龍太はリュックからスキー用の革製の手袋を出してそれをつけると、ハンカチで小壜についた指紋を丁寧に拭き取った。そして、意を決して小壜を力いっぱい外へ投げ棄てた。部屋の灯りを仄かに含んだガラス壜は雪の流れに溺れるようにして、あっという間に白い景色の中に消えた。

小壜が発見され、こびりついた水銀が見つかっても問題はない。何故なら、死因が特定されることは最初から計算済みだからだ。

水銀——極めて強い毒性を示す元素の一つで、体温計に入っている物質で有名であるが、それは体内に入っても何の問題もない。臓器に影響を及ぼすことなく排泄されてしまうからだ。水銀は毒、というイメージが先行しているため、誤った認識をされている。それを信じ、いくら体温計から水銀を採取して飲ませたとしても、無駄に終わる。

龍太の使う毒物は水銀化合物のモノメチル水銀。水俣病の原因とも云われている毒である。工場から出た無機水銀が汚水の中で様々な物質と混ざり合った結果、これが生成され、廃水に溶け込み、海へ流れ出た。そして、魚などの体内に溜まり、最終的にそれを食べた人間の体に変調を齎《もたら》したのだ。

水銀と名前がついていても液体ではない。少々硫黄のような匂いがする白い粉だ。体重にもよるが、五十キロで中毒量は〇・一グラム。致死量は〇・二グラム。有名な青酸カリの致死量は〇・一五から〇・三グラム。愚者の毒と云われるようになってしまったものの、未だに猛毒と恐れられている砒素の致死量は〇・一から〇・三グラムなのでこれもなかなかの毒物といえよう。ただ、水銀は砒素と同じ問題点を抱えている。

水銀中毒の場合、被害者は涎を垂らし、嘔吐し、腹痛を訴え、そして最終的には血液毒である水銀に冒された体は虚脱状態になって死ぬ。このときの吐瀉物から水銀が簡単に発見されてしまうのだ。水銀はその名の通り、砂の中に落ちた眩い銀貨のように目立ってしまう。

だが、毒殺であることを隠さなくてもいい。いや、毒が何かという点も考慮しなくてもいい。何故なら、メチル水銀を手に入れられるのは龍太だけではないからだ。そもそも、龍太がメチル水銀を凶器に選んだのは、この毒物が比較的どこにでもあるものだったからである。

確かにメチル水銀はなかなか手に入らないのだが、絶対に入手できないものではない。

一九七三年以来、水銀の入った農薬を使うことは法律で禁止されているが、それほどの猛毒を簡単に処分できるはずがない。下水に流してしまったら水俣病の二の舞になるし、かといって山の中に投棄するわけにもいかない。処理するためには専門業者に頼まなくてはならないのだ。そのため、蔵の中などに残存しているのだ。

メチル水銀が未だに残っているということを知ったのは、数カ月前の法制史のゼミのときだった。そのときのテーマは遊郭だったのだが、そこで堕胎について触れられたのである。

遊女にとって、妊娠は恥とされていて発覚した場合にはすぐに堕胎させられた。そのときに使われていたのが水銀だ。遊郭界隈には中条流と呼ばれる堕胎専門の医者がいたが、遊女の中には彼らに頼らず、鏡屋から水銀を分けてもらって自分で堕胎する妓《おんな》もいたらしい。昔の鏡は銅板に水銀メッキしたもので、鏡屋には水銀が必ずあったのである。

色街では医者よりも鏡屋の方が人気があったと川柳に詠まれているくらいだよ、と金巻教授が云ったとき、それまで寝ていた真佐人が顔を上げた。そして、実家にも水銀があったなあ、と話し始めた。普通のゼミならば許されないだろうが、教授の大らかな人柄と元々娯楽のようなゼミであるせいか、主旨から外れたことを話しても誰も咎めようとしない。

真佐人が云うには、猛毒であるにもかかわらず様々なガラクタの山に埋もれていたという。しかも、両親はその存在についてすっかり失念しており、息子に云われてようやく気づいたらしいのだ。そのメチル水銀を使った農薬は一度使っただけで、それ以後は埃の中に埋もれていたようだ。

それを聞いた花帆も、私の地元でも昔はそんな農薬が使われてたらしいわ、と話に加わった。さらに圭が子供の頃に、飼っていた猫が農薬を誤飲して死んだ、という話をすると、他の学生も話に乗ってきた。結局その日のゼミはそのままのノリで飲み会へと流れて、できたばかりの教授の別荘に遊びに行こうという話で盛り上がったのだが、弥生への殺意を募らせていた龍太の記憶には、メチル水銀の名前が深く刻まれた。

このとき、毒を使って弥生を殺すならば、メチル水銀にしようと心に決めた。あまり特殊な毒物の場合、手に入れるのが難しい上に入手経路からすぐに容疑者が絞り込めてしまう。だが、これほど多くの人間が知っている毒ならば、この点を気にする必要はない。つまり、もし、入手経路を探られても真佐人や花帆や圭も、容疑者となるのだ。

その日から龍太はどうやってメチル水銀を入手するか頭を悩ませ始めた。龍太にはその伝手《つて》がなかった。真佐人たちのように実家にあるという話は聞いたことがないし、まさか真佐人たちに分けてもらうわけにはいかない。

薬学部に通っている友人はいなかったし、親類にもそういった人はいない。いざとなれば理系の研究室に忍び込んで盗み出すことも視野に入れたが、どんな管理体制になっているか判らないところから盗むのは難しそうに思えた。

せっかく、弥生を殺すためのいいきっかけを見つけたというのに、肝心の凶器が手に入らないのでは仕方ない。龍太は何度かメチル水銀による毒殺を諦めようとした。

だが、絞殺や撲殺では龍太、と断定はできずとも、力のあるものの犯行、または、男の犯行と判ってしまう。なるべくならば、それは避けたい。それならば、どのような方法が適しているだろうか——そう考えたとき、やはり毒殺という方法が最も適切だ。これならば、ひ弱な女性でも可能であり、実際、毒殺の犯人のほとんどが女性らしいから、いい隠れ蓑にもなる。しかも、メチル水銀ならば自分よりも有力な容疑者がたくさんいる。

何としても手に入れたい――そう考えていたある日のことだった。季節は弥生と出会った日から一回りし、また大学前の並木道が黄色の鮮やかな衣を纏い始めていた。あるビルの前を通ったとき、雑用のアルバイト募集、という張り紙が風に揺れているのが見えた。何気なく近づいてよく読んでみると、試薬屋がアルバイトを募集しているらしい。

試薬というのは、人体に使用しないことを条件に実験・研究用として販売される薬品のことであり、それを扱う店を試薬屋という。特定の大企業が薬品を作り、それを売る仕事を請け負っているのである。意外にもそういう店はあるもので、龍太の下宿先の近くにもある。駄菓子屋のような小さい佇まいを想像していたのだが、巨大なビルにその試薬屋はあった。本業は病院向け医療機器の販売、臨床薬販売をしている会社で、かなり儲かっているらしい。

これだと思った。試薬屋ならばメチル水銀はあるだろうし、もしなくても何かしらの毒薬はあるはずだ。

すぐに龍太はそのビルの戸を叩いた。

結果、見事、採用され一歩毒物に近づくことができた。無論、大学名や名前などは偽名である。事務のバイトであるため、詳細な詮索はされなかった。

仕事は楽なものだった。薬の知識に乏しい龍太は接客や薬物を扱うことはできないので、専ら掃除や書類の整理といった裏方の、しかも楽な仕事ばかりを任された。にもかかわらず、龍太はバイトがある日は疲れ切って帰路に着くことが多かった。どうやったら痕跡を残すことなく毒物を入手できるか、それを探るために神経を磨り減らしていたからだ。

劇薬・毒薬に該当するものを購入する場合、どんな人間だろうと身分証明の提示を求められる。さらに、受取証に捺印をせねばならないし、利用目的を事細かに訊ねられる。試薬屋の店員は薬学のプロであると同時に嘘を見破る達人でもあり、少しでも如何わしいと感じたら薬は売らない。不適当な使用が予測されるときは注文を受けてはならない、ということが法律で定められているため売る方も慎重になるのである。

龍太は事の困難さを悟った。身分証に受取証……。普通に買おうとしてもまず不可能だ。別の方途を考えなくては——。

いっそのこと、薬品を盗み出してしまおうか。そうすれば身分証も受取証も関係ない。だが、すぐにその考えを振り払った。半年に一回、店にある薬品の在庫のチェックがある。誰かに盗まれていないかを確かめるために、現在残っている薬品の量と受取証に記載されている売った薬品の量を見比べるのだ。どの薬品をどれだけ仕入れたかは伝票に残っているので、紛失していればすぐにわかってしまう。盗まれていることが判ったら、すぐに犯人を特定しようとするだろう。そうしたら、社内の人間は確実に疑われてしまう。

やはり駄目だ。

受取証を整理しながら龍太は頭を悩ませていた。どうしたら安全に毒物を手に入れることができるだろうか。受取証の束を机の上で揃えながら思案に暮れていた龍太の目に、ある常連の名前が飛び込んできた。

その男は、どこかの企業のお抱えの研究者のようで様々な薬品を買っていく。頻度も他の人とは違い、格段に多い。月に三回から四回は必ず顔を見せるため、社員ともすっかり顔馴染みになっており、龍太も顔だけは知っていた。ヨレヨレの服に身を包み、燕の巣のような髪をした風采の上がらない男だが、それなりの研究者なのだろう。

この男を利用してみてはどうか。伝票を見ると、メチル水銀を何度か買っている。龍太は目の前に一本の道が拓けたような気がした。男にメチル水銀を少しだけ多く買ってもらうことにしよう。

メチル水銀は五グラム単位で販売される。数カ月前の受領証を確認したところ、男は三十グラムのメチル水銀を買っていた。数量は算用数字で書かれている。3に少し細工して8に見せかけることは充分にできそうだった。つまり、差し引き五十グラムのメチル水銀を龍太は手にすることができるのである。

数日後、早速、龍太は人目を盗んで書類に細工を施した。薬の管理については厳しかったが、月ごとの決算を終えた書類の整理はバイトの龍太に任されていたから、楽な作業だった。

化学知識のない龍太はメチル水銀という物質がどのようなものか詳しく知らなかったが、この白い粉が猛毒であることは判っていた。少量ずつ投与すれば、水俣病患者のように体に障害を来すのだが、一気に多量のメチル水銀を投与すれば、即死する。それだけで充分だった。

この時点で龍太の意志は決まった。弥生を殺す。

殺人の決意の固まった龍太が次に起こした行動は、この犯罪を成立させる上で最も重要な仕事、薬品を盗むことだった。いくら書類を偽造してもこれを成功させなければ意味がない。

だが、なかなかいい機会が巡ってこなかった。薬品を保管している倉庫の扉を開けるには鍵が必要で、さらに各薬品のガラス棚にも錠があり、二重に龍太の行く手を阻んでいた。鍵束を使えばいいのだが、その鍵束は事務所の重役の机に保管されている。事務所が空になったときのみ、龍太からメチル水銀への道は拓けるのだ。

意外な好機が龍太に訪れたのは、書類を偽造した日から二週間経ったときだった。

西日本のある県の試薬屋で青酸カリやクロロホルム、硝酸といった様々な毒薬が紛失する事件が起きた。その中には龍太が盗もうとしているメチル水銀も含まれていて、警備が厳重になるのではないかと心配したが、逆にそれはチャンスになった。一年に二、三度はこういった事件が日本のどこかで発生しているので、龍太のバイト先の試薬屋は落ちついたものだったが、やはり薬を製造している上の大企業は大きな打撃を危惧しているようで、検討会議と銘打って役員たちを本社に招集したのだった。

床に根を下ろしているのではないかと思うほどに、普段の重役たちは事務所の椅子から動かない。劇薬を管理しているのだからそれは当たり前なのだが、薬だけじゃなくて私たちも監視しているみたい、と苦々しく云う社員もいた。

しかし、この日だけは違った。土曜日、龍太は昼前からバイト先に行って事務所に顔を出したのだが、人気がない。おかしいと思って事務の女性に訊くと、先の事情で今日は人が少ないのだと云う。

はあ、と興味なさそうに振る舞ったのだが、心の裡で龍太はついにチャンスが来た、とほくそ笑んでいた。メチル水銀を盗むなら今日だ。愚かだった過去の自分と弥生の命に刃を曳《ひ》くためには、今動くしかないと思った。

一時間ほど、龍太は機会を窺いながら一階の事務所で雑務をこなしていたが、冬の早い夕暮れが淡い橙の光で窓から流れ込む刻《ころ》になって、事務の女性が二十分ほど出掛けるから留守番を頼むと云ってきた。

二階、三階には医療機器の販売、臨床薬販売を担当している正社員がいるのだが、彼らは一階の事務室や地下にまで降りてきて薬を直接扱うことはまずない。その上、外回りが主な仕事であるため会社にいることも少ない。一人、劇薬取り扱いの免許を持っている正社員が先刻まで事務所にいたのだが、少し前に出掛けて行ったため、一階には誰もいなかった。

つまり、今、龍太が倉庫へ行って薬を盗もうとしても、それを咎めるものは誰もいないのだ。

いってらっしゃい、と笑顔で女を見送り、すぐに龍太は作業に取り掛かった。

周囲に誰もいないことをそれとなく確認してから、重役の机の上から二番目の引き出しに手をかけた。机には鉄製の引き出しが四つついているのだが、薬品の購入があるたびにその様子を観察していた龍太はどこに鍵が入っているか覚えていた。

六つも鍵束が入っており、一瞬困惑してしまったが、ご丁寧にもどこの鍵なのかラベルがついていたため、必要な鍵束だけを持っていくことができた。全部を持っていくのが無難とも云えたが、できるだけ不要なものは手にしたくなかった。

倉庫と棚の鍵だけを手にし、一階から地下へ向かう。

玄関を通らねばならないため、客が来ないことを祈りつつその前を横切った。幸い、斜陽に照らされた店の前の通りは閑散としており、アスファルトの上に立つ見事に朱に染め上げられた郵便ポストだけが、龍太を警告するかのように赤く輝いていた。

外から見えないところまで来てから、ほっと息をついた。だが、ゆっくりとしている暇はない。先を急がなくては。

玄関のすぐ横の薄暗く黴《かび》臭い石段を慎重に降りる。慎重に歩を進め、倉庫の前まで辿りついた。

ラベルを確かめ、倉庫の鍵を選んで鍵穴に差し込む。最近取り替えたのだろうか、扉は所々錆が浮き出たりペンキが剝げかかっているが、鍵自体は新しく、すんなりと開けることができた。

ここまでは恐ろしいくらいに順調だった。見えない大きな意志が自分の背中を押しているかのようだと龍太は思った。

ぎぃと軋ませながらドアを開けると、澱んだ空気が龍太を迎えた。あまり人が寄りつかない場所であるため、人恋しいのだろう、龍太が一歩踏み入れると戯れるように陰湿な空気が纏わりついてくる。それは、殺意という黒い思いを抱き、人目を忍んで行動している龍太と何となく似ていた。

ここからが最大の難関である。この数百の薬品の中からメチル水銀を見つけなくてはならない。最悪の場合、切らしているかもしれない。薬品を保管するには数に限界がある上に、長期間置いたのでは性質も変化しかねない。そのため、それほど大量の薬品は置いておらず、注文があったときに、本社に問い合わせて取り寄せる場合がほとんどである。だから、目的の薬物がないかもしれない。その可能性は充分にある。

だが、有名な水俣病の原因となったため研究材料として人気なのだろうか、龍太が調べた結果、メチル水銀の注文は意外と多い。だから、龍太にはメチル水銀がこの倉庫の中に存在する、という確信めいたものがあった。さらに、この計画は神が祝福しているかのようにトントンと進んでいる。ここまできて神様も臍《へそ》を曲げたりしないだろう。

小学校の理科室にあるのとほとんど同じようなガラスケースが長細い部屋にずらりと並んでいる。龍太は目を凝らしながら、その一つ一つを見て廻った。迅速に慎重に目を走らせる。

水銀の元素記号はHg。その記号を頭に浮かべながら、そのラベルを探す。

液体状のもの、粉状のもの……見慣れた名前が並んでいるが、肝心の水銀が見つからない。試薬の中には変質しやすく保存できないものや、冷蔵しなければならないものがあるが、メチル水銀はそういった類のものではない。必ず棚にあるはずだ。頭の上では、切れかかった蛍光灯がパッパッパッパと激しく瞬き、龍太を急かしている。

一列目の棚にはなかった。神は最後の最後で自分に試練を与えたのだ、と龍太は思った。

ガラスケースから腕時計に目を遣ると、事務の女が出て行ってから既に六分が経過している。二十分ほどの用事だと云っていたから、猶予はあと十四分くらいだろう。それまでに水銀のありかを探し出し、盗み出さなければならない。

視線を左手の文字盤から再びガラス棚に移し、順番に横にスライドさせていく。

水銀……水銀……白い粉……白い粉……。

二列目の棚の半分くらいまできたが、見つからない。焦りが冷や汗となって肌を伝う。

季節は冬に足を踏み入れていたが、倉庫の中は蒸し暑かった。ゆっくりと漂う無数の埃が、心許ない灯りに影となって壁や床に流れているのだが、まるで影までが汗を流しているかのように湿って見えた。

噴き出てくる汗を拭いながら、龍太は自分の体が次第にこの陰気な空間に同化していくような感覚に襲われた。このまま目的のものは見つからず、漂う埃や影となって永久にこの狭い世界の中を迷歩し続けることになってしまうのではないか。そんな狂った思いに駆られ始めていた。

そのとき、突然耳にベルの音が響いてきた。来客を告げる呼び出し音であり、何度も聞いたことがあるのだが、倉庫にまで鳴り渡るようになっていたとは知らなかった。

「こんなときに……なんてこった」

思わずそんな言葉が口を吐《つ》いて出た。胸が早鐘を打っている。

考えられる限り、最悪の事態である。もし、客が奥まで入ってきたとしたら、龍太が倉庫にいることは簡単に判ってしまうだろう。龍太を正社員と勘違いしてくれればいいが、試薬屋に来る客は大抵は何度か来店したことのある人間である。知らない顔の男が薬品を扱っていたら、記憶に残ってしまうだろう。それは避けねばならない。

何事もなかったかのように出迎えるべきなのか、それとも息を潜めて去っていくのを待つべきか——。

龍太が逡巡している間にガラガラという大きな音が地下にも聞こえてきた。倉庫の入り口に行き、扉に耳を当てて外界の音を拾おうとする。どうやら、ガラス戸を開け、カウンターの前まで来たようだ。

「誰もいないのかな。電気が点いていたから、いると思ったんだが」

嗄れた声と落ちついた雰囲気から若者ではないことが判った。だが、今はそんなことは何の関係もない。それが誰であろうと姿を見られてはならないのだから。

雇われている身としては一旦倉庫から出て、笑顔を作って応対すべきなのだろうが、それはできない。客のいるところからは、倉庫への階段が見えてしまうため、龍太がここにいたことが知られてしまう。倉庫には試薬しかないため、それが社員の耳にでも入ったら云い訳のしようがない。

とすると、龍太のやるべきことは自然と決まってくる。ここで気配を殺してじっとしているしかない。客が不審に思って店の奥の方まで入ってこないことを祈るしかない。神も仏も信じない龍太であったが、このときだけは何かに縋りたい思いだった。

何もない店内をウロウロと歩き回っているのだろう。足音らしきものが厚い扉の奥から聞こえてくる。

気を配りながら、腕時計を見る。

倉庫に入ってから十分が経過しようとしていた。残された時間は十分しかない。もう一刻の猶予も許されない。早く出て行ってくれと願いながら、物音を立てないように身を縮めた。

龍太の願いが届いたのは、それからすぐのことだった。急な用事ではなかったようで、またガラガラと大きな音を立てて出て行った。

ふうっと息を吐き出し、額に滲み出た脂汗を拭い取ったあとで、龍太は元の作業に取り掛かった。この客があとになってクレームをつけてきたら、トイレに入っていて気づかなかったと云い訳をしようと龍太は決め、中腰になりながら薄ガラスに視線を滑らせた。

二列目の棚。

……ない。

「ちくしょう」

落ちつけ、という声が龍太の頭の中に木霊《こだま》しているが、やはり気持ちは抑えることができない。心臓の音が妙に耳に高まってきた。

「もしかして……」

そこまで口に出し、残りの言葉を飲み込んだ。言葉にしてしまうと現実になってしまうのではないかと思ったからである。それほど龍太は焦っていたし、見慣れない化学記号を見ているせいで頭が混乱しかけている。さらに、目を酷使し続けた肉体的疲労と、罪を犯しているという気持ちから来る神経的な疲労の澱が、一気に龍太の体の表面に滲み出てきていた。

深呼吸をしてから、願いを込めて三列目の棚へと素早く目を走らせる。

……………あった！

水銀類が同じ区域に置かれており、酷似した名の薬品が薄闇の中で列を作っていた。

嬉しさにしばらく茫然としていたが、棚の番号と同じ番号の鍵を手に取り、ハンカチを使って薄いガラスを慎重に開けた。指紋にも気を配らないといけない。

メチル水銀というラベルをよく確認してから、ゆっくりと棚から取り出した。ガラス壜には五グラム単位で分けられ、銀色の袋につめられたメチル水銀が無数に入っていた。一袋五グラムなので、それを龍太は十袋盗んだ。十袋は多すぎたが、例の書類を3から8に偽造した以上、差し引き五十グラムはなくなっていないと不自然である。だから、龍太は仕方なく十袋盗むことにした。

約二百五十人分の命を握り締めている計算になる。一人の人間を殺すには多すぎる。

だが、弥生という悪魔を殺すためにはこれくらいの量が必要かもしれない――。

汗の浮き出た顔に笑みを滲ませながら、龍太はそう胸の中で呟くと、懐にそれを仕舞い込み、ガラス棚に鍵をかけて出口に向かった。

時計の秒針が龍太を急がせた。そろそろ事務の女が帰社する時間だからだ。この鍵束を返却しておかなくてはならない。こんなところを見つかりでもしたら、何もかもが終わってしまう。

倉庫の電気を消し、鍵をかけると急ぎ足を事務所に向ける。薬を入れた胸の膨らみが少し気になったが、誰にも見られなければ問題ない。すぐに自分のバッグに仕舞ってしまえばいい。

事務所に戻ると予想通り誰もおらず、午後の緩やかな陽光がガランとした部屋に流れ込んでいた。少しだけ深まった暮色だけが龍太の不在を伝えていた。

念のため指紋を拭き取り、鍵を元の場所に返すと、毒薬を自分のバッグに入れた。ほっと溜息を漏らす。

時計を見る。事務の女が出て行ってから二十四分が経過していたが、幸いまだ誰もこの部屋にはいない。

成功した——。

そう思ったが、見過ごしているミスがあるのではないか、という疑心が次から次へと涌いて出てきた。薬品を盗むときに指紋をつけなかっただろうか。偽造した書類に不備はないか。犯行の途中で来店した客に何か勘づかれていないだろうか——。

もう一度、その総てを確認しようかと思っているところに、事務の女が帰ってきた。

「ただいま。誰か来た？」

龍太は引き攣った笑顔でお帰りなさい、と云ってから、

「誰か来たようなんですけど、トイレに入っていたんで……」

「そう。それは仕方ないわね。急な用事ならまた来るはずだし、まあいいわ」

中年の女は龍太の言葉を疑いもせず、鼻歌交じりで机に着いて仕事を再開した。

龍太はほっと溜息をついた。些細なことを気にかけない人で助かった。多少心配は残るが、取り敢えずはこの問題はこれでいいだろう。

こうして龍太は弥生を殺す道具を手に入れたのだった。


その後、何の問題も発生しなかった。試薬がなくなっていることに誰も気づいていなかった。大学の研究室は試薬屋などよりももっと杜撰《ずさん》な管理をしていると小耳に挟んだことがあるのだが、龍太がバイトをしていた店もそれと大して変わらなかったらしい。盗んでから数日後、龍太は適当に口実をつけてバイトを辞めた。事件が起こる直前になってバイトを辞めたのでは何かと不都合が生じそうだったからだ。

弥生の死という目的地に向け、舟は帆に風を受けて順調に航海を始めた。凪の中をのどかに舟を漕いでいるかのようだった。多少の嵐を危惧していたのだが、ここまでは何の波乱も破綻もない。あとは方法さえ考えつけば犯罪者という汚名を被ることなく弥生の命を

断つことができるのだ――。

弥生を愛したベッドの上で、その女を殺すことだけを毎日考え続けた。弥生の体の感触を覚えている指は毒薬を握り締め、あの晩闇しか見なかった瞳はそのままその色を焼きつけたかのように殺意に暗く錆びついていた。数ヵ月前の龍太の姿はそこにはなかった。弥生を毒殺することだけを考える一人の殺人者だった。

毒薬を手に入れても、それを使用する機会がなかった。弥生とは、あのことがあって以来、二人きりで顔を合わせることはなかった。四月にゼミで偶然再会したものの、彼女とはほとんど会話をしていないため、どこかに突然呼び出しても乗ってこないだろう。弥生のアパートの場所は知っているが、訪ねていってもドアを開けてくれるとは思えない。

二人きりになる機会はないかと思い、駄目元で一度話しかけようとしたが避けられた。恐らく、二人きりになる場面はもうないだろう。かといって、大人数がいる飲み会の席で毒を使うわけにはいかない。人目が多いと何かと不都合だし、他の人間を巻き込むわけにはいかない。

機会を窺っているうちに、街路樹はすっかり葉を落とし、骨身だって見える樹々を北風に乗った雪が優しく撫でるようになった。例年よりも寒いせいか、雪は地上に降りても解けずに薄っすらと積もっていく。葉の代わりに白い薄絹を纏った樹々は綺麗だったが、龍太の目は雪を自然に避けるようになっていた。雪を見ると、弥生の冷たく白い肌を思い出してしまい、龍太を苦しめるからだ。

自室から雪を見るたびに、窓ガラスの前に毒薬の入った小壜を掲げ、舞い踊る雪と白い粉を重ね合わせた。あの晩と同じ白さで殺してやる――何度も龍太はそう呟いた。

連日の雪で街が白く薄化粧を施された十二月の中旬、教授が、うちの別荘に遊びに来ないか、という話を切り出した。当初は八人の参加が予定されていたが、直前になって延期になり、参加者はぐっと減った。しかし弥生は来るらしい。しかも、他の参加者は真佐人、花帆、圭しかいない。メチル水銀の話題に食いついてきた三人である。渡りに舟とはまさにこのことだった。事件を起こすには打ってつけである。

それに、花帆と圭は龍太よりも嫌疑の掛けられやすい位置にある。うろ覚えだが、圭の父親は劇薬の取り扱い免許を持っているとかでそういった方面の仕事に従事しているはずだ。いざとなればメチル水銀くらい手に入れることはできるだろう。花帆の親友で高校時代の先輩は薬学を専攻しているらしいので、その気になれば龍太と比べ物にならないほど毒物をうまく扱えるだろう。つまり、たとえ毒殺だと発覚し、さらにそれがメチル水銀だと警察にばれても、他に有力な容疑者がいるため、龍太は灰色であっても黒にはなりきれないのである。

このチャンスを利用しない手はない。龍太は不自然にならない程度に真佐人らと顔を合わせつつ、ひたすら毒殺方法を考えることに没頭した。

最初に思いついたのは、弥生の日頃の癖を利用した方法である。

弥生はどんなものでもそうだが、順序のついているものは絶対に一番を取りたがる。それ以外の場合、例えば物を取る場合は必ず真ん中に位置しているものを選ぶ癖がある。盆に数個のカップがのっているとする。こういうとき、弥生は必ず真ん中のカップを取るし、机の上に置かれたプリントの束でも、端ではなく机の中央にある束を取るのだ。その癖に気づいたとき、弥生の性格をよく知っている龍太は、弥生らしいな、と納得して特段気にも留めずにいた。彼女自身、女王気取りなので、女王蜂のように鎮座している中央のものを好むのだろう。しかし、これほど利用しやすい癖はないのではないか。弥生を弥生たらしめてきたその性格が命取りになるのだ――。

龍太の立てた計画はこうだった。

滞在中、珈琲か紅茶を飲む機会が出てくるだろう。龍太と弥生を含め五人だから、盆の上には一つを取り囲むように四つのカップが並べられる確率が高い。もしもの場合は龍太が珈琲か紅茶を淹れ、その配置にしてしまえばよい。そして、真ん中のカップにだけ毒を入れる。当然、弥生はそれを取るだろう。取る順番にも拘るが、普通は自分に一番近いカップを選ぶし、弥生は真っ先に手を伸ばすだろうから、その点にさほど気を揉むこともないだろう。もし、思い通りにいかずに他の人間の手に毒薬入りのカップが渡ってしまったら、龍太が蹌踉《よろ》ける真似でもしてそれを溢してしまえばいい。

そして、毒を入れてしまったら、トイレに行くとでも云って席を立ち、指紋に気をつけながら小壜と包みを外へ。トイレに限らず、窓があるならどこでもいい。そこから捨ててしまえば、深々《しんしん》と降る雪が龍太の罪を覆い隠してくれるはずである。

単純で子供っぽい計画ではあるが、手の込んだものであるよりはシンプルな方法を取るのが良策だと龍太は結論づけた。無駄なものを付け足せばそれだけ危険性も増す。

しかし、ふとあることに気づいた。

龍太以外の人間も弥生のこの癖を知っているはずだ。弥生の女王気取りの癖は陰で有名だからだ。もしそうだとしたら、龍太の犯行だとわかってしまう。珈琲を淹れたのが龍太で、その珈琲から毒が発見され、挙句の果てに弥生だけを狙うことのできるこの方法まで見抜かれたとしたら、手錠を嵌められたも同然である。

それから龍太はまた一から毒殺方法を考え始めた。

小説じみた特殊な方法も考えた。

弥生は左利きであるから、総てのカップの左利きの人間が唇をつける方にだけ毒を塗っておくという方法も有効かもしれない。龍太は右利きなので、その毒が塗ってあるところとは反対に口をつけて飲むので被害は受けない。

だが、龍太は前者の方法を成功させるほど演技がうまくないし、後者の方法は気分でカップを持つ手を替える真佐人の命をも奪いかねない。弥生以外の人間を殺してはならない。

これだけは破ってはならないと龍太は思っている。その一線を越えたらもう自分は人として生きてはいけない気がするからだ。よって、他人を巻き込む可能性のある方法は取れない。

何よりそういった方法では、小説の中の策を弄した犯人のようにそのトリックが元で探偵に見破られてしまうという本末転倒な結果になり兼ねない。

日が経つにつれて、龍太は焦り始めた。弥生を殺すチャンスを目前にして、行きづまってしまった。

危険を孕んだ方法を回避できたものの、約束の日が近づくにつれて、心のどこかで弥生の癖を利用した犯行を遂げてしまった方がよいのではないか、という思いが頭を擡《もた》げ始めた。もしかしたら、運が味方してくれて、奇跡的に成功するかもしれない。そして、大成功した余韻に浸ったまま幸せな暮らしを送れるかもしれない。その可能性は高いのではないか——。期待感が龍太の胸の中で膨らんだ。

だが、欠陥を発見してしまった以上、それを行うわけにはいかない。この二十二年間、龍太はそうやって生きてきた。危ない橋は渡るな。大きな成功を目指す勇気よりも、小さな落とし穴にも落ちない慎重さを常に持て。これが郷里では神童と呼ばれ、彼らの期待を一身に背負って進学した龍太の信念である。誰に教えられたわけでもない、この確固たる自分の信念を貫いてきたからこそ、龍太の人生に瑕疵《かし》は一つもなかったのだ。

唯一この信念を曲げて失敗した例が弥生との一件だった。弥生の恐ろしさを知らなかったとはいえ、バーに一緒に行った晩の龍太の勘は鈍っていた。一瞬でも弥生に心を奪われたときが龍太の失敗の序章だったのだが、それに気づかず、そのまま誤った道を歩き続けてしまった。学内の誰もがあのことを知っていて陰で笑っているように感じてしまった龍太は、勉強に身が入らず成績は一気に下降した。そのため仕方なく院への進学を断念し、就職を選んだ。

誘いに乗ってバーになど行かなければ。あの夜、弥生を抱こうとしなければ。弥生と関わるのは崩れかかった石橋を渡るようなものなのに、どうしてあんな危険なことを――。焦りは悔恨と怒りを呼び覚ます。熔《と》かされた鉄のように、昂《たか》ぶった感情は弥生への憎しみと熱く絡み合いながら大きな流れとなって龍太の胸に込み上げてくる。

この焦熱をどうにかして抑えなければならない。そのためには、弥生という存在を消滅させることだ。そうしなければ、自分は己の煮え滾《たぎ》ったこの思いに焼かれてしまうだろう。これは自己を守るための闘いなのだ。

そう自分に云い聞かせながら、龍太は毎日、弥生を殺すための方法だけを考え続けた。

手の中にあるメチル水銀は間違いなく猛毒だ。弥生を確実に殺せるだけの毒が今、自分の手中にある。あと少しで弥生を殺せるところまで来ている。

そう、殺せるのだ。問題ない。

だが、肝心の方法を決めかねている。決断できない。〇・二グラム……たった〇・二グラムこれを飲ませれば良いのだが、その方法がわからない。弥生には計り知れないほどの苦汁を呑まされているというのに、俺にはたった〇・二グラムの毒薬をアイツに飲ませることすらできないなんて……。やはり、弥生をこの世から消すのは困難を極める。毒を以って毒を制す、と云うが弥生という猛毒を葬り去るのは並大抵のことではない。

「くそう……」

旅行の二日前になってもいい考えが出てこなかった。天気がぐずついていることもあって、龍太は一日中部屋に籠り、ボサボサの頭を掻き毟りながら思案に暮れた。

今回のところは止めておこうか、という声が頭の中に小さく響き渡っていた。下手をしたら、毒を盛る前に誰かに気づかれ、殺害すらできないかもしれない。

しかし、きっとこの機会を逃したらもう二度とチャンスは訪れないだろう。卒業まであと二カ月しかないのだ。弥生は大学院に残るらしいが、龍太は西日本に就職が決まっている。二人が接触する機会は皆無に等しい。今、彼女に毒を飲ませるしかない。

この別荘での数日間は龍太にとって数少ないチャンスなのだ。人が少ない上に、弥生と寝食をともにするのだ。普段よりも、弥生を殺すチャンスが何倍にも増える。龍太に限らず、弥生は同じ女である圭や花帆とも深く接していないようで、金巻の誘いとはいえこういうイベントに参加するのは珍しい。だからこそ、ここでやるしかない。もう一生こんなチャンスは巡ってこないかもしれないのだ。

この際、三人のうち誰かを仲間に引き込んで、共犯者を作ったらどうか。弥生は表面的には品行方正な女ということになっているが、弥生の本当の姿を知っている人からはいくつか黒い噂を聞いている。真佐人は判らないが、圭も花帆も彼女の被害を受けたと聞いたことがある。それならば、二人のうち、どちらかを味方にできないだろうか。そうすれば、殺害方法の幅がぐっと広がる。

だが、龍太はすぐにその考えを握り潰した。それは危険だと思ったからだ。犯行の幅は広がり、やりやすくなることは確実だが、その分、不確定要素が増えて失敗する可能性も高くなる。やはり、一人でやるしかない――。

時間は既に零時を回っており、旅行の前日になっていた。

このとき、龍太は針を戻すことばかりを考えていた。毒薬を手に入れ、戻れないところまで来てしまったにもかかわらず、道を引き返そうとしていた。逸れようとした人の道に、半分外れた足を戻そうとし、毒を握り締め、人を殺すことばかりを考えていた自分を否定しようとしていた。

できれば、毒を手に入れる前に、弥生の殺害を考える前の自分に戻りたいと思った。いや、弥生と出会った一年前のあの晩に。あのとき、彼女の誘いに乗らずにいればこんなことにはならなかったのだ。そして、そのあと、弥生を抱くような深い仲にならなければ、平穏な日常と平凡な一生を過ごせただろう。

まだ冷徹な現実に龍太の気持ちが追いついていなかった。ギリギリのところまで来ているというのに、そこから逃げようとしている。

後悔を払拭するように、ベッドから体を起こして窓を開けた。

瞬間、一陣の風が吹き抜け、冷気が龍太の顔を切りつけた。ゆったりと流れていた室内の空気は突然の冷たい流れに巻き込まれ、慌ただしく乱れる。風とともに、雪までもが部屋に迷い込んできて、暗い部屋はいっときの白い影に揺れた。

紛れ込んできた朔風《さくふう》はディランのポスターを烈しくはためかせた。セロハンテープが古くなっていたのだろう、継ぎ接ぎしていた部分が破け、ハーモニカを吹いているディランの姿が幾つかに砕けた。白黒な上に不鮮明な印刷であるため、元々ある程度のファンでないと誰だか判らないのだが、パズルのピースのようにバラバラになってしまっては人であるかさえも判断できない。

龍太は舌打ちしてポスターに近寄った。画鋲に引っかかっているポスターの切れ端が枯れ葉のように風に靡《なび》いている。

丁寧にテープを貼り直しているとき、頭の中で何かが弾け、閃光のようなものが脳裏を走った。

「これだ」

外に聞こえるのではないかというくらい大きな声が出てしまい、龍太は思わず口を手で覆った。声は雪に吸い込まれていき、すぐにあたりは静かになった。

この方法ならば、捕まることはない。妙な確信があった。だが、多少の危険がある。それさえ覚悟すれば龍太は疑いの外に逃げることができる。

問題はそれが可能な状況にあるかどうかだ。当日のことを想像してみる。

教授の別荘がどのような造りになっているか判らないが、この計画に家の構造は無関係だ。問題となるのは、当日の料理である。そこに毒を混ぜるのだから。

洋風の別荘だと聞いているし、当日は管理人が腕を奮ってくれるらしい。何でも昔、有名レストランで包丁を握っていたことがあるらしく、フランス料理が得意でコースで振舞うこともしばしばあると教授から聞いている。

ならば、滞在中の料理は恐らくフランス料理が中心となるはずだ。料理には明るくないが、前菜に始まって、スープ、サラダ、肉料理、魚料理、軽いデザートといったものになるだろう。ワインやウィスキーも振る舞われると思われる。食べ物に一定のこだわりを見せる教授の性格を考えると、きっとそういった気の配られた食事になるはずである。

何より弥生がいるのだ。あの女が参加するくらいなのだから、きっと別荘では豪勢な料理が用意されるだろう。もしかしたら、とっておきの食材や飲み物が用意されていると教授から聞かされているかもしれない。

「この方法なら、もしかしたら……」

思い泛べた料理に弥生の好みを重ね合わせる。もし、毒を混入するのに成功したとしても弥生がそれを口にしなければ意味がない。それと、当日、自分がどのように振る舞えばよいかも想像する。

「いける。これならいける」

自分に天啓を授けてくれたディランに感謝しながら、ポスターを修復し終えた龍太は開け放たれた窓に寄った。

雪はもう止んでいた。夜の空は先刻までの雪で、自分の中にある最後の白色を吐き出したかのように暗く沈んでいる。冬の夜は安らかな眠りに就いたように静かだったが、龍太の心は烈しく騒いでいた。

この方法で弥生を葬ろう――静寂が薄い氷のように張りつめている中、龍太は心を落ち着けようと大きく息を吸った。冷えた空気が体中を走る。

殺意を注ぎ込むように小壜を強く握り締めると、不意に妙な安堵感が胸に広がった。何故だか判らないが、恋愛と呼んでいた弥生との数ヵ月が薄汚れた小壜に辿りつき、白い毒薬に結晶したことに安心した。自分は愛情という嘘に惑わされて間違えた場所にいただけなのだ。そして、やっと殺人者というあるべきところに戻っただけなのだという気がした。

幕間

「そんなに前から計画を立てていたなんて知らなかったわ」

龍太が一呼吸置くのを見て、私は合いの手を入れた。

ちらりと時計に目を遣ると、針は既に十時半の少し手前を指している。もう二十分以上も喋り続けていることになる。さすがに疲れたのか、龍太はコーヒーに口をつけて喉を潤した。

「あのときのゼミの話が引き金になっていたなんてね。死因がメチル水銀だと聞いたときに気づくべきだったわ」

あの場に自分がいなければ、水銀の話に乗らなければ悲劇を防ぐことができたのだろうか。そう思うと遣り切れないものが胸の底に澱む。

私の顔を見て、

「花帆、まさか自分のせいで弥生が死んだなんて思ってないだろうな？」

痩せた瞼に疲労の色を重ねながらも、憑物《つきもの》が落ちたかのような晴れやかな喜色を湛えている。それが自分の犯罪があと九十分足らずで消える余裕の微笑なのか、それとも、長い歳月をかけて溜めこんできた罪の重さを吐き出せた安堵のそれなのか、私には判らなかった。ただ、こんなにも澄み切った龍太の笑みを見たことがなかった私は、少しだけ戸惑いを覚えた。

動揺を隠すようにして、私はこう問い返した。

「そういうわけじゃないけど……ねえ、どうして毒殺した方法を隠しながら話しているの？　どうやって弥生を殺したか考えてみろって試されているみたいだわ。推理小説みたいに最後に明かされるのかしら？」

龍太はもう一つ笑みを上塗りして、

「そういうつもりはなかったんだけどな。でも、俺がどうやって弥生を殺したか考えるのも悪くないんじゃないのか？　どうせあと九十分で終わるんだ。最後くらいドラマみたいな喜劇で終わらせてもいいだろう？」

重荷を背負っているような暗さは抜けきっていないが、過去の罪を少しだけ吐き出したせいか、先刻よりも饒舌になっている。

龍太とは逆に外には無音の世界が広がっていた。このあたりが今のような近代的な街並みになったのはほんの数十年前で、それまでは昔の静かな城下町の面影を残していたらしい。深い闇と降り続ける雪に、街はその頃の無口さを取り戻しているようだった。

「そうね。じゃあ、探偵みたいに推理してみようかしら」

天から零れてくる雪を見ながら、私は龍太と同じ笑みを作った。雪は、事件の終わりを告げる砂時計の最後の砂に似ていた。

「でもね、私、もう既に一つ答えを用意してあるの。ううん、もうずっとあったわ、十五年前から」

すっと龍太の顔から微笑が消えた。

「どういう意味だ？」

笑みを切り落とした瞳の奥の鋭い光が、挑みかかるように私を見ている。

「そんな怖い顔しないでよ。今、龍太の話を聞いててやっと答えに確信が持てたんだから。でも、そうしたら、十五年前からずっと判っていたような、そんな気がしたのよ」

「聞かせてくれないか、その答えを」

一度視線を私の顔から外して、龍太は背凭《せもた》れに体を預けた。

「警察に尋問されている間、ずっと考えていたの。誰が、そしてどうやってこんなことをしたのかって。推理小説は好きだったから、今までに読んだ本を思い出したりしてね」

「そんな趣味があったなんて初耳だな。小説なんて読まない感じだったのに」

私はそれを軽い笑い声で受け流して、

「毒殺の方法にもいろいろあるわ。一つは龍太も考えたみたいに、誤った判断を利用したもの。そう、事前に自分のカップに毒を入れておいて何らかの理由をつけて弥生のカップと交換するっていうやつよ。元は自分が口に入れるものだった。本当は自分が殺されるところだったんだ、と云って犯人である自分の立場を被害者のそれにすり替えてしまうもの」

私もコーヒーで唇を潤してから、

「他にも機械的な方法もあるわね。切手や本とかに毒を塗っておいて、それに触れたときに死が訪れるようにしておくような仕掛け。虫歯とか怪我の治療のときに患部に毒を仕込んでおいて、時間をかけてその毒を体に染み渡らせていくようにする方法。毒薬を凍らせて氷にして、それを水に入れる。そして、氷が溶ける前に犯人が飲んで見せて安全を証明しておいてから、被害者に飲ませるなんてのもあったわ」

「俺なんかよりもずっとよく知ってるんだな。これなら、十五年前に花帆に相談すればよかったよ。どうやって弥生を殺せばいいんだ、って」

龍太はそう云い、口端を歪めて表情を崩したが、目は鉤針のように尖らせて私の顔に引っ掛けている。

「特殊な方法もあったわね。砒素っていう毒、知ってるでしょう？」

龍太は当然とばかりに頷いた。

「あれには大きな特徴があるの。少量ずつ飲んでいると抵抗力がつくのよ。つまり、砒素の入ったものを口にしても死なない体になるっていうこと。この特性を利用した方法もあるわ」

「犯人は前々から砒素を飲んでおいて抵抗力を作っておく。で、砒素の入ったものを被害者と一緒に食べる。すると、耐性のある犯人は死なないが、何もしていない被害者は命を落とす。まったく同じものを口にしていたのだから、犯人は疑いの外に置かれる、という寸法か」

「ええ。過去に、致死量〇・三グラムの砒素を六百グラム飲んでも死ななかった男性がいるそうよ。毎日砒素を舐めるのが習慣になっていたみたいで、それで強力な耐性ができていたみたい。といっても、私も詳しく知らないから真偽のほどは判らないけれどね」

「もし、それが本当のことだったとしても、俺は砒素を毎日舐めるなんて習慣はなかったよ。そもそも、事件で使われたのは砒素じゃなかったしな」

「そうね。だから、この可能性はない。メチル水銀にはそういう性格はないみたいだしね」

「だろう？　それに、今までの花帆の話は無意味だな。少し考えてもらえれば判るけど、俺は花帆の云うような方法で弥生を殺したわけじゃない」

つまらなそうに薄い唇から長い溜息を吐き出した。

「こんな意味のない話じゃなくて、勿体ぶってないで、そろそろ花帆の出した答えを聞かせてくれよ」

「そうね。でも、その前に訊きたいことがあるんだけど、いいかしら？」

人差し指を立てて私が云うと、龍太はああ、と低い声を返した。

「龍太、今の話の中に一つだけ嘘がない？」

「嘘？」

意外そうに太い眉を吊り上げ、そう聞き返してきた。

「そう、嘘。龍太は別荘の自分の部屋でメチル水銀を小壜から包み紙に移し変えて、それをポケットに仕舞っていたけど、あれは嘘よね？」

それを聞いた龍太は低く笑い出した。私の言葉が信じられないようだった。

「はは、そんなことを疑っていたのか？　本当のことだよ。あのとき、確かに小壜から薄紙に移し変えて、それをポケットに入れた。紙にはちゃんとメチル水銀が包まれていたよ。弥生の命を奪ったのはメチル水銀だと正式に発表されたし、事件後の警察の捜査でメチル水銀の付着した小壜が見つかったことが何よりの証拠だろ？」

私はそうじゃないの、と首を振ってから、

「私が云っているのはそういうことじゃないのよ。小壜を持っていたことも、その中身がメチル水銀だったっていうことも本当でしょう。でも、私が疑ってるのは別のことよ」

「――」

たじろぐように微笑を止めたのがそのまま答えとなった。凍りついた顔からは次第に色が失われていく。白紙に似た無表情で驚きと動揺を隠そうとしているようだった。

「――事情聴取のときに警察から聞いたのか？」

数秒して、引き攣った笑みを見せながら、龍太が搾り出すような声で訊いた。

それには答えず、

「やっぱりそうだったのね……」

裏庭からメチル水銀の付着した小壜が見つかったことは公表されているが、あの夜に隠されたある重大な秘密については表沙汰になっていない。私は取り調べのときに刑事から聞いていたのだが、この事実はその筋の関係者と犯人しか知らないことだ。

――龍太の云っていることは本当だ。

私は確信を持った。龍太が毒を盛ったことは間違いない。そして、彼が採った巧妙な方法にも見当がついた。

「それなら、方法は一つしかないわ。きっと合っていると思う」

「……」

長距離トラックの狭い座席にその巨体だけでなく学歴や将来までも押し込めてきた男は、

さらに体を小さく縮め、口を鎖《とざ》している。悪戯《いたずら》が発覚して、怒られるのを待っている子供のようだった。

「でも、最後まで話を聞かせてよ。私も昔のことだから、記憶が曖昧なところもあるし」

「それなら、早間にも聞いてもらいたいな。なあ、こっちに来ないか?」

早間淳二は私の夫である。その夫がいつの間にか洗い物を済ませ、丁寧な手つきで時計を拭いている。夫の手の隙間からは針が三十五分を指しているのが見えた。

「俺たちの話がまるで聞こえてなかったわけじゃないだろう?」

「まあね。それじゃあ、そっちにお邪魔しようかな」

夫は時計を掃除するのを止めて、私の隣へ座った。

あの事件で私の人生はめちゃくちゃになったが、唯一の救いは夫と一緒になれたことだ。披露宴のないひっそりとした結婚だったが、私を不幸から救い出すには充分だった。龍太はその夫にも話を聞いてほしがっているようだった。

「それじゃあ、話を始めるとするか。花帆にはもう見抜かれてるみたいだけど」

十五年間隠し続けた真相を見抜かれたからか、龍太は極《き》まり悪そうに眉根に気難しそうな皺を寄せていたが、やがて、ぽつりぽつりと話し始めた。

十時三十五分——。

あの晩の罪が消えるにはあと一時間二十五分残されている。その二時間にも満たない僅かな時間で、弥生の死の真相は公になることはなく、歴史の死角へと葬り去られるのだ。

彼女の肉体は十五年前に失われたが、今度は記録の上からもその存在がなくなってしまう。

その最期を見守るのは、私と夫、悲劇の起きた晩と同じ真っ白な雪、そして読経のように細々と響く龍太の声だけである。華やかさに飾られた一人の女の人生にしては、あまりに淋しい最期だ。

第二章──十五年前

着替えを済まし、白の長袖のシャツになった龍太が下へ降りていくと、階段の終わりに真佐人が立っていた。

「何してんだ？」

真佐人は下唇に指を当て、真剣に壁に掛かった絵を見ている。先刻は気づかなかったが、大きな鏡の隣には、大人の男が手を広げたくらいの横幅の額の中に一枚の絵が飾ってある。

中央にはキリストらしき人物と白髭の弟子。そして、それを取り囲むように人々が群がっている。向かって左には白髭の男が川で手を洗うような仕草をしており、右に目を移すとその白髭の男が別の男に何かを渡している。

絵の意味はよく判らないが、キリストと弟子の群像が、高貴で堂々とした風貌と量感のある生きた肉体を与えられており、画面全体に強い精神性が漲っている。一人一人の人物が力強く描かれているため、素人の龍太でも圧倒されそうになる。絵画に興味がない龍太は、レオナルド・ダ・ヴィンチの『最後の晩餐』を思い出した。絵のタッチが素人目には似ているように見える。

「いや、どこかで見たことのある絵だと思って。確か……」

頭の後ろで手を組み、考え込む。

二、三秒して、

「そうだ。『貢《みつぎ》の銭《ぜに》』だ」

「ミツギのゼニ？」

「そ。マタイ伝福音書の一場面を元にして書かれたもので、作者は確か……マサッチョだったかな。本物はもっと大きくてどこかの教会にあるはずだ。その模造品だな」

「ふうむ。有名なのか。どの辺が凄いんだ？」

「時間的に異なる三つの場面が同一の画面上に描かれている点だな。その画法が画期的だったらしい」

云われてみれば、白髭の男が一枚の絵の中で複数の動作をしている。川辺にいる場面、人に指示されている場面、役人らしき人物に何かを渡している場面の三つが一枚の絵の中に収まっている。

「詳しいことは俺にも判らんけどな」

　やや間延びした声で云う。

「それにしても、お前に絵の趣味があったなんて意外だな」

　龍太がそう云うと、真佐人はさっと顔色を変えた。絵の表面を覆っているガラス板の上に、つま先を見るように俯いた男の姿が映った。

　遠い目をしている真佐人は埃でも取るように額縁にすうっと長い指を滑らせながら、

「……俺は絵になんて興味ない。前に妹から聞いたことを喋っただけだよ」

「ああ、真紀《まき》ちゃんだったか。確か今年うちの大学に入学したんだよな？」

　三つ年の離れた妹が同じ大学に来るという話は聞いたことがある。だが、真佐人が頑《かたく》なに断るため、実際に会ったことはなかった。

「そうか、絵に興味があるなんてお前とは全然違うんだな」

　軽く茶化しただけなのだが、真佐人の顔色には深い影が降りたままである。

「まあな……俺とあいつは全然似てないからさ……」

　真佐人はそう云い、無理に笑顔を作ろうとして目許を緩めたが、目の下に落ちた翳《かげ》が却って表情を暗くさせた。

　妹に何かあったのかもしれない――。

　そう思ったものの、思い当たることはない。そもそも、真佐人の口から語られる真紀はいつも幸せそうで不幸の影を感じたことはなかった。父親を早くに亡くしたせいもあり、真佐人は父親代わりとなって深く愛情を注いでいたが、妹の方もそれを迷惑だとは思っていないようで、二人で映画や旅行に出かけたという話を聞くたびに、今にしては珍しい兄妹の絆を見たような気がしていた。かといって、真紀は兄の手の中だけが暮らしの場だったというわけでもなく、真佐人に淋しさを与えるくらいの生活を送っているようだった。

幸せを絵に描いたような兄妹に何があったのか。真佐人の顔色を翳らせたものの正体が何なのか。龍太は強く知りたいと思ったが、真佐人の暗い表情がそれを固く拒んでいる。話題を変えようとしたとき、真佐人は表情を固めたまま、龍太を置き去りにしてリビングへ歩き始めた。

「お、おい……」

困惑しながら後姿を追う。翳を負ったような背中は微かに震えている。穏やかに笑うことにしか慣れていない細い肩が、烈しい怒りを必死に押さえ込むように強張らせているのが判った。

龍太がその理由を知るのは、一時間ほど後のことだった。

二人がリビングへ行くと、奥のテーブルは空っぽだった。小型の花壜に活けられた牡丹の枝が無言の食卓を飾っているだけである。

「まだ誰も降りてきていないのかな？」

真佐人がテーブルよりも手前にあるソファに腰掛けながら、元の陽気な調子で呟いた。

龍太はそれにほっとしながら、

「向こうで手伝いでもしてるんじゃないのか?」

左奥に見えるキッチンを指差した。水の流れる音や肉の焼ける音は漏れてくるのだが、冷蔵庫や食器棚の陰となっていて、奥の流しや調理場は見ることができない。

「でも、圭は料理は全然できないって云ってたぜ」

「たまには頑張ろうとしているんじゃないのか? 皿を割って花帆たちに怒られていそうだけどな」

真佐人の正面に座り、龍太が笑いながらそう云うと、
食器を手にした花帆が奥から出てきた。

「圭はまだ部屋よ」

「調子が悪いのか?」

龍太が訊くと花帆は首肯して、

「ええ。私が下に降りてくるときに声をかけたんだけど、本格的に風邪をひいたみたいで少し休むって云ってたわ」

「ふうん。料理ができないからサボったんじゃないのか?」

にやけて云う真佐人を諫めるように、

「そうじゃないみたい。本当に調子が悪そうだったから」

真剣な声でそう答えながら、花帆はテーブルの上に綺麗に皿を並べていく。白いテーブルクロスに整然と並んでいる食器を見ているだけで、どこか高級な店に来ているような気分になる。

「それにしても、ここの山荘、キッチンも最新式ね。ガスコンロは三口だし、オーブンも去年発売されたものだし。電子レンジもあってびっくりしたわ。でも、水道だけは駄目ね。蛇口が学校にあるような首が短くて回転するような旧型なのよ。金巻先生の奥さんはあまり料理をやらない人なのかしら？」

花帆はそう云いながら椅子に腰掛けた。

「そうかもしれないな」

「キッチンなんてどうでもいいよ。俺は美味いモンが食えればそれでいい。コンロだってモノが焼ければいいし、蛇口だって水が出ればいいさ。それにオーブンや電子レンジなんて必要ないだろ？　フライパンじゃ駄目なのか？」

乱暴に切って捨てるように云う龍太を花帆と真佐人は半ば呆れたようにして見ている。

「はは。お前にかかれば、焼き鳥もローストビーフも同じなんだろうな」

明るく笑いながら云うと、花帆も重ねて、

「目隠しをして食べさせたら間違えそうよね」

二人は笑い声を上げた。

「いいだろう、別に。消化されれば同じようなもんだ」

つまらなそうに龍太は二人から目を逸らした。すると、テーブルの横の壁にダーツの的が掛かっているのが見えた。

真佐人もそれに気づいたようで、

「お、ダーツか。やってみるか」

窓と向かいの壁に丸いダーツの的があり、その近くの棚には数本の矢が刺さった缶がある。真佐人はそれを五本取ると、四角く並んでいるソファの窓際の横あたりに立ち、正面の的に狙いを定めた。リビングの横幅は五メートル以上はあるのだが、それでも真佐人は二本の矢を真ん中に命中させた。

「腕が鈍ってるなあ。どうだ？　龍太たちもやってみない？」

「いや、俺はこういうの苦手でな。花帆はどうだ？　なかなかうまそうじゃないか？」

「そうだな、花帆は手先が器用だからダーツもうまそうだけど？」

「ううん。私、ダーツは苦手なの。一度、人に刺さりそうになったことがあるくらいよ」

首と右手を軽く振りながら、そう答えた。

「怖いね。無理に薦めるのは止めておいた方がいいな」

真佐人は上機嫌で刺さった矢を抜き取り、また投げ始めた。矢は綺麗な軌道を描きながら、的へと吸い込まれていく。

二度目は勘が戻ったのか、四本の矢が中央の赤い円の中に収まった。

「うまいもんだな、誰に習ったんだ？」

しきりに感心して龍太が訊く。

「習うも何も、コツさえ摑めば誰だってこれくらいはできるさ」

「そういうもんなの？　私も的に当たるくらいにはなるかしら？」

「何度かやれば、それなりにできるようになるさ」

満更でもない顔をしながら答えると、外れた一本を中心に刺し直して、真佐人はソファに戻った。

「よく見るといろいろなものがあるんだなあ、この部屋」

真佐人は舐め回すようにリビング全体に視線を這わせた。

的の近くには大きめの木棚が置かれており、その上に一冊の古書が飾られていた。色褪せた緑色の表紙には、白抜きで『カンタベリー物語』と書かれている。棚の隣の壁には本を見下ろすようにして池辺に咲く水仙の絵がかけてあり、その池に糸を垂れるかのように、壁と棚の間には一本の竹竿が立てかけられていた。相当使い込んでいるようで、竿の握る部分が黒ずんでいる。

「教授、釣りなんてするのか？」

誰とはなしに龍太が訊いたが、真佐人と花帆はさあ、と呟きながら首を振った。

「棚にある本とか絵とかは金巻先生の趣味なんでしょうね。ごっちゃになってるけど、いろんなものがあって面白いわ」

花帆は髪を結び直しながら、あちこちに目を散らした。

「あれは金巻先生の奥さんの趣味なのかしらね?」

花帆の視線の先には、透き通るような美しい白糸で紡がれた花柄のレースが雪の気配を遮るように窓際にかけられていた。また、さりげなく青色や赤色の花のドライフラワーが飾られていて、淋しい冬の夜を彩っていた。

「よくできてるな」

龍太がドライフラワーに手を伸ばした。

「ちょっと、余計なことはやめておきなさいよ。ドライフラワーは下手に触ると形が崩れちゃうんだから。それよりも食事のことでも考えてなさい。今夜の食事は期待していいわよ」

思い出したように花帆が云った。

「本当に本格的なのよ、俊江さん」

「プロだったんだろ?」

花帆はええ、と答えたあと、

「有名なレストランにいたみたい。でも、腕がすごいのは判るんだけど、肝心の料理のことが判らないのよね。フランス料理みたいなんだけど、私が知らないものばかりだったわ」

「へぇ。まあ、フランス料理なんてほとんど口にしないもんなあ」

真佐人がぼやくように云うと、

「でも、弥生はよく知っているみたいで盛り上がっていたけどね」

「さすがだね、弥生お嬢さんは。さて、俺らも準備を手伝おうか」

「そんなこと云って、どんなお酒があるか見に行きたいんでしょう?」

花帆がくすくすと笑ってソファから体を離した真佐人に云う。歩みを止めた真佐人は、違う違うというように首を小刻みに振っている。

「私はあまりお酒を飲まないから判らないけど、金巻先生がいいワインを用意してくれたみたいよ」

「お、それは楽しみだね。夕飯の前に軽く飲みたいな。なあ?」

同意を求められた龍太は曖昧に頷いた。

「そんなことをすると弥生に怒られるわよ。喉が渇いたなら、水でも飲んでいなさいよ。ここの水、カルキの匂いがしなくて美味しいのよ」

「そういや、車を停めたあたりに貯水タンクがあったな。井戸水を汲んであそこに溜めて使っているんじゃないのか？」

「いえ、以前はそうしていたんですけど、もうあれは使っていないんですよ」

突然後ろから声がした。驚いて振り向くと、俊江がフォークやスプーンの入ったバスケットを手にして立っている。

「ほら、今は保健所がうるさいでしょう？　昔は井戸水なんて当たり前に飲んでいたんですけど、最近は水質検査をしないといけないんですよ」

ここ数年、日本でもミネラルウォーターが広まり、その気運に乗って井戸水や湧き水も人気になっていた。確かに消毒の強い都会の水道水よりは生水の方がはるかに美味しい。だが、食中毒菌の危険もあり、保健所が水質検査を厳格にし始めているという話を聞いたことがある。

「そうだったんですか。でも、ここのお水、美味しい気がするわ」

「ええ、ここは水道水も充分美味しいですよ。水源がいいところにありますから」

俊江は有名な山の名前を口にした。

「なるほどね。そりゃ美味しいはずだよ。東京の人間が金を出して買っている水がタダで飲めるってわけだから」

「でも、さすがに売っているものの方が美味しいでしょうけどね。水道水だから多少はカルキの匂いがしますし」

俊江は話しながら、ナプキンを敷いてその上にフォークとナイフを綺麗に並べていく。前はシェフをやっていたと聞いていたが、やはりその手際のよさには慣れた感がある。

食器を並び終えると、俊江はキッチンに戻っていった。

「遅くなっちゃってごめんね。本格的に風邪を引いちゃったみたい」

俊江と入れ違いに、ピンクの可愛いハートが飛んでいる厚いセーターを着た圭が姿を見せた。先刻の格好に比べればだいぶ暖かそうだが、それでもリビングに入ってくるなり、

「部屋よりもこっちの方が暖かくていいな」

すぐにストーブに駆け寄り、床に座り込んで手を翳した。

「そんなに寒いの？　熱でもあるんじゃないの？」

心配そうに花帆が圭の顔を覗き込み、右手を額に当てた。

「熱はないみたいね」

そう云われた圭は恥ずかしそうに笑って、

「お母さんみたいなことをしないでよ」

花帆の手を額から剝がした。

「圭は小さい子供みたいだから。何だか放っておけないのよ。それにしても、圭って冷え性ね。手が冷たい」

花帆の手をはじくように離れると、

「ごめん、花帆も冷たかったよね。そうなの。だから、いつも冬は手足が冷たくって」

まだ寒そうに手を擦り合わせている。背を縮めてストーブに当たっている後姿を見ていると、花帆の云う通り、小さな子供が外から帰ってきて体を温めているように見える。

「夕飯を食べれば少しは体も温まるさ。それに酒を飲めば風邪なんてすぐに治るよ」

「百薬の長っていうしな」

「もう、二人は飲むことしか考えてないんだから。少しは圭のことを心配しなさいよ」

花帆が肩を竦めると、

「いや、『少し飲み、そして早くから休むことだ。これは世界的な万能薬だ』ってね」

「誰がそんなこと云ったの?」

圭が真佐人を見上げながら訊ねる。

「ドラクロワっていうフランスの画家だよ。いい言葉だね」

「でも、『バッカスはネプチューンよりも多くのものを溺死させた』とも云うわよ。溺れ死なないように気をつけて頂戴ね」

花帆は笑いながら云い、

「さて、私はキッチンに戻るわ。弥生にすぐに戻るって云ってきたのを忘れてたわ。小言を云われそうね」

エプロンを翻して戻っていった。

「今の は誰の言葉なの？ それに、バッカスとかネプチューンって誰？」

やっと体が温まったのか、圭はストーブから離れて椅子に座った。

「ヨーロッパの諺《ことわざ》だよ。バッカスってのは酒の神様、ネプチューンは海の神様のこと」

ポケットからジッポライターを取り出し、手の中で弄びながら、真佐人が答えた。こうして、ちょっとした雑学を披露しながらキザな仕種をしても、真佐人には嫌味にならないだけの親しみやすさがある。

「へえ、真佐人も花帆も物知りだね。龍太、知ってた？」

「バッカスとネプチューンは知ってたが、諺は知らなかったな」

そこまで話すと、龍太は言葉を切って、

「酒といえば、すっかり忘れていたんだが、今日はブランデーを持ってきているんだ」

龍太と真佐人はスコッチ・ウィスキーやブランデーを好んで飲んでいた。レディバーンやキンクレイスといった、今は蒸留所が閉鎖されてしまい、高値になっているウィスキーも二人で金を出し合って買っていた。その手の酒に関しては、大学生にしては贅沢な舌をしていると云える。

「もしかして、この前飲んだカミュか？ ボトルにゴッホの『カフェ・アット・ナイト』が描いてある高いやつ。あれは美味かったなあ。持ってきてくれたのか？」

頬を綻ばせながら真佐人が訊くと、

「ああ。一度に飲むのは勿体なくて残しておいただろ？　荷物の中に入ってるからちょっと取ってくるよ」

そう云うと、龍太は立ちあがり、足早にリビングを出ると大きな音を立てて階段を昇っていった。

真佐人がまだ主にカミュの説明をしている途中で戻ってくると、龍太はボトルをテーブルの上に置いた。

「あれ、透明のボトルじゃないんだね。焼き物みたい」

確かに辞書を模《かたど》った白い陶磁器は、内にブランデーが入っているとは思えないほど洒落ていて、ちょっとしたインテリアのようだ。辞書の表紙にあたる部分には、一枚の絵が鮮やかな色で描かれている。

「リモージュ焼きって云うんだ。フランスのリモージュっていう都市の伝統的な陶磁器だな」

「ふうん、伝統的な陶器か。こう云うのも何だけど、龍太にはあんまり似合わないよね」

「当然だ。伯父さんからもらったものだからな」

「そういうことか。納得納得」

満足そうに何度も頷く。よほど龍太のイメージと目の前にあるブランデーが一致しなかったらしい。

「せっかくだが、子供には飲めないぞ。強いからな」

仕返しをするように龍太が云うと、今度は真佐人が頷いて、

「アルコール度数が四十パーセントだからな。花帆と圭はやめておきな」

それを聞いた圭は拗ねたような口調で、

「いいよ、別に。私は食べる方に専念するから。ほら、いい匂いがしてきた」

その言葉通り、キッチンの方からは、肉の焼ける香ばしい匂いや様々な調味料が交じり合った薫りが部屋に流れ込んできている。

「スキーができなくてもお酒が飲めなくても、美味しいものが食べられればそれでいいや」

「この天気じゃスキーなんて夢のまた夢だからなあ」

窓に近づきカーテンを開けた真佐人は、目を見張って、ああ、と頓狂な声をあげた。

「どうした？　今更驚くこともないだろ」

龍太も窓に近寄り、顔をつける。

夜と雪しかない窓の外は不気味なほどの静けさと冷たさで閉じられている。そこには音も色もなかった。時折、吹き渡る風が粉雪を砂塵のように舞いあげて、白い影で夜を掠めていくくらいなものである。

「これはマズイかもなあ。下手したら、ここから出られないかもしれない」

真剣な目をして真佐人が云う。

「いいんじゃない？　数日ここでゆっくりしてれば。食料が切れるわけじゃないんでしょ？」

「それは何とかなるだろうが……」

龍太も深刻な表情を見せる。

「なら、いいじゃない。心配ないって」

浮かない顔をしている二人を横目に、圭だけが呑気に笑っている。

「これぱっかりは俺たちにはどうしようもできないからなあ。止むのを待つしかないね」

真佐人は諦めたように、カーテンを勢いよく閉めた。

「取り敢えずは夕飯だなあ。案外、美味い料理を食べている間に晴れてくるかもしれないぜ」

その言葉を待っていたかのように、ちょうど銀色の器を持った弥生が姿を見せた。無地の野暮ったいエプロンをしているが、それでも弥生の華やかさを隠しきれていない。エプロンで隠れた真っ赤な牡丹の刺繍が、白い生地の下から華やかな模様として浮きあがってきそうな雰囲気がある。

「お待たせ。テーブルの中央にこれを置かせてくれる？」

俊江が作ったものなのに、まるで自分が調理したかのような云い方をした。自ら進んで手伝っているのは、女主人然としていたせいかもしれない、と龍太は思った。

龍太が積まれた皿を除かし、空間を作った。横長の銀色の器は蓋がしてあって、中が見えないようになっている。

「これは何？」

興味津々といった感じで真佐人が訊ねると、弥生は手を伸ばし、中に籠った蒸気を開放するように蓋を開けた。綺麗な焼き色のついた鴨が香ばしい薫りに包まれている。

「中にフォアグラとキャベツが入っているの。食べるときに切り分けるわ」

「へぇー。フォアグラかあ。俺、初めて食べる。楽しみ」

歓喜の表情をしている真佐人の横に座っている龍太が疑問を口にした。

「そもそも、フォアグラって何だ？」

「ガチョウの肥大した肝臓よ。それくらい常識でしょう？　本当にこういうことを知らないのね。そういうところが嫌なのよ」

抑え付けるように弥生は云い、またキッチンの方へ戻っていった。残された龍太は恥ずかしさと怒りで唇を震わせながら赤面した。

「あんな云い方しなくてもいいのにね……。弥生、ご機嫌斜めなのかな？」

「いつもあんな感じでしょう？」

圭と花帆が苦笑いしながら云う。

「ま、あまり気にすんなよ。いつものことだから」

「ああ……今更気にならないさ……」

龍太は俯きながら上の空でそう云い、長い袖をぎゅっと握り締めた。ピリピリとした緊張感があたりに広がった。

そんな場の空気など知らないかのように、キッチンから戻ってきた弥生はピンク色の唇を一段と妖美に光らせながら、明るい調子で、

「普通は順番に料理を出すべきなんだけど、今日は面倒だから、一気に並べちゃうわね。みんな、手伝ってくれる？」

場を仕切るように云い、トレーから珈琲カップほどの小さな器をテーブルクロスの上に五人分移した。

続いて俊江も姿を見せた。舌平目のブレゼが綺麗に盛られた皿を器用にも腕に乗せ、五人分の料理を持っている。

「で、俺たちは何を持ってくればいいの？」

「そうね、男二人には重い物を持ってきてもらおうかな。残った食器とかスープの入ったお鍋とかワインとか。圭と花帆はここで俊江さんと一緒に盛りつけを手伝って頂戴」

云われるままに、龍太は鍋や食器を運び、真佐人は嬉しそうに数本のワインを選んでワインクーラーから取り出した。圭と花帆は弥生と俊江の指示通りに料理を並べていく。

真っ白いキャンバスのような素っ気ないテーブルクロスの上に、色鮮やかな料理が並ぶ。帆立貝のグラタンは菜の花のような黄色を。絶妙に焼かれた鴨は桜のようなピンク色を。サーモンを使ったレタスのサラダは若葉のように瑞々しい緑を。舌平目に添えられている香草が爽やかな薫風を造る。今の季節を忘れさせ、まるでテーブルの上に春や初夏が訪れたようだった。

「ああ、俺と龍太はスープはいりません。俺たち、酒を飲むときはこういうのを避けてるんですよ。腹に溜まって飲めなくなるから」

真佐人はそう云い、ポタージュスープを注ごうとした俊江の手を制《と》めた。

「ああ、そうなんですか。それではこれで終わりですね」

スープ用の皿を二枚元に戻すと、俊江はエプロンを脱ぎながら、

「私はこれで失礼しますね。洗い物はそのままで結構です。明日私がやるので」

「あれ？　俊江さん、食事は？」

テーブルから椅子をゆっくりと引き出して、当然のように上座に着いた弥生が訊く。長テーブルのキッチン側には弥生に近い順に花帆と圭が座っており、窓際には同じように龍太と真佐人が二人に向かい合うように席に着いている。

「私と主人は先に頂きました」

「あれ、猛雄さんは？」

リビングを見回しながら真佐人が訊ねる。

「もう寝てしまったんじゃないでしょうか。あの人は夜早く寝て、朝早く起きるという典型的な山の人なので。それに、この天気からして明日の朝、やらないといけないことが多くなりそうですし」

「そうですか。雪かき程度のことだったら、お手伝いできますが」

気を遣って龍太が云ったが、俊江は皺だらけの手を顔の前で振って、

「いえ。私と主人で足りますので。それでは、お先に失礼します」

そう云い、頭を下げようとした俊江が何かに気づいたように顔を上げた。

「云い忘れていましたが、買い置きしておいたグラニュー糖を床に落としてしまい、今はシュガーポットに入っている分しかありません。足りないようでしたら、明日、買いに行って参りますので……」

申し訳なさそうに云ったが、真佐人は手を振りながら、

「その必要はないですよ。みんなそんなに紅茶を飲むわけではありませんから」

「そうですか。判りました。それでは、失礼します」

ペコリと頭を下げ、リビングから出ていった。

「さてと、始めますかね。まずは……」

そう云うと、真佐人は徐《おもむろ》にワインに手を伸ばした。ボルドーの赤ワインが重厚な色彩

を放っている。

真佐人は慣れた手つきで白い木綿のナプキンで壜を包むと、ゆっくりとコルクを抜き、四人のグラスへ注いだ。

「私と圭は少しでいいわ。あまり飲めないから」

花帆が云うと隣の圭も頷きながら、

「うん。酔って料理が食べられなかったら勿体無いもん」

「それじゃ、二人の分は俺が飲むよ」

上機嫌で真佐人は云い、圭、花帆の順で少量ずつ二人のグラスに注いだ。次に龍太。その次に弥生のグラスに濃厚な赤色の液体が注がれた。甘い香りがリビングを優しく包み込む。

最後に龍太が真佐人のグラスに注いでやり、晩餐の支度は整った。

真佐人が右手を高く掲げて、おどけながら、

「俺たちの邪魔をするこの嵐のために。乾杯」

その声に合わせて、一斉にワインを口に含んだ。

弥生はこれが最期の晩餐だと知るよしもなく、上品に舐めるようにしてワインに口をつけた。グラスの縁に灯りが反射して、淡い光の輪を作って弥生の唇を飾った。数多くの人間を貶めてきた唇は、ワインに色づけられていつもよりも蠱惑《こわく》的に映った。赤ワインに上

塗りされた口許は炎のように烈しく燃えている。

龍太にはそれが弥生の命の灯火のように見えた。命に色があるとするならば、きっとこんな色で燃え尽きていくのだろうと思った。

そんなことを考えながら、龍太は一気にワインを呷《あお》った。

※

「力強くてしっかりとした味わいがあるな」

一口飲んだ真佐人は評論家めいた口調でそう云って、グラスを少し高く掲げて色を見ている。視線の先ではワインが赤色の波を起こしながら、他の四人の顔を映している。

「本当。美味しいわ、雑味もないし」

弥生はそう云って、グラスを置いて、グラタンにスプーンを入れた。

「安ワインみたいに水っぽくなくて美味しいわね。これならあまりお酒に強くない私たちでも飲めそう。ねえ?」

「う、うん。でも、ちょっとアルコールが強くない?」

口を窄ませてそう云うと、圭はグラスを置いた。早くもほんのりと頬が色づいている。

「二十度程度だぜ? そんなに高くないだろ?」

平然と云って、自分ももう一口含み、

「で、この鴨はどうやって食べればいいの？」

と誰ともなしに訊いた。弥生がすぐに、

「切り分けないといけないわね。私がやるわ」

グラスを傾けてワインを飲み干し、膝の上にかかっているナプキンで口を拭ってから、立ちあがった。フォークで鴨を押さえながらその胴体に包丁を刺し入れ、綺麗に均等に分けた。切り口はフォアグラの橙とキャベツの緑、そして鴨肉のピンクが並んでいて一枚の絵画のような美しさがある。

「そこのお皿を取ってくれる？」

包丁とフォークを持ちながら、隣にいた龍太に云う。

「ああ」

食べかけの舌平目をそのままにして、龍太は云われるままに、白い皿を一枚一枚弥生に手渡していく。やがて、五枚の皿に鴨を乗せると、最後にスプーンを使って丁寧にソースをかけた。

「俺、これにしよっと」

真っ先に真佐人が手を出し、弥生の近くにある一番大きな鴨肉が乗っているものを取った。しかも、胴体部分の最も美味しそうな部分である。

「あ、ズルイ。それじゃ、私はこれにしよっと」

続いて圭が手を伸ばしたのは、花帆の前にあった皿だった。真佐人のものと同じく、丸みを帯びた胴の部分である。

「二人とも子供じゃないんだから、自分に一番近いのから取っていきなさいよ」

苦笑して花帆が近くにある皿を取る。頭に近い、少し細くなっている部分である。残ったのは焼けて細くなった足の部分と、見事な太さのある胴の部分だったが、龍太が自分の目の前にあった胴の部分の乗った皿に手を伸ばそうとした瞬間、一歩先に弥生がその皿を摑んだ。

何も云わずに、まるでそれが当たり前のように弥生は自分の前に持っていき、ナイフを入れて口に運び始める。

三人は一瞬手を止め、龍太を見たが、特に気に掛ける様子もなく、慣れない手つきで鴨を切り始めたので、ほっと息をついて、それぞれ料理に手を伸ばした。

口々に美味い美味いと云いながら、無駄な喋りを挟むことなく、料理を次々に口に運ぶ。食に五月蠅そうな弥生からも文句の一つ出なかったことは、俊江の腕が一流であることの証明だった。

「美味しいわね。金巻先生はここに来るたびにこんないい料理を食べているのかしら?」

頻りに感心しながら、花帆が言葉を漏らす。

「奥さんはあまり料理が上手ではないらしいから、わざわざああいう人を雇っているのかもしれないわね」

弥生が何でもないようにそう云った。

「え？　そうなの？　金巻先生の奥さんってあまり料理巧くないの？」

スープを掬う手を止めて、圭が訊いた。一気にアルコールが抜けたような、しっかりとした口調をしている。

「そうよ。この前、私があの人に夕飯を作ってあげたときにそう云っていたもの。あら、知らなかったの？」

場に重苦しい沈黙が降りた。弥生の放った言葉の余韻が、夜の静寂に尾をひいて流れる。

それを愉しむように、わざと数秒間《ま》を置いて、弥生は今までと変わりない明るい口調で先を続けた。

「奥さんがあまり料理をしないものだから、電子レンジなんて高いものが置いてあるのよ。俊江さんがいないときはそれを使った料理ばっかりだってあの人、ぼやいてたもの」

そう云って、鴨肉をソースに絡ませて口に入れた。

「そ、そう……」

予期せぬことに、圭は当惑を細い弓形《ゆみなり》の眉の震えに覗かせた。

それを面白がるように、弥生は続けて、

「ここができたばっかりの頃かな。私、二度、ここに来てるのよ。そのときにいろいろ聞いたの」

いろいろ、という部分を強調するように云い、圭の反応を楽しんだあと、さらに、

「あら、ここの掛け時計、またズレてるわ。この前、直したばかりなのに」

自分の腕時計に目を落としながらそう云い、柱に掛かっている時計に歩み寄った。弦楽器のような光沢のある茶色い胴をした掛け時計が時間を刻んでいる。

「面白い時計ね、文字盤の下に金属のディスクがついているみたいだけど」

花帆がわざと明るい声で云った。

「ディスク・オルゴールよ」

「オルゴール？　オルゴールっていうと小さい箱っていうイメージがあるけどなあ」

舌平目を食べながら、真佐人が云う。

「CDみたいに曲を代えることができるのよ。オルゴール全盛時代の後半はほとんどがこのタイプだったらしいわ」

弥生はそう云いながら、慣れた手つきで文字盤を弄《いじ》り、時間を調整する。

「この時計は鐘を鳴らすんじゃなくて、決まった時間になったら、このオルゴールが流れるようになっているのよ。どんな曲だったかしらね。思い出せないわ」

まるで自分の別荘であるかのような口振りで云い、弥生は席に戻った。金巻に憧れや淡

い恋情を抱いている主に対して弥生は挑発しているのだ。

その場にいる全員がそれを判っていた。だからこそ、誰も何も云わずに黙々を食事を続けた。

晩餐が中盤に差し掛かった頃、

「ワインをもう一杯くれるかしら？」

珊瑚のように薄ピンク色に頬を染め、弥生が何杯目かのワインを要求した。アルコールが回ったせいか、弥生の仕草は緩慢だったが、それは仄かに紅色に染まった頬や濡れた唇と相俟ってより一層彼女を魅惑的なものにさせている。

その姿に見惚れていた真佐人は、一瞬返事が遅れた。

「あ、ああ。でも、もうないみたいだぜ」

壜を振ってみせる。中に僅かに残ったワインが縁を舐めるように伝った。

「そう、ワインクーラーにまだ数本あるはずよ」

だから取って来てくれない、とでも云うように深く椅子に座り、凭れ掛かった。真佐人はそれを見て、小さく溜息をついてキッチンへ足を向けたが、途中で何かに気づいたように、

「そうだ、龍太が持ってきたブランデーがあるんだった。それを飲まない？　本当は食事中に飲むもんじゃないだろうけど」

「ブランデー？」

初めて気づいたように、弥生は視線をテーブルの隅へ折った。

「この前、俺と真佐人で飲んだ残りだけどな」

弥生は残りという言葉に顔を曇らせたが、

「独特の風味があって美味いよ。ただ、度数が高くてキツイからあまり薦めないけど」

プライドを擽《くすぐ》るように真佐人が云うと、少しむっとしたように眉を吊り上げ、突然席を立ち、キッチンへ足を向けた。

すぐに、弥生は三つのショットグラスを手にして戻ってきた。それらをテーブルに置くと、それぞれのグラスに雑な手つきでぎりぎりまでブランデーを注いだ。琥珀色の液体は漣《さざなみ》を打ちながら、表面に細かい影を刻み込んでいる。そのせいか、色が深まって見えた。

弥生は音を立てて空になったボトルを置くと、乱暴さの残った手をそのままグラスに伸ばした。

「風味が上品で美味しいわ。香りが高いのに、突き刺すような強さもなくて円やかだし」

酒気混じりの声で云い、もう一口飲んだ。

「だろう？　俺ももらおっと」

真佐人もグラスを手に取って一口含んだ。龍太はその二人に遠慮するように、残ったグラスを遅れて手にする。

「花帆と圭も少し飲んでみるか？」

舐めるように口をつけたあと、龍太は二人に薦めてみたが、揃って首を振り、

「私たちはいらないわ。そんなにお酒に強くないから」

そう云ってフォークとナイフを盛んに動かしている。酒をあまり飲んでいない二人は食が進むらしく、目の前の料理は残り香を僅かに漂わせ、姿を消している。

それでも、食事を始めてから一時間もすると、他の三人の前からも料理がなくなった。休憩も取らずに長時間車に揺られてきて空腹だったせいもあるが、俊江の腕のよさによるところが大きい。食欲をそそる見映えと、飽きのこない絶妙な味つけが五人の手を止めさせなかった。

「そういえば、弥生は茸《きのこ》が苦手だったよね。去年のゼミ旅行に行ったときにも残してた」

酔いが回ってきたのか、圭はとろんとした目で弥生の皿を見た。他の四人の皿は綺麗に空になっているが、弥生の皿には鴨肉料理につけ合わされていたシメジとシイタケのソテーが残されている。

「そうだったなあ。せっかく採れたての茸でまぜご飯を作ってくれたのに、全部取り除いてたよな。食器を下げに来た旅館の人が悲しそうな顔してたのを覚えてるよ」

苦笑しながらそうつけ足した。どうやら圭と真佐人は去年も金巻のゼミに参加していて、弥生と旅行に行ったことがあるらしい。

「茸のあの下品な匂いが嫌なのよ。そもそもあんなカビの仲間みたいなもの食べるなんて信じられないわ」

極まり悪そうに、普段は見せない焦りや動揺を声に滲ませている。叱られている子供が下手な云い訳をしているように見えた。

「さっさと片付けてデザートにしましょうよ」

体裁を取り繕うように云うと、素早く立ちあがり、食器をキッチンへ運び始めた。その様子を見た四人は声に出さず、目だけで笑いあった。

「私たちも手伝いましょう」

花帆がそう云って席を立ってキッチンに行った。

「今度は私も手伝おっと。私たちは洗い物をするから、真佐人と龍太は食器を運んで来てよ」

圭も腕捲くりをして立ちあがった。

「あ。圭」

圭の背中に龍太が声をかけた。

「どうしたの、龍太？」

「悪いが、このブランデーのボトルは綺麗に洗って、捨てずに俺に戻してくれないか？」

「うん、判ったけど……部屋にでも飾るの？」

「何となく捨てるのがもったいなくてな」

「何だ、龍太がいらないなら俺がもらおうと思ったんだけどな」

残念そうに真佐人が云ったとき、

「ねえ、悪いけど、洗い物は二人に任せていい？　私はケーキを用意するから」

いつもの調子を取り戻した弥生がこちらに戻って来るなり、さりげなくそう云った。洗い物は手が荒れるから嫌なのだろう。

圭は渋い顔をしたが、いつものことだと思ったのか、何も云わずにキッチンへ向かった。

テーブルから食器がなくなると、弥生はキッチンから紅茶カップと小皿、そして綺麗な茶色に焼かれたカステラ状のケーキを持ってきて席に着いた。まだ水の流れる音と食器の触れる音がキッチンから漏れてきている。

弥生は育ちの良さを見せつけるように丁寧な手つきで紅茶のカップを並べながら、

「二人は食べるの？」

新しいブランデーをキッチンから持ってきて飲んでいる二人に訊いた。

「そうだな……せっかくだから食べようかな。紅茶はいらないけど。俺たちはこれを飲んでいるから」

頬を赤くした真佐人がショットグラスを小さく掲げながらそう答え、龍太も頷いた。

「でも、このケーキ、ワインが使ってあるみたいよ」

「ワインの風味がブランデーで消されちゃうって？　食べられればいいよ、ケーキなんて。腹の中に入っちゃえば同じなんだから」

龍太の真似をして真佐人が云った。弥生は頰に微笑を滲ませて、判ったわ、と答えると、カップを二つ伏せた。

ケーキを切り分け終わり、丁寧に皿に載せ始めると、ワインを煮つめたような濃厚な薫りがあたりに広がった。切り口からはレーズンが顔を覗かせており、食欲をそそる。

「美味そう。俺らは紅茶を待つ必要ないもんな。先に頂いちゃおう」

「そうだな。お湯が沸くのに時間がかかるかもしれないしな」

「仕方ないわね。それじゃ、先にどうぞ」

呆れた表情をして弥生が皿を龍太に渡し、真佐人へと回す。続いて龍太にもケーキの乗った皿が手渡された。

「あ、先に食べちゃってる。もうすぐ花帆も来るのに」

戻ってきた圭が咎めるような目つきで云い、自分の椅子に腰掛ける。

「いいだろ。俺たちは紅茶を飲まないんだから」

「そうそう。このケーキも美味しいぞ。圭も早く食べな」

頰にケーキをつめながら真佐人が云ったとき、花帆がちょうどティーポットを持ってきた。菫が淡い青色で泛んでいる白い陶器製のポットである。

それを置くなり、

「やっぱり。二人は先に食べてると思ったわ。まったく、酔っぱらいはこれだから……」

「俺たちは別に紅茶を飲まないから問題ないの。なあ？」

酒が入り、いつもよりも饒舌になった真佐人が反駁する。

「まあ、別にいいけどね。いろんな茶葉があったけど、私の好みでアッサムにしちゃったけどよかった？」

「私も好きだからそれで構わないわ」

弥生が頷きながら云うと、圭は不思議そうに首を傾げて二人に訊いた。

「ミルクティーに適した種類とかあるの？」

「ええ、ミルクの味に負けない強いものの方が適しているのよ。アッサムなんかはその代表ね。よく名前を耳にするダージリンは発酵度が低くて味が弱いから、ミルクティーには向いていないのよ」

紅茶が好きなのか、浮ついた声で答えながら、花帆は濃い茶色の液体をカップに注いでいく。酒の匂いを追い払うように、気品のある紅茶の香りが漂い始める。

「あ、お砂糖とミルクを持って来るのを忘れたわ」

注ぎ終わると同時に、花帆はそう云って席を立った。

「肝心のミルクがなくちゃミルクティーにならないだろ。花帆も意外と抜けたところがあるんだな」

龍太がそう冷やかすと、真佐人は何か思いついたように、

「そうだ。花帆、ついでにレモンの輪切りをお願いできないかな？」

「レモン？　レモンティーでも飲む気？」

立ったまま花帆が訊ねる。

「いや、ちょっと面白いことを思いついたんだよ。あと、砂糖は多めに持ってきてくれると助かる」

「別にいいけど……」

花帆は怪訝そうな顔をしながらキッチンへ行くと、真佐人に云われた通りにレモンの輪切りを持ってきた。トレーにはレモンの他に小さな掌くらいの透明のシュガーポットと、同じく掌ほどの陶器製の真っ白なクリーマーが乗っている。

花帆がテーブルにそれらを置くと、当然のように弥生が先に手を伸ばし、砂糖の山に刺さっているスプーンを摑んだ。カロリーを気にしてか、一杯だけ入れると、優しく円を描くようにクリープを注いだ。

「クリープと混ざるとちょうどいいわね。強い薫りが円やかになるわ」

シュガーポットとクリープを隣の花帆に手渡し、弥生は受け皿に乗っているスプーンで紅茶を掻き混ぜ始めた。小さな乳白色の渦が、濃茶色の表面を次第に小麦色に変えていく。

「圭もミルクティーでしょう？　お砂糖はどれくらい入れるの？」

花帆が圭に訊くと、

「うん。今日は疲れちゃったから、多めにお願い」

という返事が来た。花帆がその言葉を受けて砂糖を二杯ほど入れる。

「確かに今日は疲れたからな。甘いものがほしくなる。俺は砂糖だけもらうか」

花帆はシュガーポットを取ろうとした龍太の手を遮り、

「そんなはしたないことはやめなさいよ。淹れてあげるから、ちゃんと紅茶を飲めば？　真佐人も。そういえば、レモンはどうするの？」

「今からやろうと思っていたんだよ。ちょっと面白いブランデーの飲み方をしようと思ってね」

濡れた唇を舐めると、にやっと笑ってシュガーポットを手にした。

「ニコラシカっていうカクテル、知ってる？」

ニコラシカ、とそれぞれがその言葉を口の中で繰り返したあと、揃って首を振った。真佐人は満足そうに全員の顔を見ると、

「ニコライ二世っていうロシアの皇帝が好んで飲んだブランデーの飲み方さ。カクテルっていっても、作り方は簡単」

そう云うと、ブランデーの残っているショットグラスに蓋をするように薄く切られたレ

モンを乗せた。レモンの黄色がグラスの口を綺麗に縁取り、その下ではグラスの表面の凹凸がブランデーの色を映しながらダイヤのように煌いている。グラスは一瞬だけ、黄色い蓋をした宝石箱になった。

だが、真佐人がレモンの上に砂糖を山盛りに乗せると、それは奇妙な形に変わった。高々と盛られた砂糖を先っぽにして、小さなロケットが出来上がった。

「これ、どうやって飲むの？」

弥生が素朴な疑問を口にした。他の三人も手品でも見るようにじっと見守っている。

真佐人はその視線を楽しむように、しばらく間を空けたあと、

「こうやって飲むのさ」

砂糖が零れないようにそっとレモンを摘み上げ、二つに折って口の中に入れた。一瞬、レモンの酸味に顔を顰めたが、すぐに砂糖の甘みが追いついてきたのだろう、微笑みを戻して今度はグラスの中身を一気に飲み干した。

「無茶苦茶な飲み方ね。本当に美味しいの？」

花帆が呆れた声を出した。

「レモンと砂糖、ブランデーが混ざり合っていい味になるんだよ」

「ほんと？　そうは見えないんだけどなあ」

「圭も実際にやってみればいいんだよ。飲めば判るって」

圭は何度も首を振り、拒否するように紅茶に口をつけた。花帆も黙ったままケーキを食べている。

「二人は元々ブランデーを飲まないからなあ。龍太と弥生はどう？　美味しいって」

「私は遠慮しておくわ。下品であまり好きになれないわ」

弥生は興味なさそうに云うとフォークでケーキを小さく切り分け、口に運んだ。やっぱりな、という風に真佐人は苦笑した。

「誰もやらないようだから、俺がやってみるか」

そう云って龍太はブランデーの残っているグラスにレモンを乗せて砂糖を盛りつけた。

「砂糖を零さないようにしろよ。そうしないと酸っぱいだけのブランデーになっちまうから」

真佐人の注意に頷き、龍太は慎重にレモンで砂糖を挟み、口に入れた。そして、すぐさまブランデーを流し込む。

「うん。なかなか美味いな」

「だろ？」

真佐人が嬉しそうに微笑む。

しばらく、和やかな雰囲気が場を包み込んだ。龍太と真佐人は酒の話で盛り上がり、弥生と花帆と圭はケーキの話をしているようだった。

十分ほど経ったとき、龍太が席を立った。

「どこに行くんだ？」

「トイレだよ。酒が美味すぎて飲みすぎたみたいだ」

「ふらついて頭をぶつけるなよ。死因がニコラシカじゃ、ニコライ二世も浮かばれん」

真佐人は笑いながら云うと、空になったグラスを名残りおしそうになめた。

ブランデーが完全になくなったのを確認して、龍太は席を外した。

廊下の空気はひんやりと凍っていた。それが龍太の酔いを醒まし、自分の計画が順調に行っていることを確認させた。そして、トイレに入ると、こっそりと薄紙を取り出した。

トイレに行くというのはただの口実である。本当はメチル水銀を包んでいた薄紙を処分するために席を立ったのだ。弥生を毒殺する準備は総て整った。もうこの薄紙は必要ない。痕跡が残らぬように周到に千切る。殺人の余韻を残した薄紙は指の間で白い影になって、花吹雪のように舞いながら水に吸い込まれていく。何枚かが重なって、透明というよりも白い色になって水に沈む。向こうが透けて見えるほどの薄い紙でも、重なり合うと花片に似た美しい白さを見せる。それがメチル水銀の色とともに、弥生の肌を龍太に思い出させた。一夜だけの甘美な悪夢が脳裏に泛んだのは、これから命を落とす弥生への憐憫の情がそんな色で心の隅に残っていたからかもしれない。

殺人の証拠が洗い流されたのを確認すると、龍太はリビングに戻った。少し時間がかかりすぎたかもしれないが、酒も入っていることだ、さほど気にしていないだろう。

「……食べたり飲んだり忙しいわね、真佐人は」

「残ってたからさ。勿体ないだろ？　龍太には内緒……お、噂をすれば」

リビングに足を踏み入れるとそんな会話が聞こえてきた。

何の話をしてるんだ、と訊こうとしたとき、少し離れた場所にいた弥生が不意に口を開いた。

「あの絵……。どこかで見たことあるわ」

彼女の視線の先には、先程龍太と真佐人が見ていた絵がある。リビングの一番奥に座っている弥生の位置からは、ちょうど一直線で例の『貢の銭』が見える。

「ああ。『ミツギのゼニ』――だっけか？」

龍太が確かめるように訊く。

「そうだけど。それがどうかした？」

「あ、思い出したわ。真佐人の妹さん、ええと、真紀さんだったっけ？　彼女から前に聞いたことがあるの、この絵について」

指を口許に当て、じっと絵を見据えている弥生が云った。

その刹那、薄墨を滲ませたように、暗い色があっという間に真佐人の顔に広がった。そして、ぐにゃっと歪んだような、はっきりしない表情になった。

「妹がいるの？　私、あまり知らなかったわ」

花帆はそう云ってから、訊いてしまったことを後悔したような顔をした。頬骨を強張らせて、俯いている真佐人はいつもの彼ではないようだったからだ。

「……いるよ。同じ大学だ」

「そうよ。私は美術のサークルで知り合ったの。最近、見かけないけど元気かしら？」

「………知らないのか？」

ふっと顔をあげた真佐人の声には悲憤の色がはっきりと出ている。怒りを誤魔化そうとして普段通りに笑おうとしているのだが、龍太の目には、躓《つまず》いたような笑顔は余計に恐ろしく映った。

「知らないって、何を？」

左手に持ったカップを静かに置いて、じっと真佐人を見る。好奇の混じったその視線は、水飴のような嫌らしいものだった。

「……真紀のことだよ」

「真紀さんのこと？　だから、真紀さんとはちょっとした知り合いだって――」

「そうじゃねえよ」

昂ぶった真佐人の声が弥生の言葉を強引に切り裂いた。怒鳴り声に反応したのか、ドサッと屋根から雪が落ちる音がした。その音に重なるように真佐人は握り締めた拳でテーブルを叩き、射抜くような鋭い視線で弥生を見た。

「そうじゃないなら、何かしら？」

「……何って──本当に知らないのか？」

「だから、何を？」

弥生は微笑を頬まで広げており、余裕のある目で真佐人を見ている。

真佐人はギリ、と歯を噛み締めて、

「今、休学して実家に帰ってるってことも知らないのか！」

「へえ。そんなことになってるの。大変ねえ」

激高する真佐人とは対照的に、弥生は静かな声をしている。龍太はその冷徹な静けさにぞくりとしたものを覚えた。

「よくもそんな風に惚けられるな。こっちはお前のせいで大事な妹が死にかかったんだぞ！」

弥生に殴りかかるような勢いで立ち上がった。

「冷静になってよ、真佐人。ねえ、一体、何があったの？　死にかかったってどういうこと？」

圭が真佐人に声をかけて、何とか鎮めさせようとする。

しかし、真佐人は声に怒りを孕ませたまま、

「お前らは何も知らないだろうが、この女は俺の妹に酷いことをしやがったんだよ」

「酷いこと？」

花帆が訊くと、

「ああ。信じられないほど酷いことだ」

そこで真佐人は一度、言葉を切り、

「入学してすぐ、真紀はある男と付き合い始めたんだが、その男に棄てられてな。それで、真紀はショックで学校に来なくなった」

「なあんだ。そんなこと……」

ありきたりのことでほっとしたのか、安堵の表情をして圭が云った。だが、真佐人は顔を真っ赤にして怒りを顕わにし、

「そんなことだと？　真紀は昔から物静かで人見知りするヤツで、恋愛の類にはまったく手を出したことがなかったんだ。兄の俺が少し心配するくらい異性ってものが苦手だった。いや、異性に限らず、他人っていうものを恐れていたんだ。外で誰かと遊んだり、友達の家に遊びに行ったりしないで、一人で本を読んだり、絵を描いていることの方が多かった。体が弱くて、学校も休みがちで、同世代の男と接する機会がなかったのが一因かもしれない。近くの男といえば、俺くらいでいつも俺の後ろについて歩いてたよ。よく転んで俺を心配させてたな。そういう環境が真紀の人見知りを助長させたのかもしれないなあ。尤も、

大きな理由が他にあるんだけどな」

滑らかに動いていた舌を止めると、何かを思い出すように、ふうと大きな息を吐いた。

「でも、ようやく大学に入っていい男を見つけたみたいで、そいつのことを嬉しそうに話してたよ。アイツは猫みたいな目を輝かせて話すんだ。その男の名前を云うたびに頬を少し赤らめてな。その様子が初々しくて、俺も何だか嬉しかった。一度、俺もその男に会ってみたんだけど、まあ、真面目そうでいいヤツそうだったから、俺も安心したんだ。やっと人見知りが治ってきた。いいや、それよりも、ついにあのことを振り切ることができたんだって」

「あのことって何かしら？　私には判らないから、詳しく教えてくれない？」

冷たい微笑を滲ませながら、弥生が訊ねた。

その言葉が嘘だということは明白だった。口許に結ばれた憎らしいほどに美しい笑みが、嘘だということを示している。弥生は総てを知っていて、敢えて、真佐人に喋らせようとしているのだ。

真佐人は弥生を軽蔑するように見てから、覚悟を決めたように話し出した。

「あれは……真紀が小学二年の頃だった。一時期俺の地元では小さな子供を狙った誘拐事件があった。実際に、連れ去られなくても変な男に声をかけられたりとか、車に引き摺りこまれそうになったりとかっていう話がたくさんあったんだ。だから、先生にも親にもよく云われたよ、気をつけなさいってね。でも、どこか他人事みたいに聞いてたなあ。だってそうだろ？　まさか自分に近しい人間が誘拐に遭うなんて考えもつかない」

「もしかして――？」

そう云った花帆の喉がこくりと上下した。

「ああ、そうだよ。真紀は過去に一度攫《さら》われたことがあるんだ」

はっと息を飲む声が室内を漂うと、弥生以外の全員が目の色を薄めて表情に翳を与えた。

「妙な同情はいらないよ。昔のことだし、真紀は二日して無事に帰ってきたんだからな」

惻隠の視線を手で邪険そうに払い除けて真佐人は云った。

「無事でよかったね……」

圭は心からそう云い、優しい微笑を顔に戻した。だが、真佐人はそれも身を捩《よじ》って躱《かわ》すと、

「よかった？　いいはずないだろ！　生きて帰ってきたことは嬉しかったよ、それは。真紀が連れ去られてからちょうど二日経ったとき、一睡もしていなかった俺の目に、アイツの顔が飛び込んできたときの喜びは忘れられない。濃くなった夕闇の中に困憊して灰のように白くなった真紀の顔が泛んで、こっちにゆっくりと近づいてきた。そして、涙声でお兄ちゃんって云いながら抱きついてきたときは俺も涙が流れた。そうだ、そこまではよかったんだ……」

真佐人はそこまで云うと、ポケットから煙草を一本取り出した。だが、それには火をつけずに、自分の気持ちを落ち着かせるように指先で弄んでいる。

「捕まった犯人は、前科があったんだよ」

「前科？　前にも問題を起こしていたのか？」

龍太が真佐人に気を遣いながら、冷静に訊ねる。

「ああ。最悪なヤツをな」

そう云うと、指の間でくるくると回る煙草を凝視《みつ》めたまま、黙り込んだ。宙で空回りしている煙草と同じように、真佐人も頭の中にある言葉をどうやって声にしたらいいか、迷っているようだった。

「……」

弥生を除いた龍太たち三人が固唾を呑んで沈黙の出口を待つ。粘りつくような風の音が、執拗く室内に鳴り響いている。

「……そいつは昔に同じような事件を起こしていたんだ。しかも、その少女を乱暴していやがったんだよ」

唾棄するように云い放つと、指先の煙草を思い切り握り潰した。束になっていた煙草の葉が解れ、ボロボロとテーブルに落ちる。真佐人の中に渦巻いている憎悪が茶色い雫となって溢れ出ているように見えた。

「で、でも、真紀ちゃんは何もされなかったんでしょ？」

圭は深憂《しんゆう》そうに訊ねると、真佐人の顔色を窺った。

「当たり前だろ！　ふざけたことを口にするな」

「ご、ごめん……」

肩を竦《すく》めて圭が謝ると真佐人も少し冷静さを取り戻して、

「いや……怒鳴って悪かったよ……」

小さく頭を下げてから、また沈鬱な声で、

「誰が云い触らしたか知らないが、真紀も乱暴されたっていう噂が流れた。そういう噂はすぐに広まるんだよな、しかも尾鰭《おひれ》がついて。気づいたら、学校もうちの周りもそんな噂に取り囲まれてたよ。みんな妙に憐れな目で真紀を見ているんだ。そんなんじゃ外に出られないだろう？　友達とも遊べないだろう？　ただでさえ、内気なヤツだったんだ。それに加え、誘拐事件ときた。それで他人が怖くなったのに、さらに在らぬ噂まで流されて……。最低だったよ、本当に。口では、無事で良かったわねって云ってるクセに、汚いものを見ているみたいな目をしやがって。その目が真紀をますます人嫌いにさせたんだ」

滔々と語る真佐人を龍太たちは見守るしかなかった。すっかり酔いは醒め、真佐人の話に聞き入っている。ただ、弥生だけは微笑みを絶やさず、優雅な手つきで紅茶を飲んでいる。龍太には、こんな酷い話を平然として聞いている弥生が本物の悪魔のように見えた。

「当時は本当に酷かった。俺の耳にも入ってくるくらいだから、勿論、真紀もその噂を耳にした。それからだよ、真紀がそれまで以上に他人から距離を置くようになったのは。普通に人と話すのも苦痛なんだそうだ。どの人も私をそういう目で見るんだって毎日学校から帰ってきては怯えながら泣いていたよ。そんな目に遭わせた犯人に怒りを覚えたが、それ以上にそんな噂を広めたヤッらにも腹が立ったね。他人の気持ちも知らないで、面白可笑しく話しているヤッらに」

力強く握られた拳をテーブルに叩きつけた。

「だが、七十五日とはいかなかったけど、人の噂も段々と薄らいできて、真紀も少しずつだが回復してきた。数年かかったけどな。でも、あの事件が脳裏のどこかに残っているんだろう。男にはまったく近寄ろうとしなかった。中学になっても、高校になっても、男友達は一人もできなかったよ。男が怖かったんだ。それくらい根強かったんだよ、事件の後遺症は」

「でも、大学へ来て、彼氏ができたんでしょ?」

慰めるように圭が訊く。

「ああ。それはさっき云った通りだ。真紀が完全に過去のあの事件から立ち直るには地元を離れる必要があった。だけど、知り合いが誰もいないところで生活するのは怖い。だから、俺がいるここに来たわけだ。ここには、真紀の過去を知るものは俺以外にいなかったからな。絵を描くのも見るのも好きだったアイツは、美術サークルに入った。何の気苦労もなく、好きなことをやれるって楽しそうだったなあ。最初のうちは他人を怖がっていて毎日といってもいいくらい俺のアパートに来ていたけど、そのうち、友達も増えて、そして息の合った男友達もできて……。いろいろな呪縛から解放されて、大学生活を楽しんでいるようだった」

「それで最初に戻るわけだな。その男に棄てられた、と。しかし、どういうことだ、弥生のせいで死にかけたって？」

龍太が弥生の方をちらりと見る。だが、弥生は顔色一つ変えずに、氷のような微笑を絶やしていない。

「今から話してやるよ。ここからが一番重要な部分で、一番思い出したくない部分なんだ――」

真佐人は弥生以外の三人の顔を順繰りに見てから、

「数ヵ月の間は本当に幸せそうだった。それを見ている俺も嬉しかったよ。まあ、本音を云えば段々俺のところに来る回数も減ってきて、少しずつ真紀が俺から離れていくのが淋しかったけど」

「どうしてそんな真紀さんが実家へ帰る羽目になったの？」

「勿論、こいつのせいだよ」

憎悪の籠った視線を弥生に向けた。

視線が弥生に集まったが、当の本人は涼しげな顔をして、

「私のせい？　何のことかしらね？」

真佐人は視線を弥生に留めたまま、

「こいつと出会ってしまったことが真紀の人生二度目の不幸だった」

普段は冗談ばかり云って笑っている唇が、今までに見たことのない形に捩《ねじ》れている。唇だけではない。綺麗に形の整えられた眉も、人懐っこい瞳も、少年のような淡い赤さが残る頬も、総て憎しみで歪んでしまっている。

真佐人は決意するように引き攣った唇を噛み締めると、

「真紀の相手の男も同じサークルだったんだが、二人の様子がこいつの目に入ってしまったらしい。そうすると、そのあとの展開は大体読めるだろ？」

龍太には真佐人の云いたいことが判った。

弥生は他人の幸福を訳もなく壊したがる。その性格からして、最も嫌な形で別れさせてその男を奪うはずだ。

龍太だけでなく、花帆と圭も同じことを想像したらしく、無言で頷いている。

弥生だけが、

「判らないわね。確かに真紀さんがある男と付き合っていたのは知ってたけど、私は何も

してないわよ？」

「惚けても無駄だ。お前が噂を流したことは判ってるんだから……」

云うと、小刻みに震える唇を閉じた。数秒そうしていたが、やがて覚悟を決めたように重い口を開いた。

「どこから仕入れたか知らないが、真紀の誘拐事件のことを……本人が最も忘れたがっているることを付き合っていた男に云いやがったんだよ。しかも、真紀が犯されたっていう大きな尾鰭をつけてな」

「そんな……そこまでしたの？」

圭が愕然としながら云い、弥生に視線を向けた。花帆も卑しいものを見るような目で弥生を見ている。しかし、それでも弥生は顔色一つ変えず、長い足を組みながら、

「さあ？　そんな昔のこと、忘れちゃったわ」

云って、また、にこり、と笑った。

真佐人は弥生の挑発をかき消すように目を一度深く瞑ったあと、また睥睨して、

「それだけじゃ飽き足りないこいつは、その噂を少しづつ真紀の周りの人間にも広めていった。次第に余所余所しくなっていく恋人と友人に戸惑う真紀を見て、こいつは心から笑っていただろうな。そして、最終的に付き合っていた男を丸め込んで、別れの言葉を真紀に突きつけさせたんだ。真紀は突然の別れに悲しいというよりも、訳が判らなかったんだ

そうだ。そりゃ、そうだよな。まさか信頼していたサークルの先輩がそんな噂を流しているとは知らないからな。それで、その男に最後の最後に訊いたんだそうだ。どうして別れようと思ったのかって」

呪詛のように暗澹《あんたん》と真佐人は呟き続ける。

「そこで真紀は初めて総てを知った。酷いオマケがついた噂が流れていて、それで周囲の人間が急に余所余所しくなったってことを。真紀は必死にその噂を否定して、男を説得しようとしたけど、こいつに騙された男に何を云っても無駄だった。こいつの美貌と華がなく地味な真紀では最初から勝ち目はなかったかもしれないが、それに加えて、あの噂だ。真紀がどう足掻《あが》いても無駄だったよ……。その男も莫迦だよな。お前にとっちゃ遊びですぐに棄てられるとも知らずに利用されやがって」

弥生でなかったら、こんな話は眉唾ものだと思うだろう。しかし、弥生の魔性を知っている龍太たちはすんなりと真佐人の話を信じることができた。弥生ならばそれくらいのことはするだろう。

「理由なんてないんだろ？　お前はただ、自分よりも幸せそうにしている人間が気に食わない。いや、もしかしたら、誰にとっても自分が一番でありたいと思っているのかもしれない。真紀と付き合っていた男に興味がなくとも、その男にとって自分は一番の存在でありたいと思ってそんなことをしたんだろ？」

弥生は少しも表情を変えずに、真佐人の視線を受け止めている。その冷静さが恐ろしかった。

話し続けていて乾いたのか、真佐人は唇を舐めた。湿らせた唇とは対照的に、瞳の奥底には小さな炎がまだ燃えている。

「その日は朝から冷たい雨が降っていた。俺は天気が悪いから、学校をサボって一日中うちでゴロゴロしていたんだが、夕方になって突然真紀がビショビショの恰好で訪ねてきた。何が起こったのか全然判らなかったよ。ポタポタと雫を滴らせて、べっとりと髪の毛を肌に貼りつかせているから、表情も摑めない。取り敢えず、シャワーを浴びさせたんだ。でも、三十分が過ぎても真紀が戻って来ない。まさかと思って浴室のドアを開けた俺は自分の目を疑ったよ。真紀が浴槽に顔を突っ込むように倒れ込んでいて、白いタイルが真っ赤に染まってたんだ……」

「まさか……」

圭と花帆の声が重なった。

「そうだよ、そのまさかだよ。真紀はカッターナイフで手首を切ってたんだ」

「それで先刻、死にかかったって云ったのか」

龍太が納得したように頷く。

「生まれて初めて救急車を呼んだね。体育の授業で習った止血の方法を思い出して、処置をしながら救急車を待った。時間にすれば五分くらいだっただろうけど、俺には数時間のように感じた。病院に運ばれて、輸血をして、夜中になったくらいにようやく面会が許された。そのときに手首を切った理由を聞かされたよ。腸《はらわた》が煮え繰り返るとはこのことを云うんだと思った。この女についての危険な噂は聞いていたが、ここまでとは思わなかった。真紀は最初、同じサークルの先輩であるこいつを好いていたようだったから、安心していたらこれだ。やっぱり近づけるべきではなかったと俺は自分を呪ったね。それから真紀は大学へ行っていない。勿論、サークルにも。合わせる顔がないだろう？　友達には最も知られたくない過去を知られ、さらに恋人にも知られた挙句、棄てられてしまった。そして、自殺未遂だ。こんな状況じゃどうしようもないじゃないか。どんな顔をして友達に会えばいいんだ？」

目の端に小さく煌くものがある。今まで必死に堪えていたものが、話し終えた安堵感で溢れてきたようだった。

自分では気づいていないのか、真佐人はそれを拭おうとはせず、視線を涙の光で研ぎながら、答えを求めるように全員の目へと突き刺してきた。鋭い刃は聞いていた人間の心を切りつけたようで、圭と花帆は今にも崩れ落ちそうな顔をしている。

そのとき、手を叩く音が聞こえた。

弥生である。まるで一つの映画を観終わったあとのように、パチパチと手を叩いていた。

「面白い話だったわ。しばらく見ないと思ったら、そんなことがあったのね。知らなかったわ」

「知らなかった？　まだシラを切るつもりか？」

「だって、本当のことだもの。知らないものは知らないわ」

「……そうか――そうか。知らないか……。まあ、お前にとっちゃどうでもいいことだからな。ははっ」

張りつめていた緊張の糸が急に切れた。真佐人は糸の切れた操り人形のように、その身をだらりと椅子に預けた。

「お、おい。真佐人？」

隣の龍太が肩を持ち、揺すり動かすと、

「……済まん。ちょっと興奮したみたいだ。酔い醒ましに外でも行って煙草吸ってくるわ。キッチンの勝手口から外に出られるんだよな？」

すっと立ち上がったかと思うと、振り返ることなく、リビングから出て行ってしまった。

「ちょ、ちょっと待てよ、おい」

そう引き止めようと席を立った頃には、もう勝手口のドアが閉まる音がしていた。龍太は茫然と立ち尽くしている。

「なかなか面白い話だったわ。まさか自殺未遂までしちゃってるなんてねえ。あはは」

全員の視線が一斉に弥生に集まった。本人は表情を崩して、狂ったようにカン高い笑い声をあげている。

存分に笑った弥生は、元の顔に戻って、

「少しからかっただけなのに本気になっちゃって。よっぽど真紀さんのことが大事なのかしらね」

「……」

あまりに無邪気な顔で云う弥生に面食らってしまい、誰も言葉を紡げなかった。

外とは違い、室内は明かりで満ち溢れているのだが、弥生の座っている場所だけがまだ闇の名残りを留めていた。龍太には弥生の体から染み出た黒い悪意が灯りを翳らせているように見えたのだった。

「……人をおちょくって遊ぶのも大概にしておいた方がいい。冗談じゃ済まなくなるぞ」

弥生の毒気に当てられながらも、喘ぐように龍太は云った。

「あら、偉そうなことを云うのね。私の彼氏にでもなったつもり？」

嘲笑混じりに弥生が云い返した。二人の関係をある程度知っている花帆と圭は、今度は龍太に視線を振った。

「一般的なことを云ったまでだ。やっていいことと悪いことがある。その境目が判らないなんて、お前も子供だな」

石のような無表情で平静を保っているが、声だけは苛立ちを抑え切れなかった。喉に絡みついたような声色で龍太は云った。

「遊びと本物の恋愛の区別がつかないような子供に云われたくないわね。勘違いして遊びに本気になっちゃう人が一番嫌いなのよ、私」

露骨に不機嫌さを顔に出して弥生が云い放った。

「そうやって一生を遊びっていう言葉で片づけていると、何が本物だか判らなくなるぞ」

「いいのよ、別に」

龍太の言葉を鼻先で笑い飛ばし、

「だって、人生なんてお芝居なんだから。子供がやるママゴトみたいなものよ。人間、みんな何かの舞台で何らかの役者として生きている。そうでしょう？」

耳にかかった横髪を指先で絡げながら、弥生はちらりと視線を花帆と圭に投げた。急に話を振られた二人は戸惑うだけで、何も云えずに黙り込んでいる。

「どうせお遊びなら、私はその中で一番面白くて、いい役を演じたいのよ。それだけ」

「人の気持ちを玩具にして遊ぶのがお前の云う芝居か？　ずいぶん酷い脚本の芝居だな」

皮肉を込めて云う龍太を逆に莫迦にするようにニコリと笑って、

「そうよ。その中でもそうね、恋愛っていう舞台が一番好きだわ。そこで主演女優になって喜劇を演じるのが一番楽しいのよ。そういえば、前に劇だってことを知らずに舞台に上がってきた素人がいたけれど、あれは傑作だったわね。島崎藤村が、愛の舞台に上がって莫迦らしい役割を演じるのはいつでも男だって言ってたけど、本当なのね」

「……」

自分との関係が喜劇という滑稽な形で終わらされていることに、龍太は胸の中が空っぽになっていくのを感じていた。殺そうとしている女に愛情など残っているわけがない。だが、実際に言葉にされると不思議と虚無感に似た淋しさが胸に広がった。どうしてそんな感情が今になって湧きあがってきたのか判らないまま、龍太は弥生の声を聞き続けていた。

「喜劇を演じるのも楽しいけど、やっぱり人の舞台に上がるのもいいわね。主役を逆に奪っちゃうの」

もう一度、花帆と圭の方に振り返った。二人は気まずそうに目を逸らした。

「二人とも逃げずにはっきりと怒ればいいのに。早間くんと先生に手を出すのはやめてって」

細い眉の端を少しつりあげ、弥生は今度は斜めに流した目で二人を見た。酒気の絡んだ視線が、莫迦にしたように笑っている。

「それじゃあ、云わせてもらうけど、もう早間くんにちょっかいを出すのはやめてもらえないかしら？　もうウンザリなのよ、あなたの汚いやり方には」

花帆がそれまでの沈黙を怒りへ翻してそう云った。そして、そのまま憤怒を引き摺るよ

うに、

「そもそも、彼と、彼のお父さんのやっている会社は関係ないでしょう？」

「会社？」

思いもしない単語が出てきたことに、龍太と圭が驚きの声をあげた。

「……」

喋りすぎたことを後悔するように、花帆は蒼褪めた顔をして口を噤んだ。一気に萎んでしまった目には虚ろな静寂さしか残っていない。

「余計なことを云っちゃったみたいね、花帆」

喉の奥でくっと笑い、

「代わりに私が話してあげるわ。早間くんのうちは、和装小物の製造会社を経営しているの。和装小物っていうのは、帯締めとか、帯揚げとか半衿とかのことね。早間くんの曽祖父の代からやっているらしいから、老舗って云ってもいいんじゃないかしら。その業界ではそれなりに有名なのよ」

そう云ってある会社の名前を出したが、龍太と圭は耳にしたことがなかった。

「でもね、最近は海外からの安価な品物の方が人気らしくて。経営が危ないらしいのよ」

「それがどう弥生と関わってくるんだ？」

「頭の回転が遅いんだから、人の話を途中で切らないの。最後まで聞いてから質問をして頂戴よ」

紅茶を一口飲むと、湿った笑い声を龍太に浴びせ、先を続けた。

「それで、早間くんのお父さんは外国向けに和装小物を開発して、輸出事業も始めたんだけど、あえなく失敗。その赤字を他の繊維製品の事業で埋め合わせようとしたんだけど、その多角経営も巧くいかなくてね。で、一年くらい前から泥沼にはまっちゃったってわけ」

「どうしてそんな詳しいことを知っているの？」

圭が素朴な疑問を口にした。

「うちの会社が早間くんちとちょっとした取引があったのよ。それで少し調べさせてもらったの」

龍太も圭も、弥生の実家が古くから続く地主の財力と権力を駆使して、今では名のある総合商社を経営していることは知っていたが、早間家と関係があったとは初耳だった。

「負債しか生まない事業は縮小するにしても、赤字の補填をしなくちゃいけないわ。それにはある程度のお金が必要。でも、高度経済成長期ならまだしも、今はそんな危うい経営をしている会社に手を貸してくれるところなんてない。だから、そういう会社の大半は――」

「二重帳簿。早間くんのところは二重帳簿を作って、粉飾決算をして、何とか銀行から融資を受けていたのよ」

それまで、何かを諦めてしまったように遠かった花帆の目に怒りが戻っている。声に冷静さがある分、瞳は抑えられた感情で膨れ上がり、弥生の目へと迫っている。

「どこで手に入れたか……多分、お父さんの会社の人が入手したんでしょうね。その帳簿の証拠を手にして私を脅してるのよ」

「花帆を？」

龍太と圭が同時に声を出した。

普通に考えれば、淳二を脅すのが筋である。龍太はてっきり、親の会社を潰したくなければ花帆と別れろ、と弥生が淳二に迫っていると思っていたのだが、事情は違うらしい。

「脅すなんて物騒なこと云わないでよ。私は早間くんと会うのを止めれば、その帳簿が明るみに出ないように父さんに頼んであげるって云ってるだけ」

改めて龍太は弥生の恐ろしさを思い知った。淳二を直接脅迫するのではなく、敢えて花帆に脅しをかけているところがいかにも弥生らしい。多分、淳二の耳にはこのことは入っていないのだろう。何故なら、もし、そんなことが行われていると知ったら、淳二は弥生に詰め寄り、自分の家の会社が倒産するのを覚悟して花帆を救い出そうとするからだ。もしそうなれば、この勝負は弥生の負けである。そうならないように、弥生は細心の注意を払って花帆だけを脅しているのだ。

花帆は難しい選択を迫られている。自分の思いを貫いて愛する人の未来を台なしにするか、自分の思いを棄てて愛する人を救うか。どちらにせよ、花帆には厳しい結末が待っている。将棋でいえば完全に「詰み」の状態だ。

弥生には、花帆が淳二に相談しないだろう、という計算がある。だからこそ、弥生は淳二ではなく花帆を脅しているのだろう。そして、苦しむ様子を見て、笑っているのだ。

弥生さえいなければ花帆は助かる。ただ、それが困難であることは花帆自身がよく判っている。逃げ場がないと思いつつも、何とかそこから抜け出そうとしてもがいている花帆の姿はあまりにも惨めだった。

「ね、どう？　素直に早間くんと会うのを止めればいいんじゃない？　そうすれば楽になれるわよ？」

「それが脅していうのよ」

「脅し……そう、これを脅しっていうの。なら、意外に簡単なことなんだわ、人を恐喝するって」

脅しという言葉に初めて思い当たったかのように、弥生はさらりと云った。

花帆はそんな弥生を許せないのだろう、

「……最低ね。あんた、最低よ」

罵声を飛礫《つぶて》に似た鋭さでぶつけ、テーブルを強く叩いた。怒りに狂った掌は空回りするようにテーブルの上を滑り、シュガーポットを叩き落した。ポットは夜を切り裂くような派手な音を立てると、粉々に割れて中身を床に吐き出した。

「あーあ、やっちゃったわね。手伝うわよ」

「触らないで。あんたなんかに手伝ってもらいたくないわ」

そんな言葉で弥生の手を撥ね退け、花帆は部屋の隅のマガジンラックから雑誌を持ってくると、その上に散らばった割れたガラスを集め始めた。

伸ばしかけた手を引っ込めた弥生は、何かを思い出したように、

「花帆には明日、車で街まで降りてグラニュー糖を買ってきてもらおうかしら？」

何のことを云われているのか判らずに、花帆が沈黙を返す。

「忘れたの？　先刻、俊江さんに云われたじゃない。買い置きしておいたグラニュー糖の袋を落としちゃって、ポットに入っているだけしかないって。数日しかここにいないし、私たちが紅茶やコーヒーを飲む分にはそれで充分だと思っていたんだけど、まさかこんなことになっちゃうとは思わなかったわ。私、普通の砂糖じゃ紅茶は飲みたくないから、責任を取って明日の朝一番で買って来てくれる？」

「そんなこと、今はどうでもいいじゃん。早く片づけちゃおうよ」

そう云い、圭が屈み込んで花帆の手伝いを始めた。二人の指先が慎重にガラスを摘むのを、弥生は女王のように見下ろしている。

白い粉に混じって無数のガラス片が煌《きらめ》いている。光の屑に誘われたように、砂糖も似た煌きを放ち、茶色い板張りの床の無彩さを眩い白さで埋めた。

光の条《すじ》を曳《ひ》きながら砂糖の中に紛れ込んでいるガラス屑は、弥生の狂気そのものだった。刃の鋭さを知らずに包丁を振り回す子供と同じで、罪の意識もなく脅しという手段を平気で使う弥生は、何の濁りもなく周囲を切りつける透明なガラス屑と似ている。

「ねえ、弥生、どうしてこんなことをするの？」

片づける手を休めないまま、不意に圭が訊いた。危なっかしい指先でガラスを拾い集めているため、弥生の顔を見ていない。だからこそ、こんな風に大胆に切り込むようなことを云えるのかもしれない。

「もしかして、弥生は嫉妬しているだけなんじゃないの？　そういう普通の恋愛をしている人たちにさ」

「――――」

弥生の表情が固まった。圭の一言は弥生のようにガラス屑の鋭さを持っていたわけではない。しかし、鉛のように冷えたものを弥生の心に投げつけたようだった。

弥生は冷たい顔をしながら、

「嫉妬なんて……どうして私がそんな感情を抱かないといけないの？」

「自分は普通の恋愛ができないと思っているからでしょ。弥生、自分の生い立ちに引け目を感じているんじゃない？」

　珍しく淡々とした口調で弥生を追いつめている。

「聞いたことがあるの。弥生、お父さんがホステスに生ませた子供なんでしょ？」

「……」

　そのとき、弥生は初めてたじろぐような表情を見せた。酔いに染めていた頬の赤みがすっかり消え、まるで灰白い影のように見える。

「さあ、どうかしらね？」

　しかし、それも一瞬で、あっという間に白んだ顔を笑みで覆った。

「圭がどこから仕入れたか知らないけど、そんな噂があるみたいね」

　確かに弥生にはネオンの燈に洗われたような濡れた美しさがある。弥生の美貌が母親の血にあると聞かされて妙に納得するものがあった。ただ、龍太は弥生の性格を築き上げたものは、弥生が生まれ持った天才的悪意だと思っている。血や家系ではなく、一種の天稟《てんぴん》が弥生を悪女にしているのだった。

　普通の女ならば、そんな醜聞はきっぱりと否定するだろう。しかし、弥生はそれさえも自らの飾りにするかのように、

「あくまでも噂よ。噂。信じてくれてもいいし、信じてくれなくてもいいわ。だって、私は私だもの」

不敵に笑った。

圭も負けじと、しっかりとした声で、

「うん。弥生は弥生だもん。ご両親は関係ないよ。でも、こんな真似ばっかりしてると、その噂も本当になっちゃうんじゃないかって思っただけ。もし、そうなったら、純粋な恋愛なんてできないよ。周りから、誑《たぶら》かそうとしているとか、何か企んでるんじゃないかとか、疑われるようになっちゃうよ？」

弥生の笑みが醜く歪んでいる。圭が初めて見せる大人の部分に驚いているようだった。それは龍太たちも同じで、三人の目には今までと別人に見えた。

「こんなことばっかりしてると、そのうち、恋愛そのものが嫌になっちゃうよ？」

「私はもう既に恋愛なんて嫌いだもの。恋なんて本当には存在しない幻だし、愛なんて醜い嘘でしょう？　それを見ない振りをしているあなたたちが嫌いなのよ」

挑戦的な口調だった。圭や花帆を見下す、というよりは、この世にいるカップルを総て蔑んでいるような口振りだった。

今度は圭が黙る番だった。

「恋愛ごっこをしている人たちが嫌いなの。愛の本当の姿も知らないくせに、それに酔ってる人たちが嫌いなのよ。だから、壊すの。私の出生がどうだから、とか、そういうことは関係ないわ。腹立たしいから壊す。それだけよ」

笑みを結びながら云うと、口紅でも拭い取るように小指をさっと流した。圭への挑発のようにも見えた。

「――そんなことをして、自分が嫌いにならないの？　私だったら嫌いになっちゃうけどなあ」

ガラス屑がのった雑誌を手にして立ち上がると、弥生の方を向いた。声は先刻よりも穏やかになっているし、ふっと緩めた頬が表情を柔らかくしているのだが、目はまだ大人の女の余韻を漂わせながら鋭く弥生を捉えている。

弥生はその視線を躱すように軽く鼻で笑ってから、

「嫌いよ。私は私が嫌い。でも、それよりもあなたたちみたいな何も知らない人が一番嫌いなのよ」

「そんなに嫌われていたなんて知らなかったから、ちょっとショックかな。でも、今までの話を聞いて私も弥生のことが本当に嫌いになっちゃった。おあいこだね」

嫌いという言葉とは裏腹の柔和な微笑みを泛べて、雑誌をテーブルに置いた。テーブルの陰から出た細かいガラス屑は、灯りを浴びて光の粉を周囲に撒き散らしている。

「金巻先生と二人きりでこの別荘に来てるってもう一度云ったら、もっと嫌いになるかしら？」

すっかり冷めた紅茶を飲み干し、ゆっくりとした口調で弥生は云った。

だが、圭は少しも表情を変えずに首を振って、

「そんなことを云っても無駄だよ。だって、私はもう弥生を友達だとは思ってないから。今はただの嫌いな人っていうだけだから」

「あはは。先刻の話で私の株がガタ落ちしちゃったみたいね」

「ガタ落ちもガタ落ちよ。転落のどん底っていう感じ。そのままどこまでも落ちて行けばいいんじゃない？　でも――」

そこで一度言葉を切って、

「金巻先生に何かあったら、絶対に許さないから」

切りかかる隙を狙うような真剣な声だった。

圭は正義感が強い。正義感、といえば聞こえはいいが、強すぎるとそれはただの狂気となる。スターリンやヒトラーといった独裁者はいい例だろう。圭はそこまでではないものの近いものがある。一種の潔癖性のようなものがあって、道徳上許せないものに対しては厳しい対応をする。たまに法学部生らしく、法律の話をするのだが、圭は最近流行りの死刑廃止論者に真っ向から反対していた。法や道徳に反した人間に対しては厳重な罰をもって対処すべきだというのが圭の持論である。その独特の正義感が声に滲んでいた。

しかも、圭は金巻を信奉している。今の圭がこの世で最も許せないのは、尊敬の念の対象である金巻を苦しませようとしている弥生だろう。別荘に来る途中の車中でも花帆に向

かって、金巻に迷惑をかけるような人は誰だろうが許さないと云っていた。あの言葉には偽りはないと龍太は感じていた。

「許さないって、一体、私はどんな目に遭っちゃうのかしらね」

余裕を持った云い方をした。

圭は先刻のような冷たい声で、

「そんな生き方してると、死んでも天国に行けないよ？　地獄に行っちゃうよ？」

針で突くような圭の尖った声に、龍太は内心どきりとした。

普段の圭は微かに語尾をあげて、少女のような甘えた喋り方をする。だが、稀にその声とは不釣合いな鋭いことを指摘する。

圭は自分の殺意を見抜いているのではないか。犯罪者になってしまった自分を見ているのではないか――龍太はそんな莫迦なことを思った。

そう、龍太の仕掛けた毒は既に弥生の体内に入っている。もう龍太の手は大罪で黒く穢れてしまっている。あと数分もすれば、圭の云う通り、弥生は無惨な死を遂げて地獄へ堕ちることになるのだ。

その瞬間までの時間を測るように、龍太は柱時計を見た。古めかしい針は十一時半を少し回っている。

「……何だか疲れちゃったな。もうこんな時間だし、そろそろ寝ない？」

圭も、龍太と同じように時計に視線を投げていた。表情を完全に笑顔に切り替え、目の端に眠気を絡ませてとろんとした目で時計の針を見ている。

「そうね、私もこれを処分したら寝るわ」

花帆はそう云い、床に残された砂糖を布巾で拭い取ると、それを雑誌の上にのせ、キッチンへ足を向けた。

「私はこれを持ってくね」

空になったカップとクリーマーをトレーにのせると、花帆の後を追うように圭もキッチンへ歩き出した。

残された二人の間には気まずい沈黙が流れた。キッチンから漏れてくる水音を弥生は静かな横顔で聞いている。心なしか、傲慢そうに反り上がっている薄い唇の色が蒼褪め、気分が悪そうに見える。

龍太は居心地の悪さを感じて、椅子からソファの方に座り直した。椅子に座り、ピアノでも弾くように指を動かしている弥生は、龍太を見下ろす恰好になっている。

それが今までの二人の立場をそのまま写し取っていた。弥生はずっと龍太よりも優位に立ってきたし、奴隷のように掌で弄んできた。今も弥生はそう思っているだろう。だが、数分後にはその立場は激変する。醜い死体と完全犯罪を遂げた殺人者へと変わるのだ。そのことを想像して龍太は心の中で笑い声をあげた。

しばらくすると、水の音が途切れ、二人が戻ってきた。

「それにしても、真佐人はいつまで煙草を吸っているのかしらね？」

「キッチンには靴がなかったから、まだ外にいるんだろうけど」

「まあ、あいつは何か嫌なことがあると、かなり吸うからな」

ちらりと弥生に視線を投げながら龍太が答える。弥生は一人だけ別の場所にいるかのように、何も喋らない。

「どこかに散歩しに行って遭難しちゃったのかもね」

「誰が遭難したって？」

ちょうど食器棚の物陰から、真佐人が顔を出した。外はよほど寒かったのか、頬を赤くし、煙草の匂いよりも澄んだ冬の夜気を纏わせている。

「何だ、無事だったんだね」

不服そうに云う圭に、当たり前だろ、と頭を叩く素振りを見せてから、

「先刻何かが割れる音がしたけど、どうかしたのか？」

まだ微かに漂っている不穏な空気を感じ取ったのだろう、眉根を寄せて訊ねた。

「私がシュガーポットを落としちゃったのよ。それだけ。ね？」

そう云うと龍太と圭に目で合図を送ってきた。二人は頷き、

「そろそろお開きにしようっていう話になってるんだが、お前はどうする？」

「俺はもう寝るよ。疲れているからかもしれないけど、眠くて眠くて」

大きく欠伸《あくび》をした。

「それじゃあ、今日はもう寝ましょうよ。明日の予定は天気次第ね」

「雪が止んでたらスキーに行こうよ」

と云って圭は窓に目を向けた。カーテンの隙間からは、雪が白い滝のように降っているのが見える。夜が更けて闇が深くなった分、雪の白さが余計に目につくようになった。僅かな隙間が雪で埋め尽くされ、カーテンの間に一本の白い線が通っているようだった。

「そうだな。せっかく来たんだし行きたいよな。駄目だったら、ビリヤードでもやろうぜ。そのときは圭だけ仲間はずれになっちゃうけど」

茶化すように云うと、白い歯を見せて笑った。

「私もそれで構わないわ」

「決まりだな。それじゃ、俺はお先に失礼するよ」

弥生が頷くのを確認すると、真佐人は顔を合わせないようにそそくさとリビングから去っていった。先刻の遣り取りのことを気にしているのだろう、弥生とは話をしたくないようである。

「私も寝るわ。と、その前に」

弥生はそう云うと、キッチンへ入っていった。

「何するんだ?」

声を潜めて龍太が訊くと、

「水を飲むんだよ。前に旅行に行ったときにも飲んでた」

圭が説明する。どうしてかしらね、と花帆が云いかけたとき、

「寝る前に水を飲むと血液の循環が良くなって、肌のくすみ防止になるらしいわよ」

そう云いながら弥生は水の入ったグラスを持って出てくると、鮮やかな口紅が残る唇をつけた。

だが、

「あ、何これ。ゴミが浮いてるわ」

そう云って口を離して水面に視線を滑らせた。皆の視線が弥生に集まる。

「白いゴミが浮いてるわ。このグラス、ちゃんと洗ってあるのかしら?」

「もしかしたら、埃を被っているのかもね」

気のないように云い、花帆は自分の手元に目を戻した。

文句を云う気力がないのか、しょうがないわね、とだけ云い残し、もう一度水を汲みにいく弥生を見て、三人はほっと溜息をついた。ここでまた小言を云われたらさすがに堪えられそうにない。

「お休みなさい。また明日」

キッチンから出てきた弥生は浅く頭を下げた。

「うん。おやすみ」

圭に続いて、全員が挨拶を口にしたのを見て、満足そうに弥生は階段に向かった。彼女がリビングから出て行くと、場の空気がふっと緩んだ。

「はあ。何だか嵐が去ったって感じね」

吐息をつき、花帆がそう云った。その瞬間、ドダダダと何かが落ちる音がした。それも窓ガラスを通してではなく、すぐ近くである。

「な、何？ 弥生が階段でも踏み外したの？」

圭がばっと立ちあがる。それに少し遅れて龍太たちも席を立った。突然の騒ぎと同調するように、外の雪嵐も激しくなり、白片を窓に打ちつける音が夜気を震わせている。

「どうした？ 今度は花帆が階段から転げ落ち――」

二階から降りてきた真佐人はそこまで云い、床に目を向けた。

「ど、どうした？」

真佐人に遅れて龍太たちが駆け寄ってくる。

「や、弥生が……」

真佐人の声に弾かれるように、三人は視線を下に向けた。弥生が細く長い腕を妙な形に折り曲げ、口から醜く涎を流している。切れ切れに息をしており、胸がその度に上下しているのだが、止まりかかっている振り子のように弱々しい。

「ど、どうしちゃったの？」

真っ先に龍太が膝をついて、弥生の脈を取る。三人はそれを取り囲み、心配そうに見守っている。

「判らん。取り敢えず、あまり動かさない方がいいだろう。早く、救急車を呼ぶんだ」

「お、おう」

真佐人が三人の間をすり抜け、リビングの隅の電話に駆け寄った。

「……はい。苦しそうにしているんです。え？　時間がかかる？　ええ。はい」

「ど、ど、どうしたの？」

狼狽《うろた》え、オロオロとしている圭が心配そうに訊く。

「無理だそうだ。この雪で、下の交通機関が麻痺しているらしくてな。くそ」

忌々しそうに受話器を置いたとき、階段の上から声がした。

「どうしました？」

カーディガンを羽織った俊江が姿を見せた。さすがにこの騒ぎで起きたようだ。

「弥生が……急に倒れてしまって……」

沈痛な表情で花帆が答える。

「それは大変です。何か持病でもあったんですか？」

軽やかに階段を降りてきて、跪《ひざまず》いて弥生を見る。

「いえ、何もなかったはずです。なあ?」

龍太が代表で答え、全員に問い掛ける。三人ともそれに大きく頷く。

「これは……もしかしたら……」

「え? 何か?」

龍太が反射的に問い返した。

「いえ……。まだよく判りません。ただ、早く病院に運んだ方がいいでしょう。夫に車で病院まで運んでもらうように云ってきますから。しかし……」

俊江は目尻に翳を落とし、悲しそうな目を作った。

「お願いします。救急車がこの雪で来れないらしくて」

「……判りました」

そう云って急ぎ足で二階へ上っていく。

「どうしちまったんだろう? 頭を打ったのか?」

息絶え絶えの弥生を見下ろしながら、真佐人が呟く。

「さあ? 私たちは医者じゃないから判らない……」

花帆が心配そうに云う。

「ごふっ」

体が痙攣し、烈しい吐息が零れるたびに、弥生の顔から色が失われていく。まるで体に残っている生を吐き出し、体が死へと透明になっていくようである。

「もしかして、何か悪いものでも口にしたんじゃ……食中毒とか」

はっと思い当たったように、真佐人が云う。

「ええ？　まさか……」

圭と花帆が同時に叫んだ。

「いや、そうかもしれない。この苦しみ方は病気や怪我ではない気がする」

冷静な声で龍太が同意した。

「そうだよな。尋常じゃない。食中毒のときの応急処置はどうすればいいんだ？」

龍太の正面に回り、真佐人も弥生の顔に触れ、様子を窺う。先程よりも胸の上下する幅が小さくなり、さらに瞼が瞳の上に濡れた花片のようにぴったりと貼りついていて、開く様子がない。

「俺にはよく判らない。花帆と圭は？」

二人とも青い顔をして首を横に振った。

「とりあえず、吐瀉物が喉につまらないようにした方がいいだろうな」

真佐人は倒れている弥生の首を持ち上げ、横にした。ぐったりとした弥生の首は壊れた人形を思わせた。

「お水を飲ませた方がいいかしら？　今、持ってくるわね」

「待て」

花帆が駆け出すのを龍太の怒声ともいえる大きな声が制めた。

「どうして？」

一緒に行こうとしていた圭が不思議そうに訊ねる。

「……もうその必要はなくなった」

「は？」

一斉に視線と疑問が一点に集まった。だが、三人とも思わず問いをぶつけたものの、龍太が話し出す僅かの間にその言葉の意味を理解していた。

「死んじまったよ、彼女」

ポツリと龍太が弥生の死を告げると、三人はやっぱり、という顔をしてその場に立ち竦んだ。四人は死体と化した弥生を見ることしかできなかった。唇の端からは血が流れ、黒目がちで深い闇を宿していた美しい瞳は重い瞼に覆われ、死という空っぽの終わりだけを見ている。そこに生前の彼女の面影は微塵も見ることはできなかった。

茫然とする四人の耳に、俊江の声が入ってきた。

「あの。車を出すので弥生さんを運ぶのを……」

猛雄を伴って降りてきた俊江はそう云ったが、反応する人間は誰もいなかった。凍りついた状況から弥生の状態を察し、俊江は残りの言葉を飲み込んだ。

誰も口を開こうとしなかった。目の前の現実に誰も気持ちが追いついておらず、ただ茫然として骸《むくろ》となった弥生を見下ろしているだけである。ただ一つ、窓を叩く吹雪の音だけが、弥生の死を悼《いた》むように慟哭をあげている。

数分間そうしていただろうか、沈黙に固まっていたその場を美しい音が破った。金属が擦りあっているような澄んだ音色である。

「な、何？この音？どこから鳴ってるの？」

「圭、焦るなよ。多分、リビングの時計だ。オルゴール時計だって弥生が云ってただろ？」

真佐人は声を整えてそう云うと、弥生の死体を床に優しく横たえてから、全員を引き連れるようにしてリビングに戻った。真佐人の云う通り、柱時計から高く澄んだメロディが流れている。

少し錆びついた銀色の針はぴたりと寄り添って十二時を指していた。十二時になると曲が流れるように設定されていたらしい。文字盤の下では金色のディスクがゆっくりと回りながら、艶やかな音を訥々《とつとつ》と奏でている。

「この曲、どこかで聞いたことあるんだけど……何だったっけ？」

人差し指を顎にあてて、圭が考え込む。

「確か、パッヘルベルのカノンよ。ほら、卒業式とかで流れるでしょう？」

「パッヘルベル？　カノン？」

「パッヘルベルってのはバロック音楽の代表的な作曲家。バッハに大きな影響を与えた人としても有名だな。で、カノンってのは、あるパートが演奏したメロディを、別パートが少しずつ遅れて演奏する形式のものを指すんだ」

真佐人の説明に合わせるように、単調だったオルゴールの調《しらべ》は織物のように繊細に重なり合い、次第に荘厳な音色に変わっていく。

「カノンって小学校のときなんかに歌った、かえるの歌みたいなもの？」

「そう。まさにそれ」

真佐人がそう云ったとき、物哀しげな旋律を残してオルゴールが止まった。余韻はすぐに騒がしい風の音に飲み込まれて消えたが、耳の奥にはまだカノンの印象的な旋律が響いている。全員、その残響に耳を傾けているかのように口を開こうとしなかった。誰も涙を流そうとも、悲しさに噎《むせ》ぼうともせず、無言のまま弥生の死を受け入れていた。

カノンではなくこの静けさだ。無言の葬送こそ、自分を苦しめ続けた弥生に相応しい。茫漠と広がった夜闇を吹き渡る風の音を聞きながら、龍太はそう思った。

第三章——十五年前

弥生が息を引き取ってから、三十分が過ぎた。空は相変わらず荒れており、雪片と狂風が混ざり合い、激しい流れとなってリビングの窓を襲っている。

折れた樹木の枝が強《したた》かにガラスを打ったのを合図にして、真佐人が沈黙を破った。

「なあ。警察もこの天気が収まるまで来られない。きっと来るのは明日の夜以降だろう。なら、それまでに俺たちだけで犯人を探さないか？」

「犯人だと？　どういうことだ？　死因さえまだはっきりしていないだろう？」

花帆と圭も静かに頷いて真佐人を見る。

「確かにそうだ。でも、毒殺された確率が高いと思う。まず、階段から落ちてもあんな症状は出ないだろうし、食中毒にしては不自然すぎる。食中毒だったら、同じものを食べた俺たちにも何らかの症状が出るはずだろ？　でも、俺たちには何の異変もない」

龍太たちは無言で真佐人の云うことを聞いている。

「それに、弥生が病気を持っていたなんて聞いたこともない。だから、毒で死亡したと考えるのが妥当だろう。そして、毒で死んだと仮定すると誰かが彼女を毒殺したことになる。彼女が自殺するような人間じゃなかったことはみんなも知っているだろう？」

三人とも弥生の記憶を手繰り寄せることなく、即座に頷いた。

「この中の誰か……。いいや、俺は違うんだから、三人のうちの誰かが犯人のはずだ。頼むから自首してくれないか？」

しかし、三人の口は重く鎖されたまま、動こうとしない。

「そうだろうな。だから、俺は犯人を探そうって云ったんだ。犯人を突き止めて、自首させたい。そうすれば、罪は軽くなるはずだからな」

「……」

真佐人は三人の沈黙を神妙な顔で受け止めて、自分の推理を話し始めた。

「この別荘には俺たち四人。そして、俊江さん猛雄さん夫婦しかいないんだ。お二人は彼女と面識がない。つまりは彼女を殺す動機を持ち合わせていない。となると、彼女を殺したのは俺たち四人のうち誰かってことになる」

「いや、俺たちが知らないだけで、実は弥生と知り合いかもしれない。そうすれば殺す動機だってあるはずだろ？」

龍太が冷静に云う。

「そ、そんな……。私も夫も弥生さんに会ったのは今日が初めてなんですよ？」

それまで静観していた俊江が、広い額に薄らと冷や汗を滲ませながら否定する。弥生の死体の上に白いシーツを被せ終えた猛雄は憮然とした表情をして、

「下らないな。明日の用意をすることにする。忙しくなりそうだからな」

そう云い棄てると、さっさとリビングから出て行ってしまった。

「すみません、子供みたいな人で……。私が代わりに弁明致しますので」

申し訳なさそうに頭を下げた俊江に、

「こちらの方こそ失礼しました。龍太、いきなり二人を疑ってかかるのはあまりにも失礼だろ」

真佐人が睨みつける。

「当たり前のことを言ったまでだ。容疑者であることには変わりないんだから、疑って当然だろう？」

「いや、可能性は低いだろうな。恐らく、俊江さんたちは弥生と何の関係もない。だって、二人は弥生の名前すら知らなかったんだから」

「どういうこと？」

花帆が首を傾げる。

「この別荘に来てすぐ、俺が弥生は来ているのかなって訊いただろ？　あのとき、俊江さんはこう訊き返した。弥生とは田坂さんのことですか、って。日本人は普通、名字しか名乗らないだろ？　弥生も多分、名前は云わなかったんだろう」

「ええ、そうです。だから、私はあのとき初めて下の名前を知ったんです」

声に安堵の色を含ませ、俊江が答えた。安心したのか、表情が緩んでいる。

「どうだかな。そういう風に恍《とぼ》けるつもりだったかもしれないだろ？　名前を知らない振りをしておけば、誰かが今お前が云ったような結論に達することは予想できる。そうすれば容疑者から外れることができるんだからな」

云ったあとで、龍太は後悔した。ここまで食い下がると目立ってしまうし、自分の主張に綻びがあるのに気づいてしまったからだ。

「それも考えにくい。その計画が成立するのには、俺たちが普段から田坂ではなく、弥生と呼んでいないと成立しないんだ。そんなこと、お二人は知るはずもない。もし、事前に知っていたとしても、ここに来て誰かが弥生ではなく田坂と呼んだら終わりだ。そんな不毛な計画を立てる人がいると思うか？　それに、この結論にしても、俺以外には誰も気づかなかった。こんなに不確かなものに頼る犯人がいるとは思えない」

予想通り、真佐人は冷静に龍太の主張の欠点を指摘した。いつもは剽軽《ひょうげ》た表情や白い歯を光らせた笑顔を明るい言葉にして周りを笑わせているのだが、今の真佐人は違う。そんな武器をどこに持っていたのか、今は人の心を突き刺すような鋭い目をしている。

変化に戸惑いを感じながらも、何故か龍太は前から真佐人のそんな部分を知っていたような気がした。微笑に包まれて隠されていた知的な鋭さと人目を欺く狡猾さを、真佐人のどこか一点に感じ取っていたような気がしてならない。

切れ長の目を龍太から逸らし、真佐人は仕切り直したかのように口調を静かなものに戻した。

「だから、最有力の容疑者である俺たちから調べていった方がいいと思う。そして、俺たちの手で犯人を突き止めて、警察が来る前に自首させるんだ。どうせなら、そういう決着をつけたい。どうかな?」

真佐人の問いに龍太は渋々頷いた。他の二人もそれに続くようにして首肯を返す。

「警察に取り調べられるよりも、そっちの方がマシだしね」

そう前置きしてから、圭は、

「何より、私たちが一番動機を持っているもんね……」

消え入りそうな声で圭は云い、さらに続けてこう云った。

「特に、三人はね」

氷のような冷たい目が三人を見ている。

「ちょっと待ちなさいよ。圭もそうでしょ。他人事みたいに云わないで頂戴」

「私？　うん……まあ、私も弥生の被害を受けていたけど。でも、花帆と龍太と真佐人はもっと大きな苦痛があったはずだよ」

「おい、俺は関係ないだろう？　別に彼女に殺意なんて持っていないぞ」

「私だってそうよ。先刻云ったみたいに早間くん絡みで弥生には恨みがないわけじゃないけど、でも、殺したりしないわよ」

「どうかなあ？」

「お前、ふざけたこと云うなよ。俺は殺ってないって云ってるだろ」

「落ちつけ、龍太。残念ながら、俺たち四人には弥生を殺す動機がある。それは動かしようのない事実だ」

一人沈着な態度で真佐人が云ったが、俊江が思い出したように、こう口にした。

「ちょっと待ってください。皆さんはどうしてこんなに呑気なことを云っていられるんです？　犯人は弥生さんだけじゃなくて、私たち全員を無差別に殺そうとしているかもしれないんですよ？　私は怖くて怖くて仕方ないんですが」

唇を細かく震わせながら云った。

龍太は、初めてその可能性に気づき、はっ、として俊江を見た。

そうだ。もしも、龍太が弥生に毒を飲ませた犯人でなかったとしたら、俊江のように怯えるのが普通だろう。龍太はもうこれ以上、殺人が起きないことを知っているが、それは自分が二度と毒を使わないからだ。しかし、俊江の云う通り、何も知らない人間ならば、殺人者の影に恐怖して推理などしている余裕はないはずだ。

その可能性に触れておいた方が自然な気がした龍太は、白々しくならないように気をつけながら、

「俊江さんの云う通りだ。無差別殺人かもしれないぞ。悠長に犯人探しなんかしている場合か？」

だが、真佐人は動じず、

「それなら、尚更、全員で犯人を突き止めるべきだな。さすがの犯人も全員の前で人を殺そうなんて思わないだろうし、毒が怖いんなら、警察が到着するまで缶の飲み物以外は何も口にしなければいい。そうだろ？」

「それはそうですが……」

俊江は不安を払拭し切れていないようで、か細い声を出した。

「大丈夫ですよ。もし、俺か龍太が犯人だったとしても、他の四人がまとめてかかれば取り押さえられます。いくら男といっても、四人相手では歯が立ちません」

「あの、失礼ですが、皆さん全員が共犯ということはありませんよね？」

「面白い推理ですね。しかし、それはありませんよ。少なくとも、俺は弥生を殺していませんし。それに、俺たち四人が共犯だったとしたら、俊江さんたちがいらっしゃるここで

殺人を起こすようなことはしませんよ。お二人がいらっしゃることは事前に聞いてましたし。なので、その可能性はないと思ってくださって結構です」

諭すように云うと、俊江は五秒ほど沈黙したあと、覚悟を決めたように瞳を上げて、四人を見た。

「判りました。私も微力ながら犯人探しを手伝わせて頂きます」

その言葉を受けた真佐人は、

「決まりだな。俊江さん、すみませんが、場を仕切ってくれますか？　それが一番公平だろ？」

三人が頷く。それを受けた俊江が、

「では、申し訳ありませんが、動機を聞かせて頂けませんか？　私は何一つ知らないので」

「……判りました。お話しします」

真佐人はそう云ってから、俊江に飲み物を頼んだ。弥生が毒物で殺されたことを考慮してか、俊江は缶の烏龍茶を人数分持ってきて、それぞれの前に置いた。

真佐人は力強く蓋を開け、一口飲んでから徐《おもむろ》に口を開くと、ゆっくりとした調子で語り出した。

話が進むにつれて俊江の顔色が歪んでいく。弥生の行ったことに心を痛めているようだった。

真佐人が総てを話し終わると、

「何度聞いても酷い話ね……」

花帆が感想を漏らした。

「だろ？ だから、俺は弥生を殺してやりたかった。早く犯人を見つけて殴ってやりたいよ。どうして俺に弥生を殺させてくれなかったんだってね」

背凭れに身を預け、ふーっと大きく息を吐くと真佐人の前髪が揺れた。髪だけではなく、痩せた肩も怒りで細かく震えている。ぶつかる相手を失った烈しい感情が、行き場を求めて軀の中で暴れているようだった。怒声を投げるでも、あたり構わず喚《わめ》き散らすわけでもなく、黒く燃え上がった炎を静かに胸の裡に閉じ込めようとしている真佐人に、龍太たちは空恐ろしいものを感じていた。敢えて激しい言葉や行動を示さず、弥生への怒りを一つのものに集中させようとしている真佐人が恐ろしかった。

俄《にわか》に耳を打った風の音に龍太は我に返った。風のざわめきは静寂に沈んでいた場の空白を埋めるように次々と連なっていく。

身動き一つせずに真佐人を見守っていた花帆たちも、その音で真佐人の言葉から解き放たれたらしい。空気を和らげるように、飲み物に手を伸ばした。

真佐人はまだ軀の中の狂暴な獣を抑えるように腕を組んで俯いている。今まで語られた重苦しい告白よりも、その様子が男の動機を雄弁に語っていた。

「さて」

悪夢を振り切るように、すっと顔を上げた。

「俺は暫く口を閉じるとするよ。次は誰だ？」

椅子から立ちあがり、ソファの方に移動した真佐人は泰然とした態度でそう云った。

「私が話すわ。真佐人はいなかったから知らないでしょうけど、私は弥生に脅されてたのよ」

「脅されてた？」

真佐人が少し驚いた声をあげる。

「ええ。早間くんのことでね」

声のトーンを下げながら、花帆がリビングでの弥生との遣り取りを話し始めた。俊江は眉を顰めながら、相槌を打っている。

花帆が話し終えると、

「陰湿なやり方ですわね……」

率直な感想を口にした。

「だから、私も弥生が死んでほっとしている人間の一人よ」

正直に漏らした。

「次は圭よ」

花帆が隣の圭の方をちらりと見る。丁寧に描かれた淡い眉がピクリと上がった。

「な、何？」

「圭は金巻先生絡みのことで弥生が死んでくれればいいと思っていたんでしょう？　弥生は先生にまで目をつけていたものね」

圭は座り直し、声を整えると、

「……そうかもね。みんなはあまり知らないかもしれないけど、先生は奥さんを本当に愛してるの。お見合い結婚だったらしいけど、一目惚れだったそうよ。その愛情がもう数十年も続いてるの。それって、素敵なことじゃない？　でも、それを知った弥生は面白半分で先生と奥さんの間に流れてる愛情を壊そうとしてたのよ。遊びで人の幸せを壊すなんて、そんなの、許せない」

圭の幼い正義感が言葉尻に滲んでいる。正義感というよりも一種の思い込みかもしれないが、圭は尊敬する金巻を苦しめていた弥生がどうしても許せなかったのだろう。それに、もしかしたら、同じ女性として、女の部分を武器にして他人を不幸にする弥生のことを生理的に嫌っていたのかもしれない。

俊江も圭の云いたいことが判ったのだろう。

「判りました。花帆さんにも圭さんにも田坂さんを殺す動機があったというわけですね」

そして、今度は思い出したように龍太の方を向くと、

「龍太さんは？　何かあったのですか？」

「え……いや、俺は……」

急に声をかけられ、龍太はつい云い澱《よど》んでしまった。心の準備ができていなかったわけではない。話の流れからして、頭の隅に巣食い続けている昏《くら》い記憶を甦らせなければならないことは覚悟していたし、下手に隠すつもりもなかった。ただ、不思議なことに痛みと一緒に弥生と過ごした仮初《かりそめ》の幸福な記憶が泛びあがってきて、心に死角を作ってしまっていたのだ。

その隙を消すように、龍太は軽く目を瞑った。

瞼の裏の闇で弥生の面影を塗り潰してもう一度口を開こうとしたとき、隣から真佐人が声を出した。

「指輪ですよ」

「指輪――ですか？」

事情を知らない俊江が不思議そうに呟いた。

「そうなんです、よりにもよって弥生に指輪をプレゼントしたんですよ、この男は」

蔑みの混じった声で真佐人が云い、龍太を指差した。

「弥生はアクセサリーが好きだったよね。毎日違うネックレスやらブレスレットを自慢げ

につけてたっけ」

「そうなんですか？　しかし、今日は何もつけていらっしゃらなかったようですけど」

俊江が素朴な疑問を口にした。

「ええ。今はまったくつけていません。もう飽きたって云ってある時期を境につけなくなったんです。だったわよね？」

そう答えたあと、花帆は同意を求めるように圭を見た。

「うん、急につけなくなったよね。あれはいつ頃だっけ？」

今度は誰ともなしに圭が質問を投げた。すると、龍太が不機嫌さに澱んだ目をして、

「俺が指輪を贈って暫く経ってからだよ」

「やっぱりな。彼女はネックレスやブレスレットはつけていたけど、指輪だけはしていなかった。まあ、普通は特別な人からもらったものでない限り右手の薬指に指輪なんてしないだろうから、当たり前だなと思っていたんだが、ある日彼女の右手の薬指がやけに光ってるじゃないか。驚いたね。恋人ありってことだろ？」

「へえ、今の若い人の間ではそういうのが流行っているんですか？」

「流行っているってわけじゃないですけど。婚約指輪は左手の薬指につけますよね？」

「はい。それは常識ですわね」

俊江の左の薬指に目を遣った。控えめに光を放っている銀色の指輪は、都会の喧騒から

離れ、山荘の管理をしながらゆったりと暮らしている俊江たちのささやかな幸せそのものだった。

ジュエリーに詳しくない龍太の目には、自分が弥生にプレゼントした指輪と同じように見えた。ただ、光に滲むようにして薬指に収まっている指輪は明らかに記憶の中のそれとは違う。服もそうだが、弥生が身につけると、総てが光り輝いて、本物を越えた美しさを見せる。弥生の魔力はそんなところにも宿っていたのだった。

真佐人は先刻までの興奮が醒めたのか、優しい視線を俊江の薬指に送り、

「そこから派生したのでしょうね。左手中指はバッイチだとか、左手小指は恋人募集だとか。あとは……」

真佐人が頭を掻きながら云った。花帆はそれに補足するように、

「実際はそこまで気にしないわよ。サイズが合う指につけるだけ。案外女って無頓着なところがあるのよ」

「そうそう。前に付き合っていた彼氏からもらった指輪だって平気でつけるし」

しれっとした顔で圭が云う。

「女性はそういう強かな部分がありますからね」

「そうかもな。と、話がずれちゃったな。そう、龍太の指輪の話だった。まあ、そんなわけだから、龍太が贈った指輪はすごく目立ったわけだよ。どこにでもあるような地味なシ

ルバー指輪だったけどな」

「そうだよね。普通すぎて弥生らしくないって私も思った」

「私もよ。どうして弥生はあんならしくない地味な指輪をしているんだろうって思ったわ」

花帆も同じことを思っていたようだ。

「ふん。アイツはそれも計画のうちだったのさ」

龍太が横柄に胸を反らして横から口を挟む。

「計画ってなんだ?」

「その後の経過は知っているだろう?」

「ああ……」

足を組み直して真佐人が声の調子を落として頷いた。

「その後というと?」

訊ねられた真佐人は、話したくないというように首を振った。

「俺が自分で話すよ。そこを話さないと俺が弥生にどんな動機を持っていたか、俊江さんには理解できないでしょうから」

「はあ。部外者の私が聞いてしまっていい話かどうかわかりませんが……」

「いいえ。俊江さんにも総てを知っておいてもらった方がいいでしょう。今話したように、俺は指輪を弥生にやった。ああ……どうにかしてたんだよな、あのときの俺は。弥生はどういう人間か知らなかったのが総ての不幸の始まりだった。見た目と雰囲気に騙されて熱病に罹ったみたいに入れ込んじまった」

「中身を見ようとしないから、そういう目に遭うのよ。莫迦ねえ」

　花帆が軽蔑するように云ったが、覚悟を決めていた龍太は余裕のある軽い笑みで包み込み、淡々と話を続けた。

「高校も男子校だったから、俺はその手のことに慣れてない。だから、飲み会を抜け出して二人だけで飲みに行こうって誘われたとき、俺に好意を持っているんだと錯覚しちまったんだよ。それからずっとあの見た目に騙され続けたんだ、微笑みの下では俺を貶める計画を練っていたんだろうがな」

　弥生の狙いが龍太自身ではなく、政治学の成績にあったことは敢えて云わなかった。数字よりも魅力がなかった自分を認めるようで癪《しゃく》だったというのもあったが、話すたびに脳裏に泛んでくる弥生の幻影を払うのに必死で、話すことを最小限に抑えたいという気持ちがあった。

「でも、俺は莫迦だから、あいつの気持ちを完全に自分のものにできると思い込んでいた。それで、誕生日に指輪をプレゼントして将来の約束をしようとした。喜んで受け取ってくれるんじゃないか、と思った」

本当のところは違う。指輪を贈ったときの龍太の心情はこんな風ではなかった。弥生へのぼんやりとした気持ちをはっきりとさせるために指輪を贈ったというのが本当のところだ。しかし、そんな細かなことまでも話す気にはなれなかった。

「婚約指輪なんて、よくそんな金があったな。いくら安くても十数万はしただろ？」

龍太は俯きながら、小声で、

「金なんてなかったさ」

「それじゃあ、あの指輪はどうやって買ったんだ？」

首を傾げながら真佐人が訊ねる。

龍太は数秒、間を置いてから、

「もらいものだよ」

「もらいもの？　誰からのもらいものだったの？」

圭が龍太に視線を向ける。

「あれは母親の指輪だ。いや、詳しく云えば、水迫家の指輪って云った方が正しいな」

「もしかして、先祖代々、受け継がれているとかそういう類のものか？」

真佐人の問いに龍太は深く頷き、

「そうだ。あれは元々は祖母が結婚するときに祖父からもらったものだ。それを俺の母親が結婚するときに祖母から譲り受けたんだ」

「どうしてそんな大切なものをお前がもらったんだ？」

「正月に実家に帰ったときに親に漏らしちまったんだよ。ある女の子と付き合ってるってな。そうしたら、母親が嬉しそうに箪笥の奥から黒い指輪ケースを取り出してきて、これをあんたにあげる、って云ってきたってわけだ」

弥生と付き合ってることを自分から親に云ったわけではない。両親と酒を酌み交わしていて、お前には恋人の一人や二人いないのか、と云われて、つい、付き合っている女の子がいる、と答えてしまったのだった。

「お前に彼女ができたのがよっぽど嬉しかったんだろうな。それで、今度は彼女を連れて来なさい、とでも云われたのか？」

真佐人がおちょくるように云ったが、龍太はそれを真面目な目で受け、

「ああ、そうだよ。母親も父親も、もう俺が婚約でもしたかのようにはしゃいでいたよ。そんなことになったら、指輪をもらうしかないじゃないか」

なるほど、というように真佐人たちが頷く。

「あの、さっきから話を伺っていると皆さんはその指輪をご存知のようですけど、どうしてです？　弥生さんの指に嵌っているのをご覧になったんですか？」

ふと思い当たったように、俊江が訊いた。確かに事情を知らない人間からすれば不思議に思うところだろう。

「ええ。まあ、それもありますが……。話の続きを聞いてもらえれば判ると思いますよ」

苦々しい面持ちで真佐人が答え、続きを話せ、というように龍太を見た。

「帰ってきて、俺はジュエリーショップに行った。もらった指輪に『R to Y』っていうイニシャルを入れたんだ。はは、今思うと莫迦みたいだな、ホント。婚約指輪じゃないのにそんなもんまで入れて。それが後から仇となるとも知らないで、浮かれていたんだから我ながら目出度いヤツだよ」

自虐的に云ってからもう一度くぐもった声で笑った。真佐人たちは目の色を薄めて、どこか遠くから眺めるようにして龍太を見ている。

その意味に気づいたときにはもう遅かった。憐れみに混じって、訝《いぶか》しむような視線がちらちらと見え隠れしている。真佐人たちは自棄を起こしたような笑い声と嗤笑《ししよう》して震えた口許に、犯人ならではの狂気の片鱗を見ているようだった。

確かにその通りだった。冷静を装い、笑い声で憎しみを覆い隠そうとしたのだが、その下から醜い笑みが針のように不意に飛び出してしまった。こういう場面を想定して頭の中で何度も演技をして繰り返したはずだったのだが、どうやら一番肝心な場面で演じ損ねたらしい。

龍太は失敗を取り繕うように、笑みで歪んだ頬を元に戻し、

「何て云って渡せばいいか判らなかったから、俺は無言で指輪を渡した。気の利いたセリ

フなんて思いつかなかったよ。緊張して仏頂面で渡した俺に、それでも弥生は嬉しそうに、ありがとう、って云ってくれた。嬉しかったよ。だってそうだろう？　好きな女にそんなこと云われて嬉しくない男なんていないよ。でも、弥生のその笑顔は違う意味を持ってたんだ。俺はまんまと乗せられていたわけだよ」

言葉を切り、龍太は乾いた唇を舌で湿らせた。

「次の日からアイツは俺が渡した指輪以外は何もつけなくなった。てっきり弥生が俺を彼氏と認めてくれたんだと思ってたんだが、大間違いだったよ。数週間後にそれを思い知った」

「何があったんです？」

「アイツは指輪を……俺が渡した指輪を教務課に忘れ物として届けたんですよ。構内に落ちていたのを拾いましたって」

忌々しげに顔を顰める。

「え？　そんなことして何の意味があるんです？」

「忘れ物は教務課の前のガラスケースの中に陳列されるんです。持ち主の手がかりとなるような特徴があれば、その説明も添えられて。つまり、俺が彼女にプレゼントした『Ｒ　ｔｏ　Ｙ』というイニシャルが入った指輪が衆目に晒されたわけです。しかも、『Ｒ　ｔｏ　Ｙ』というイニシャルが入っています、という説明までつけられてね」

「――」

言葉が見つからなかったのか、俊江は沈黙だけを返した。

その沈黙を代弁するように、真佐人が口を開いた。

「休講の知らせや教室の変更といった授業日程が張り出されるから、教務課というところは自然と人が集まる。当然、教務課の前の忘れ物届けのガラスケースにも目がいく。ゴミ箱に捨てられてもおかしくないような、使い込まれた小物入れや筆箱やらが並んでいる中で、高価な指輪はどうしたって目立つ。しかも、イニシャルまで入っている。でも、一向に持ち主は現れなかった」

「弥生さんは無視し続けたんですか？」

「ええ、そうです。物がものですからね、すぐに持ち主が現れてもいいはずです。でも、いつまで経っても誰も名乗り出ない。周囲の人間はおかしいと思い始める。そして、気づいたわけです。これは意図的に放置している。つまりは……」

「捨てたも同然」

切り口上で龍太は云い、少し笑った。自身を蔑むような虚しい微笑だった。

「ここまで来て、俺は弥生がネックレスやブレスレットを外した理由が判った。そして、同時に、イニシャルを入れてしまった俺が如何に莫迦だったか、思い知ったよ。ネックレスやブレスレットを外したのは周囲の目を指輪だけに向けて、その指輪が弥生にプレゼントされたものであることを印象づけるため。そうすれば、忘れ物として届けられ、ガラスケースに並んでいるその指輪を見た人が弥生のものだと判るからな。弥生が指輪を捨てた。つまり、誰かを振ったんだってことが知れる。さらに、イニシャルだ。Yは当然弥生。すると、Rが指輪を贈った相手であり、棄てられた男ってことになる。弥生の周りの人間で、名前がRなんて俺くらいしかいないからな。みんな、すぐに判ったんだろうよ」

すかさず圭が、

「うん。判っちゃった。私は友達に、教務課の前のガラスケースに面白いものがあるから、見に行ってみたらって云われて見たんだけど……」

最後の方は龍太に申し訳無いと思ったようで、小さな声となって消えていった。

「面白いもの、か。ふん、確かに面白いだろうよ。俺はいい晒し者ってわけだ。俺の恥そのものが展示されてから、二日後だったか。たまたま教務課に用があって行ったときに、それに気づいたよ。見た瞬間に俺が弥生に贈ったものだって判った。当たり前だ、初めて女にプレゼントした指輪なんだからな。用事も済まさずに弥生に連絡を取って問いつめた。だが、ヤツは空々しく、そんなところに届けられていたのね、なんて云いやがった」

それまで何とかぎりぎりのところで抑えていた激情が、理性の堰《せき》を突き破って流れ出てくる。先刻思いがけず嘲笑を零してしまったときにはまだ取り繕うという気持ちが湧きあがってきたのだが、今はそんな気分にはならない。

成績は優秀だったが、恋愛にかけては龍太は素人だった。それ故に弥生に簡単に騙されたのだが、だからこそ、龍太は許せなかった。もしも、龍太にそれなりの経験があり、出会いと別れを知っていたのならば、ここまで弥生に殺意を抱かなかっただろう。また、龍太が失敗ばかりの人生を送ってきたのならば、弥生に手痛い仕打ちを受けても我慢できたかもしれない。しかし、龍太はそのどちらでもなかった。挫折も知らない龍太にとって、弥生の仕打ちは殺意を育むのに充分だった。

また、親友と呼べる人がいなかったのも龍太の中に芽生えた殺意を増幅させた。恋愛に関してアドバイスをくれる友人がいれば弥生の罠には引っかからなかったかもしれないし、愚痴を聞いてくれる人がいれば殺意を薄めてくれたかもしれない。真佐人は飲み友達だったが、親友と云えるほどお互いに心は開いていなかった。

龍太はなおも声を尖らせ、

「すぐに、持ち主だと名乗り出て指輪を取り戻してくれ、と頼み込んだ。持ち主じゃない俺には無理だからな。でも、けんもほろろにあしらわれたよ。面白いからもう少し展示しておきましょうってな」

「そして、それは今も残っている、ってわけか」

「ああ。未だに残っているらしい。同じ高校の後輩がそんな話をしていたからな」

「ってことは、もしかしたら、お前の地元でも話題になっちまってるんじゃないのか?」

真佐人が心配するような声で訊いた。

「ああ。水迫さんちの龍太くんが婚約者にフラれたんですって、って感じで噂が広まってるだろうな。うちは田舎だから、そういう噂はすぐに広まる」

吐き出すように云ったあと、

「もちろん、弥生とはそれっきりだ」

付け足して話を終えた。

「どうしてでしょうか。何故そんなことをする必要があるんです？　何故……？」

俊江は自問するように何度も呟く。

「理由なんてありませんよ。あいつは悪魔なんです。ただそれだけです」

吐き出すように龍太が云うと、

「そうだな。弥生は悪魔みたいな女だった。今、思い出しただけでも、ぞっとする」

真佐人が大袈裟に嘆息を吐くと、他の三人の口からも大きな吐息が漏れた。四人ともが弥生に対して殺意を持っていたことを確認する合図のようだった。その瞬間、弥生への怒りと恨みが、彼女に翻弄された自分たちの滑稽さを笑う虚しさに掏《す》り替わった。

弥生の死へと走っていた龍太たちの意識はもう既に終着点に着いてしまっている。しかも、これから仲間へ猜疑《さいぎ》の目を向けねばならないというのに、四人の間には妙な連帯感が生まれていた。勿論、龍太は一人で犯行を遂げたのだから共犯関係など存在しないのだが、気持ちの上では黒い罪によって繋がっているような気がしていた。

しかし、そこにあるのは信頼というよりは凪のような何もない虚しさだった。四人を結びつけているのは空虚さという手応えのない絆だけだった。

※

「それでは、皆さん、弥生さんに何らかの恨みを持っていたわけですね?」

遠慮がちに云い、話の糸口を探るようにそう切り出した。

「誰が弥生さんを殺してもおかしくないわけですね」

「……」

沈黙だけがそれに答えた。それを肯定の黙示として受け取った俊江は、

「その上、みなさんは弥生さんの近くにいて毒殺が可能でした」

「……」

「もしかしたら、犯人なんて特定する必要はないのではないか、と思っている方もいらっしゃるかもしれません。今のお話を聞いて、私もそう思ったくらいです」

痩せた瞼を一層暗くして俊江が云った。

「でしょうね。でも、俺たちは犯人探しをしなくちゃならないんです。極刑になったらそ

の人があまりに可哀想ですからね。あの女は殺されて当然です。その気持ちは今も変わっていませんよ」

「そうだな。俺も犯人を見つけて感謝したい」

龍太も、こともなげにそんなことを云った。

続けて花帆が、三人を見回しながら、

「犯人には情状酌量の余地は充分にあるでしょうけど、それなりの罰を受けないといけないでしょうね。それなら、自首した方がいいと思うわよ」

圭も頷いて、

「うん。私もそう思うよ。それに、こんなことを云うのも何なんだけど、私、警察の取り調べなんて受けたくない。犯人扱いされて、暗い取調室で尋問されるなんて嫌だよ。もし、ここで犯人を見つけて、自首させれば犯人以外の三人はそんな目に遭わなくて済むよね？」

抜け抜けと云って、圭は小悪魔のような笑みを覗かせた。

「みんな、自分が犯人じゃないみたいな云い方だな。だけど、誰か一人は必ず嘘をついている。この中に絶対犯人はいるはずだからな。勿論、俺は違うよ」

「俺もだ」

無表情のまま短く龍太が云うと、花帆も、

「私もよ」

「私も」

最後に圭が不敵に笑いながら云った。

「しかし、そんなはずはありません。どなたかが弥生さんを殺したはずです」

「そうでしょうねえ。しかし、誰も自分はやっていないと云っている。よっぽど犯行が発覚しないという自信があるのかなあ。それなら、その挑戦に乗るのも面白いんじゃないかな？」

「それは警察に任せるんじゃなくて、今、私たちで弥生を殺した犯人を特定しようってことだよね？」

圭はセーターの袖を弄りながら云った。

「ああ、そういうことだ。どうだ？　事件を検証してみないか？」

真佐人が涼しい顔を三人に向けた。少しだけ間が空いたが、

「……判った。俺は犯人じゃないんだから、別に構わないさ。犯人探しを始めようじゃないか」

龍太が毅然と答えると、花帆と圭も真佐人をじっと見ながら深く頷いた。

「それじゃ、決まりだな。憎むべき……違うな。称賛すべき犯人を俺たちだけで見つけるとしようか」

異存はないな、というように見回してから、

「動機は確認した。そうすると、やっぱり……」

「ええ。誰に弥生に毒を飲ませるチャンスがあったか、よね」

花帆がそう云い、気分を切り替えるように後ろ髪に指を絡ませた。

「そうだな。弥生の行動を追っていくのが一番いいんだろうな。そうすれば、どこで毒が弥生の体に入ったのかが判る。四人のうち、誰かが犯人だと仮定すると、俺たちが荷物を置いて、ここに集まったあたりから弥生の行動を確認していけばいいんだと思う」

「ちょっと待って。今思ったんだけど、もしかしたら、もっと前に毒を飲んでいたっていうことは考えられないかしら？」

「どういうこと？」

圭が花帆に訊く。

「だから、私たちに会う前に、そう、実家にいたときに毒を飲まされていたという可能性はないかしら？」

「あ、なるほど。その可能性はあるね」

合点がいったように首肯する。龍太も、一理あるかもな、と云って頷きかけたが、

「しかし、俺は毒について詳しく知らないが、そんな遅行性の毒はあるのか？　それに、そもそもそうだとすると、犯人は弥生の家族っていうことになるぞ」

煙草を咥えたまま立ち上がると、ソファに腰を下ろし、前にいる真佐人に火を要求した。

真佐人は何も云わず、火をつけると、

「俺もそういう知識はないからなあ。花帆の云う通り、確かにその可能性がないとは云えない。早くもつまっちゃったな」

「毒の種類が特定できないと、いつ頃に毒を飲まされたか判らないものね」

「でも、弥生の家族が弥生を殺すなんてことあるのかな？」

「それはそうだな。可能性は低い」

龍太も同意する。

「でも、毒の種類が特定されないと犯人探しが困難になるのは確かよ。体に入ってすぐに効果を示すようなものなら、死ぬ直前に焦点を当てればいいんでしょうけど、そうじゃなかったら、かなり前から弥生の行動を追わないといけなくなるわ。ううん、もし飲まされたんじゃなくて、針とかの先に毒を塗られて刺されたんなら、もっと詳細に調べないといけなくなる。やっぱり、専門家の鑑定が必要かもしれないわね。素人では限界があるわ」

深刻な顔で花帆が云ったとき、階段を降りる音がした。一同はびっくりしたように目を剝いてそちらを見ると、猛雄が立っていた。

「あの娘さんの死因が判ればいいのか？」

荒れた唇から太く抑揚のない声が漏れた。厚い瞼の下の瞳は若者たちを睨んでいる。

元々そういう顔立ちなのかもしれないが、真佐人たちには先刻犯人だと疑ったことを根に持っているようにしか思えなかった。

怖気づく四人の代わりに俊江が、

「ええ。その方が犯人を特定しやすいようなの。判るかしら？」

「大体なら、な」

室内には入らず、ドア付近で立ったまま猛雄が云う。

「そ、そうなんですか？　どうして判ったんです？」

驚きを隠せない様子で真佐人が訊ねる。

「主人は薬剤師の資格を持っていますし、昔ある企業の化学研究所にいたものですから、そちらの方面には詳しいんですよ」

「なるほど」

真佐人がそう呟き、猛雄を見た。

「それで、どんな毒なんですかね？」

「モノメチル水銀だろうな」

「水銀？」

全員の声が重なった。

「水銀っていうと、水俣病の原因となったアレのこと？」

よほど意外だったのか、驚いた声で俊江が訊き返す。

「そうだ。まあ、水銀といっても色々な種類がある。体温計に入っているのは無機水銀といって体内に入っても問題はないが、モノメチル水銀は生体蓄積性のある有機金属陽イオン種で、水俣病の原因となった物質としても知られている。これは有機水銀で非常に強い毒性を示す。有機水銀、最もポピュラーなもので云うとメチル水銀だが、あの娘さんが飲まされたのも、その有機水銀だろう」

「飲まされた……？」

花帆が確かめるように呟く。

「そうだ。針の先に毒を塗ってそれで刺された、という方法で命を落としたのではない、ということだ。死体を見た限り、針や注射の跡はなかった。それに、それが刺さったときには、何か反応を示すはずだ。そういう場面があったか？」

四人の間で視線が交錯する。数秒して全員揃って首を振った。

「元々、メチル水銀は粉だからな。そういうことから考えても、口から摂取した可能性が一番高い」

相変わらず、立ったまま猛雄が説明を加える。目許をほとんど動かさず、その上表情に乏しいため、まるで巨大な石像が話しているような印象を他人に与える。だが、抑揚のない声は龍太の胸にずっしりとした重みを持って響いてくる。

まさか専門家がこんなところにいるとは思わなかったし、こんなにも早く毒物が特定されるとは予想していなかった。必死に動揺を押し隠しているのだが、猛雄の一言一言が石のように重く龍太の心に大きな波を広げていく。

「ところで、あの娘の体重がどれくらいだったか知っているやつはいるか？」

表情を固めたまま、不意にそんなことを訊いた。

花帆と圭がそれとなく視線を交わし、五十キロは確実になかったはずだ、と答えた。

「五十キロ未満か。見た目通りだな。となると、致死量は〇・二グラムといったところか」

「〇・二グラム？　たったそれだけ？」

花帆と圭がびっくりした声を出した。彼女たちだけではなく、真佐人も一瞬驚いたように目を見開いたが、すぐにそれを冷静な声で包んで、

「しかし、水銀と決まったわけじゃないのでしょう？」

「いや、十中八九水銀だろうな」

真佐人の問いに、猛雄は間髪入れずに答えた。

「死体を調べてみたが、死因は虚脱だ。水銀の急性中毒の場合は急激な血液循環障害のため、極度の脱力状態になって死ぬことがある。あの娘さんもそれで死んだのだろう。それに、口内炎があった。これも水銀中毒の特徴の一つだ」

「……そうですか。毒が水銀だということは判りました。では、弥生が水銀を飲まされたのはどれくらい前なのか判りますか？」

正面をじっと見据えて真佐人が訊いた。猛雄もそれに応じるように、しっかりと真佐人の目を見て、

「そうだな……。個人差があるだろうから、詳細な時間は判らん。だが、少なくともここに来てから飲まされたものだろう。実家で飲まされた水銀が今、現れたとは考え難い」

「だそうだ」

真佐人が花帆を見る。花帆はこくりと頷くと、

「そう。それなら、夕飯からの私たちの行動を思い出してみましょう。そうすれば、自ずと誰が犯人か判るはずだわ」

「そうだよね。どこかで弥生に毒を飲ませないといけないんだから」

両手を前で合わせて、圭も勢い込む。

「そういうことは、任せた。俺はそういうことが苦手だからな。失礼する」

「ちょっと待ってください」

こちらに背を向け、足早に立ち去ろうとした猛雄を真佐人の声が止めた。

「なんだ？」

「メチル水銀はどこで手に入るものなんですか？」

リビングの入り口に足を向けていた猛雄は、ゆっくりと首を回し、

「どうしてそんなことを訊く？」

「いえ、入手経路が特別なものだったら、それが判れば犯人は特定できるんじゃないかと思ったんですが……」

控えめな口調で真佐人が訊ねる。

「……パルプ工場がパルプのカビ止めとして使っていたこともあるらしいし、農薬にも使われていた。だから、そういう関係のところにはあるはずだ。他には、大学の研究室や企業の研究所といったところには、当然あるだろうな」

「なるほど。ありがとうございました」

「……」

むっつりとして猛雄はリビングから去った。ほっと真佐人が安堵の溜息をつく。

「どうも済みません。愛想がなくて……」

俊江が申し訳なさそうに云って頭を垂れた。はらりと後ろ髪が零れた。

「いえいえ。助かりました。農薬か……。正直に白状するが、俺の実家にはメチル水銀の含まれた農薬が数種類ある。だから、俺は毒を手に入れることができる」

きっぱりとした真佐人の告白が、切れ味のよい小刀となって龍太たちを切った。一瞬の間、誰も喋らなかったが、

「私の実家にもある……猫がそれを舐めて死んじゃったんだもん」

おずおずと圭が云うと、花帆も、

「私も手に入れようと思えば何とかなるわ」

最後に龍太が残ったが、

「ふん。俺は無理だな。農薬が実家にあるかどうかなんて知らん」

「そうやってとぼけるのはよくないぞ、龍太。メチル水銀はわりと有り触れたものだと云うことが判ったんだ。お前も手に入れようと思えば何とかなるだろう？」

疑惑の目で龍太をじろじろと見ている。

「真佐人、憶測だけで物を云うのはよくないわ。その点はいいじゃない、どうせ警察が調べてくれるでしょ。今の私たちにはそれを調べるのは無理だわ。だから、今は止めてそれぞれの夕食からの行動を検証していきましょうよ」

「そうだな。まず——そう、俺と龍太がリビングに来たときには、もう弥生はキッチンにいた。圭はまだ二階から降りて来ていなかった」

眉間に指を当て、記憶を探りながら真佐人が切り出した。

「うん。ちょっと調子が悪かったから二階で様子を見ていたの」

「私は弥生と俊江さんの手伝いをしていたわ」

「なるほどな。花帆にはチャンスがあったわけか」

呟いたのか、それとも疑っているのか判らない半端な口調で龍太が云った。

云われた本人は心外だというように、声に冷たい感情を絡めて、

「ないわよ。だって、隣には俊江さんがいたし、調理中に毒を彼女に飲ませるなんて真似はできないわ。そうですよね？　何もおかしな点はなかったですよね？」

自信に溢れた顔で俊江に訊くと、すぐに返事は返ってきた。

「そうですね。花帆さんも弥生さんもごく普通に料理を手伝ってくれました。それに、花帆さんの云う通り、弥生さんはあのとき、何も口にしていないのですから、毒を飲ませるのは無理のはずですよ」

「ほらね。逆に、リビングにいた二人の方がチャンスはあったんじゃないかしら？」

今度は逆に、花帆が挑みかかるような目で訊いた。

「リビングのどこに毒を仕掛けるっていうんだ？　テーブルの上には牡丹が活けてある花瓶くらいしかなかったんだぞ。それに、俺たちは一緒にいたんだ。お互い怪しいことは何もしていない。なあ？」

龍太が真佐人を見る。

「ああ。俺も龍太も何もしちゃいないよ」

「でも、二人が共犯で口裏を合わせているってことも考えられるでしょう？」

なおも食らいつく花帆に、真佐人は苦笑いをして、

「それはないな。俺が弥生を殺す動機を他人に話したのは今日が初めてなんだから」

その通りだ。龍太は真佐人と手を組んでなどいない。いや、誰の協力も得ずにたった一人で弥生の命を断ったのだ。勿論、他人の善意の行動を利用したということもない。総て自分の意志によって犯行を遂げたのだ。

「もし仮に共犯だとしても龍太の云う通り、どこに毒を入れるっていうんだ？　テーブルの上には何もなかった。飲み物も食べ物もない。毒を入れようにも、白いテーブルクロスと小さな花壜だけでは無理だろう？　あのときにリビングにあったもので弥生が口にしたものなんてないだろ？」

熱くなっている花帆を宥めるように真佐人が云うと、

「そうね……確かにそうかも」

「ということは、やっぱり食べ物か飲み物にメチル水銀が混ぜられたって考えた方がいいんだな？」

確認するように龍太が云うと、そうだな、と真佐人は顎をさすって、

「そうすると、やっぱり問題になるのは食事のときだな」

すると、圭は何かを決意したように目をあげ、

「俊江さん、紙とペンを貸してもらえますか？」

「急にどうしたの？」

「面倒だから、弥生の食べたものを全部書き出そうかと思って。だって、食べ物に毒が入っていたのは間違いないんでしょ？　なら、一つ一つ私たちの行動を検証していくよりも弥生の口にしたものを調べていった方が効率的じゃん」

「たまにはいいこと云うな」

「たまに、は余計だよ」

真佐人を一睨みすると、圭は渡されたメモ用紙にペンを走らせた。澱みなく文字が綴られ、あっという間にリストが出来上がった。

・ワイン
・龍太が持ってきたブランデー
・スープ
・帆立貝のグラタン
・鴨
・シメジとシイタケのソテー
・サーモンを使ったレタスのサラダ
・舌平目のブレゼ
・ケーキ
・ミルクティー

・水

「うーん、弥生が口にしたものはこれだけだと思うんだけど」

伺いを立てるように三人を見る。三人が寄ってきて圭の手元を覗き込む。

「最後の水ってのがよく判らんけど、それ以外は俺の記憶と同じだ」

「真佐人はもう二階に行っちゃってたから知らないでしょうけど、弥生は寝る前に水を飲む習慣があったの。で、今晩も水を飲んだのよ」

花帆の説明を聞くと、そういや前にもそんなことしてたな、と口の中で呟き、

「これに注目して、検討していくとするか」

「でも、私が来たときにはもう食器が並んでたよね？　その皿とかの上に初めから撒いておくってこともあるんじゃない？」

圭が疑問を呈す。

「それはないわ。だって私たち三人が一緒だったし、私がキッチンに行ってからも真佐人と龍太は一緒だったんだもの。先刻と同じことよ。それに食器を並べたのは俊江さんだしね」

花帆がそこまで云うと、後を引き継ぐように俊江が口を開いた。

「ええ。私が食器を並べながら水の話をしたんですよね」

「水？　水って？」

その場にいなかった圭が訊ねる。

「どうってことないわよ。ここの水は東京のなんかよりも美味しいわね、という話をしただけよ。そうしたら、圭が俊江さんと入れ違いに二階から降りて来たのよね？」

「うん。それで 諺《ことわざ》 の話をして……」

そこまで云うと何かに気づいたように、あっと叫び声をあげた。甲高い声が吹雪の音を切ると、ふっと圭の瞳に翳が落ちた。

「あのときのブランデー。あれに毒が入っていたんじゃ……」

疑義《ぎぎ》を孕んだ昏い目が龍太を見ている。それにつられるように真佐人も視線を龍太に向けた。

「確かにあれは唐突だったな。わざわざこんなところに持ってくるなんてお前らしくないし」

「おいおい。逆にこういう機会だから持ってきたんだよ」

無理に口の端を綻ばせ、龍太は笑い声を混ぜて答えた。内心の動揺を必死に隠すために、わざと微笑を作ったのだった。

二人の指摘通り、あのカミュには弥生を殺すための重大な仕掛けがあった。あまり突かれたくない部分ではある。だが、龍太には絶対の自信があった。何故なら——。

「もし、毒が混じっていたとしても、あれを飲んだのは弥生だけじゃない。俺だって口にしたし、真佐人、お前だって飲んだんだぜ？　何で弥生は死んで俺たちは生きてるんだ？　おかしいだろ？」

これが第一の龍太の自信の源だった。強い酒ということで飲む人間は限られていたが、それは決して弥生だけではない。龍太も、そして何も知らない真佐人も口にしているのだ。

「なるほどね。仮に龍太が犯人だとしよう。そして、カミュに毒を混ぜた。で、龍太が何らかの方法で自分だけ避けようと計画したとする。でも、そうすると、一緒に飲んだ俺も死んじゃうんだよな」

「それじゃ、ブランデーじゃなくてグラスの方に毒を入れておけばいいんじゃないかしら？」

「駄目なんだよ、花帆。だって、あのときショットグラスを運んできたのは弥生自身だし、それを取った順番も、弥生、俺、龍太だ。弥生のグラスだけを狙って毒を入れるってのは不可能さ」

「そういうことだ」

これが龍太の自信を支える第二の要素だ。この二つが揃ってこそ、龍太の計画は完璧になる。被害者と犯人だけでなく、まったくの第三者がそこに介入している点。そして、その状況を作り出したのが被害者自身である点。この二つの壁がある限り、龍太は危険に晒されないのだ。それが龍太の計算だ。

弥生自身がグラスを選ぶというのはこの計画を成り立たせるための大前提である。龍太が勧めたグラスを手にして絶命していたとしたら、今頃犯人の烙印が押されていただろう。龍太は器用ではないから、弥生がグラスを手にした瞬間を狙ってマジシャンのように手早く毒を入れることはできないし、前もってグラスに毒を入れておくということもしていない。

だが、もし龍太が弥生にグラスを渡していたとしたら、真っ先に嫌疑をかけられてしまうだろう。そうなったら、本当のトリックを見破られてしまうかもしれない。それを回避するためにも、弥生自身がグラスを選ぶことが必須だった。

さらにもう一つ。

もし、真佐人があのブランデーを飲んでいなかったとしたら、潔白を証明しきれないだろう。一つの大きな可能性を残してしまうからだ。被害者と犯人だけが特定のものを飲み、被害者だけが死んだ場合、決して消せない一つの疑惑が残ってしまう。犯人が予め解毒剤を飲んでいるかもしれないという可能性だ。

それが指摘されなければ、犯人は絶対に絶命しない上に、殺したい相手をほぼ確実に殺すことができる。さらに、被害者とまったく同じ状況に置かれているために、実は自分も殺されるところだった、という心理的なアリバイを周囲に見せつけ、容疑の圏内から外れることができる。被害者の振りができることは大きい。それが目隠しになって真相を見えにくすることができるかもしれない。

実は龍太もその方法を考えた。贋物の無実を手に入れるためには犯人とは正反対にある被害者の地位を手にすることは有効だろう。幸い、メチル水銀にも解毒剤はあるようである。だが、入手方法はそれなりに厄介だったし、そこから足がついたら本末転倒だ。そんな大胆さはいらない。弥生に関わったときに、龍太は迂闊にも既に危険な橋を渡っている。一生渡らないと思っていた悪女という危ない橋である。それが脆くも崩れ、今や殺人者という破滅へと落ちようとしているのに、さらなる危険を冒す必要はない。必要なのは大胆な方法を実行する勇気よりも、犯人にならないための慎重さだけだ。

それに、解毒剤については入手にも危険を伴うが、真佐人たちに気づかれる心配もあった。真佐人はその物腰と同じように柔らかく、傷つきやすい面がある。だから、先刻の妹の一件のように感情に流されてしまうのだろう。しかし、彼は同時に妙な弾力をもって物事を凝視《みつ》める頭脳がある。その柔軟な思考が嫌だった。

圭もそうだ。いつも見せているのは刀の峰の部分なのだ。いざとなったら、慧眼を見せ、鋭い刃の部分で龍太の施した細工を切り剝がしてしまうだろう。

そして、龍太の目には花帆の存在も不気味に映った。真佐人の頭の切れや圭の鋭い直感とは違う。彼女には自分と同じ平凡な人間だからこそ共有しえるような論理の志向性がある。つまり、もし花帆が弥生を殺そうとしたら、自分と同じ方法を実行するのではないか、という危惧だ。そうだとしたら、龍太の思考を辿り、解毒剤という方法を見抜かれてしまうかもしれない。それに、解毒剤の存在が明るみに出た場合、被害者の一人から一転して最も有力な容疑者へと変わってしまう。それだけは避けたかった。

だから、龍太は解毒剤を使う方法は採らなかった。

ここまでは龍太の思い描いた筋書き通りに事が進行している。だが、龍太はそんな素振りを見せず、夜の湖面のような静かな目を装いながら、集中力を目の端に集めて、周囲の様子を観察する。誰もが思案顔で表情を曇らせて、口を開こうとしない。その様子から、これ以上ブランデーのことについては何も訊かれないだろうと確信した。

龍太は自ら話題を変えて、

「ブランデーのことはもういいだろう？　次は料理が運ばれてきたんだったな？　フォアグラだったか？」

「うん、確かそうだった。弥生が鴨料理を運んできたんだよね。銀色の器を持ってきて、鴨の中にフォアグラとキャベツが入っているっていう簡単な解説をしてくれた」

圭が記憶力のよいところを見せる。龍太たちは自分の記憶を手繰り寄せるように、静かに圭の声を聞いている。

「で、龍太がフォアグラを知らないっていうことを云ったら、弥生に詰められたんだっけ。ちょっと空気がピリピリしていたのを覚えてる」

「殺意が増幅された、というわけだな」

本気とも冗談ともつかないことを云って、真佐人は脂《ヤニ》で黄色くなった歯を覗かせた。

「あんなこと別に今更どうとも思わんさ」

龍太が敏捷《びんしょう》に反応すると、

「そうかねえ。日頃溜まっていた鬱憤がちょっとしたことで爆発するってのはよくあることだぜ」

「たとえ、あそこで殺そうと決意したとしても、毒殺はできない。絞殺や刺殺とは違って毒を手に入れないといけないからな」

むっとして龍太が云い返すと、

「それはそうね。毒っていうのは特殊だから、衝動的なものではなくて、計画的な犯行よね」

髪を指に絡ませながら花帆が同意する。

「そうだな。よっぽど強い恨みがあったんだろうな。例えば、大切な妹の人生を滅茶苦茶にされたとか」

わざわざここで真佐人の逆鱗《げきりん》に触れる必要はなかったのだが、思わず、怒りを焚きつけるようなことを口走ってしまった。

「コテンパンに振られた男の怨恨の方が強そうだけどな」

予想通り真佐人が唇を尖らせ、

「それに、まだ例の指輪は飾られているんだろ？　お前の恥が今も衆目に晒されているんだ、過去として処理できるはずないよな。指輪を見るたびに、どうしてこんな理不尽な思いをしなきゃいけないんだろうって思うんじゃないのか？　しかし、お前もどうして弥生なんかにプレゼントを渡しちゃったかねえ。一生の不覚だよなあ、これは」

ゆっくりと粘りのある喋り方が、龍太の中に張っていた心の糸を切ろうとしていた。

弥生を殺そうと思ったときに、龍太は人の心を棄て、一つの凶器になっている。確かに弥生の命を剝奪したのはメチル水銀だが、本当の意味で彼女を殺したのは殺意の塊となった自分という凶器だ。龍太は本気でそう思っている。一人の人間ではなく、弥生を殺すためだけの獰悪《どうあく》な凶器と化した龍太に感情はない。何を云われても心は乱れないはずだった。

だが、指輪だけは唯一の急所だった。犯罪者としての弱点はないと思っていたのだが、一人の男としての弱みは残っている。そこを突かれた恰好になった龍太は拳を強く握った。

しかし、ここで真佐人に殴りかかっては自分が犯人だと云っているようなものだ。落ち着け。何とかここは話を変えるべきだ。

龍太は奥歯を強く嚙んで何とか堪えると、わざと思い出したような声を出して、こう呟いた。

「毒……そうだ。どうしてそれに気づかなかったんだ……」

「どういうことです？」

緊張して二人を見ていた俊江が訊ねる。

「毒だ。犯人はまだ毒を持っているかもしれない。何かの入れ物に入れて毒を持ち運んでいるはず。毒は弥生の中だが、その容器を犯人はまだ持っているんじゃないか……。例えば小壜とか」

「そう云われてみれば、そうよね……。ガラスの小壜とかの中に毒を入れて……」

花帆の言葉に、真佐人から距離を置いた龍太が頷きを返す。

「はっ。多分、もう処分されちまってるだろうな。そもそも、犯人である龍太がそんなことを云い出すのがおかしい。もうどこかに捨てちまってるんじゃないのか？」

毒づいて真佐人が反論した。龍太は不機嫌そうに真佐人を睨んで何かを云い返そうとしたが、先に、

「まだ龍太が犯人だって決まったわけじゃないわ」

「そうだよ。決めつけてかかるのはよくないよ」

花帆と圭が口々にそう云って真佐人を見た。

「それなら、全員服を脱いで身体検査でもしてみるか？　面白いかもな、それは。はは」

「巫山戯《ふざけ》ないで頂戴。そこまでしなくても、調べることはできるわ。あと、一応、二階にあるバッグも調べた方がいいかしら？」

「そうかもしれませんね。やるなら徹底的にやった方がいいでしょうしね。それにしても、云われてみれば、確かにそうですよね。凶器の捜索というのは重要なことなのに、すっかり忘れていました」

俊江が花帆の意見に同意する。

「今まで誰も気づかなかったのが不思議だ。俺も今、気づいた」

しかし、真佐人だけは納得していないようで、

「何も出てこないと思うけどねえ。徒労に終わるだろうよ」

「ふん、お前、調べられると困るようなものを持っているのか？　例えば毒とか」

「お前と違って俺は善良な人間でね。毒なんて生まれてこの方持ったこともなければ、見たこともないんだよ」

「それなら、荷物を検《あらた》めても問題ないだろ？」

龍太は口許を冷笑で歪めた。

「そういう問題じゃない。時間の無駄だって云ってるんだよ、俺は」

「そう云って時間を稼ごうっていうのか？」

「……誰もそんなこと云ってないだろ」

完全に立場が逆転し、今度は龍太が真佐人を責め立てる立場になった。真佐人は居心地悪そうに顔を背け、ソファに腰掛けた。

「まあまあ。諍いはもう止めにしましょう」

俊江がぴしゃりと云い、二人の争いを強制的に止めた。

「さて、それでは荷物を検めましょう。女性は女性同士で。男性は男性同士でそれぞれ相手の荷物を調べた方がよさそうですね」

「そうですね」

圭が同意し、腰を浮かせて荷物を取りに行こうと立ち上がった。花帆もそれに続くように席を立ったが、男二人は動き出そうとしない。

「俺は嫌だね。龍太に荷物を検査されたら、持っている毒を俺の荷物の中に入れかねない。そんなリスクを負うのは嫌だね」

真っ先に真佐人が異論を唱えた。

「それは俺の言葉だ。コイツは何をするか判らない」

「それは考えすぎよ……。さあ、早く済ませてしまいましょうよ。早く自分の潔白を証明したいわ」

花帆が弱々しく間に入ったが、さほど効果はないようで、二人は動こうとしない。

「それに、もし、花帆と圭が共犯だったらどうするんだ？　その場合、毒を持っているのに、持っていないなんて申告する可能性だってあるだろ？」

真佐人が立っている女二人を見て云った。

「そ、そんなことないよ。それはそっち二人にも云えるんじゃない？　喧嘩して仲悪そうに見せてるけど、実は共犯なんじゃ……」

「ははっ。これが演技だっていうのか？」

　真佐人が薄く笑う。

「そ、そうよ。本物らしく見せるための策だってことも考えられるでしょ」

　圭もそう反駁すると、余計に雰囲気が険悪なものになった上に、荷物を検めるという目的が消えかかってしまった。

　見兼ねた俊江が、

「仕方ないですね。ここに皆さんの荷物を持ってきてください。そして、女性の方も男性の方も私が検めましょう。それなら文句はないですよね？　私と誰かが共犯であるはずはないんですから」

　俊江の提案に一瞬、場は沈黙したが、

「……それならいいですよ。お願いします」

　真佐人がそう返事をすると、他の三人も頷きを俊江に集め、重い足取りで四人は二階へ向った。それを見届けると、ほうっと俊江が長息を吐いて、椅子に深く腰掛けた。

　やがて、四人の荷物がリビングに集められた。まずは花帆と圭のバッグが検められたが、俊江は首を振り、何も発見されなかったことを皆に告げる。さらに、俊江が服の上から二人の体を触り、壜などを持っていないかどうか確かめたが、何も見つからなかった。

「ほらね。何もないでしょ？」

ほっとした顔をして圭が真佐人を見る。

「さっき荷物を取りに行ったときに、処分したんじゃないのか？」

「私と圭は一緒に荷物を取りに行ったんだから、そんなことは無理よ」

助け舟を出す花帆にも疑いの目を向け、

「どうだかなあ。信じられないな。二人が共犯なら可能だろ？」

「まだそんなこと云ってるの？　そんなに怪しむなら、後で私の部屋に行って調べてみればいいじゃない」

執拗く云う真佐人に冠《かんむり》を曲げたようで、ぷいっと顔を背けた。

「後から行ってみるかな。あと、今思ったんだが、何も毒を入れるのはガラスの壜とは限らない。ほら、病院から薬をもらうときって紙の袋に入ってるだろ？　ああいうのでも、毒は持ち運べるわけだよ。どうしてか、龍太がガラスの小壜なんて妙に特定したものを例に出したから、先入観を植え付けられちまったけど」

再び疑うように龍太を見た。

今まで気づかなかったが、小壜と云ったのはミスだったかもしれない。自分が小壜でメチル水銀を持ち運びしてきたから、ついそう云ってしまったのだが、あそこは小壜という具体的なものを出すべきではなかった。

「何となくそう思っただけだ。薬っていうと小壜に入れられているイメージがあるもんでな」

蒼ざめた顔をすぐに元の無表情で覆い隠し、平静を装う。

「やっぱりお前が犯人で、小壜で毒を持ち運びしたんじゃないのか？　それで、あんなことを云ってしまった。こう考えるのが一番しっくりくるなあ」

追及の手を緩めず、そう問いつめてくる。たった一つの言葉から追いつめてくる真佐人が恐ろしく思えた。

「でも、龍太の云う通り、毒っていうと小壜っていう感じがしない？　私もまず、毒って聞いてガラスの壜を思い出したもん」

圭から思わぬ助け舟が出た。真佐人はまだ龍太を疑うように見つつも、

「……そうか。それなら別にいいけどな。でも、袋という可能性もあるんだ。もし、犯人が袋に毒を入れていたとするならば、その袋を体に隠すのは簡単。こんな簡単な検査じゃ発見できないよ」

今度は花帆と圭の方に視線を折った。

「そんなことを云い始めたら、キリがないよ。ここで全部脱げっていうの？」

圭が文句を口にすると、花帆も睨みつけるように真佐人を見る。

しかし、その間に俊江が入り、

「そこまでは必要ないと思いますよ。袋であった場合、いつまでも持ち歩いているよりも、コンロで燃やしてしまえばいいんですから。袋っていっても小さくて薄いものですよね？　それなら、すぐに燃えてしまいますよ。または、小さく千切ってトイレに流してもいいでしょう。つまり、犯人が袋で毒を運んでいた場合、もうこの世にその袋が存在する可能性は低いわけです」

「だから、服を脱いでも意味がない、と。こういうわけですね。納得です」

俊江の言葉に素直に従い、諸手を挙げて戯《おど》けて真佐人が云う。

次に男二人の荷物に俊江が近づいた。失礼します、と断ってから、まずは真佐人の大きめのボストンバッグを開ける。

「……」

無言でその作業を凝視《みつ》めている真佐人の隣では、興味深そうに龍太と圭が覗き込んでいる。

しばらくして、俊江は首を横に振った。

「これで一応、俺はシロってことだな。さてと、あとは龍太か」

余裕の笑みを龍太に投げる。それを厳粛な顔で受けとめた龍太は、無言のままで俊江の手元を見ている。

龍太は何も心配していなかった。毒を包んでいた薄紙は既に処分してある。

「最後に龍太さん」

小さいリュックを開けて、その中をゴソゴソと検める。外見通り、中身は少ないようで、着替えや洗面道具以外には何もない。余分なものがまったくなかったため、すぐに検めは終了した。

「何もありませんでしたよ」

俊江が落ちついて云った。結局、誰の荷物からも疑わしいものは発見されなかったのである。

「やっぱりなあ。だから無駄だって云っただろ？　俺が犯人だったとしたら、証拠品なんてもうどこかに捨てているよ」

「そうね……。誰が犯人でもそうするでしょうね。荷物検査があるのは予想済みなんだから」

「結局、振り出しに戻ったわけか」

大袈裟に溜息をついて龍太が呟く。残念そうな素振りをしたつもりだったのだが、他の面々の目にどう映ったのだろうか。

荷物チェックを云い出したのは自分だが、何も進展がないことは最初から判っていたことだった。犯人である自分が証拠品を完全に処分しているのだから、当たり前である。

「このままじゃ誰が犯人か判らないままね……」

「まだ検証を始めたばかりだろ、花帆。諦めるには早すぎるさ。夕食のときの状況の確認を続けよう。何か新しい発見があるかもしれない。いや、ちょっと待てよ」

ぴたりと真佐人の動きが止まった。思索するように顎先に指をあてている。

「どうかしたのか？」

「……俊江さん、弥生の荷物もチェックしてもらえませんか？」

龍太の問いには答えず、真佐人はそう云った。俊江は何のことか判らないようだったが、真佐人の真剣な声に突き動かされるように二階へ駆け上がると、弥生の荷物を持ってきた。

「ねえ、これ、どういうこと？」

俊江がテーブルの上にヴィトンのバッグを置くと、圭が苛立ったように問いを口にした。

「もしかしたら、俺たち以外の人間が弥生を殺したんじゃないかと思ってね」

「でも、猛雄さんがここに来てから毒を飲まされた可能性が高いって云っていたわ」

「ああ、そうだよ。弥生がここへ来てから毒を飲まされたのは間違いない。でも、それは俺たち以外にもできることなんだよ」

云うと真佐人は皆の顔を見回して、

「よく思い出してくれ、圭が風邪っぽいって云ったときの弥生の言葉を」

「あ、そういえば――」

思い当たる節があったのか、花帆が声をあげた。

「確か、風邪薬、飲む？　私も少し風邪気味だから持ってきたのって云っていたわね。そうか、その風邪薬に毒が混じっていた可能性もあるってことね」

「そう、その通りだよ。調べてみる価値はありそうだろ？」

にやりと笑って答えると、真佐人は俊江を見て、

「すみませんが、弥生の荷物も先刻と同じように検めてもらえませんか？　多分、風邪薬があるはずです」

「判りました」

真佐人と花帆のやりとりを聞いた俊江は納得したようだったが、やはり死者の遺品を暴くのには抵抗があるらしく、バッグのチャックを開ける指には微かな躊躇いが感じられた。それでも、ゆっくりとだが服やポーチなどがバッグから取り出されて次々とテーブルの上に並べられていく。

「あ、これですね、弥生さんが持ってきた風邪薬というのは」

バッグを探っていた俊江の手が一瞬だけ止まり、一つの小さな箱が姿を見せた。どこにでも売っている市販の風邪薬の箱である。

「使った痕跡があるかどうか、確かめてもらえますか？」

「ええ、今、確認してみますね」

しばらくまじまじと金色の線の入った箱を観察していたが、やがて大きく首を振った。

「駄目ですね。封を開けた形跡がありません。つまり、弥生さんは風邪薬を飲んでいないということです」

「一袋だけ余っていて、それを飲んだっていうことはないか？　飲んで袋はごみ箱に捨ててしまっているんじゃ……」

龍太が思ったままの疑問を口にすると、真佐人が渋い顔で、

「あの弥生が貧乏性っぽく一袋だけを持ってくるとは思えないけどな……でも、その可能性は否定できないな」

「では、一応私が弥生さんの部屋を見てきますね」

そう云い残してもう一度俊江が二階へ向かった。リビングに妙な沈黙が降りた。風邪薬の袋が見つかればいいと思っているはずなのだが、誰もその可能性を信じていないように見える。そんな諦めを孕んだ静寂だった。

数分して階段を降りる音が聞こえてきた。予想通り、俊江は無言のまま首を横に振った。どこにもそんなものはなかったという。ポーチの中なども検められたが、風邪薬を飲んだ形跡は見つけることができなかった。

「やっぱり駄目か。外部犯の線は消えたな」

「結局、私たちの中に犯人がいるっていうこと？　検証を続けるしかないってことだね」

気分を一新するように、圭が云うと、花帆がそれに続いた。

「どこまで話したのかしら……確か弥生が鴨料理を運んできたところまでだったわね。そのあと、私は料理を運ぶ手伝いをするために、キッチンへ行ったわ」

「うん。私たち三人は、本当に何もしないでただじっとしてた。そしたら、俊江さんが舌平目を運んできて……」

「そうでしたわね。花帆さんと圭さん、そして田坂さんに料理の盛りつけなどを手伝ってもらったんでした。そして、龍太さんと真佐人さんには……」

龍太は、ええ、と呟いて、

「俺は鍋と食器を運びました」

「ワインを持ってきたのは俺だったな」

追従して真佐人も答えると、真面目な顔つきになり、手櫛を髪に入れながら、

「誰かに指摘される前に云っておくけど、一応俺たちには毒を入れるチャンスがあった。キッチンからここの間は少し距離があるし、ここからはキッチンの様子が見えない。盛りつけをしている俊江さんたちの目は届かないし、俺と龍太がお互いの目を盗んで毒を入れることは可能だろうね」

「そうだな。俺が鍋の中のスープに毒を入れることはできたかもしれない。真佐人もワインに毒を入れることは可能だった」

「何、今度は妙に仲がいいじゃない。気味悪いなあ」

圭が当惑の色を見せる。

「別に。でも、こういうことはきっちりとしておかないとあとから何を云われるか判らないからな。で、ワインだけど、もし俺があそこで毒を入れてたらどうなっていたと思う？　今頃みんな弥生と同じようにあの世に行ってるぜ？」

真佐人は平然と云い放ち、他の三人を見回した。自分の潔白さを誇らしげに掲げているようだった。

「いや、ワイン総てに毒を入れることはない。コルクを抜いて注いだのもお前だ。そのとき弥生のグラスだけに毒を入れれば……」

「駄目よ」

龍太の声を花帆が遮った。

「だって、その様子を全員が見ていたじゃない。何かあれば判るはずだわ。それに、グラスだってそれぞれが自分たちの意志で選んだものだったし」

「だろ？」

冷ややかに龍太を見返して、真佐人は軽く踏ん反り返った。

「あの、ところでワインはどのような順番で注がれたのでしょうか？」

控えめな声で俊江が訊ねた。

「順番なんて関係あるんですか？　意味ないと思うけどなあ」

「そんなこと云わずに、思い出してみましょうよ。確か、私と圭のグラスに最初に注がれたのよね？」

不満な顔をしている真佐人を尻目に花帆が話を受け継ぎ、圭に問い掛けた。

「うん。私が最初で花帆。ほぼ同じくらいだけどね。で、その後に龍太。そして弥生。最後に真佐人だったよね」

順に指を指して確認を取りながら圭が云う。

「すごいな。俺はよく覚えていないが、そんな感じだったと思う」

「私の記憶でもそうよ。でも、順番がどうして重要なんです？」

花帆の質問に他の三人も関心を集め、俊江の答えを待っている。

「いえ。大したことじゃないんですが、比重の問題です」

「比重？」

全員の声が重なった。少し間を置いて、花帆だけが唇を指でなぞりながら頷き、

「比重……。なるほど。つまり、メチル水銀の溶液とワインの比重が違う場合、注いだ順番で毒が入ったり入らなかったりするわけですね？」

「ええ。そうです。また、そうじゃなくても、充分に混ざっておらず、上面だけに毒薬が溜まっている場合も、同じような現象が発生しますね。だから、順番を訊いたのですが……

…」

俊江が残念そうに云い、肩を落としながら溜息をついた。

「弥生は四番目ですからね。そして、俺が最後です。メチル水銀がワインの上にあろうと下に沈殿していようと、弥生だけに毒を飲ませるのは無理だったわけですね。つまり、俺は無実だ」

「今のところはな。だが、他の方法で弥生を殺したかもしれない」

「判っているとは思うが、龍太、お前はどうなんだ？」

「俺か？　俺の運んだスープだってワインと同じだろ？　俺とお前以外の三人が飲んだんだ。あそこに毒が入っていたら、三人とも死んでるはずだろ？　スープを注いだのは俊江さんだったしな」

ここはブランデーのときのように誰かが突っ掛かってくるところではないと龍太は思っていた。その予想通り、他には誰も疑念を抱かなかったようで、話は次へと移った。

「で、俊江さんがいなくなると、真佐人がワインを開けたんだよね。その順番はさっき云った通りだから、飛ばすとして……」

「ちょっと待って。その前に料理を確認しておきましょうよ。料理の中に毒が入っていたとしたら、どんなものがあったかっていうのは重要でしょう？」

花帆がそう云い、先刻圭が書いた紙に視線を落とす。

それを見た龍太が、

「一応、どれにでも毒を入れることはできるな。鴨料理以外は予め一人分ずつ分けられていて、俺たちの意志とは関係なく並べられたんだから、そこに俺たちが毒を入れるのは無理そうだな。俊江さんや弥生と一緒に料理を並べた花帆と圭以外は、な」

辛辣な言葉と、疑訝《ぎが》の視線が花帆たちに向けられた。心外よ、というように花帆は首を振って何か云いかけたが、

「しかし、それは無理です」

俊江が花帆を代弁するように云った。

「どうしてです？」

「私たち四人は決して一人になることがなかったからです。つまり、全員がそれぞれを監視していたようなもの。おかしな仕種などがあったらすぐに判ってしまいます」

俊江の言葉に深く頷き、

「なるほど、尤もですね。すると、次は鴨料理か」

真佐人の言葉に、圭がすかさず、鴨料理が切り分けられたときの状況と、その皿を取った順番を云った。

「こういう順番だったと思うんだけど、何か云いたそうだね、真佐人」

「え、ああ。まあな」

「何？　料理を取った順番は完全に偶然だし、弥生が何を取るかなんて判らないんだから、鴨料理に毒を入れるのは無理だったはずよ」

先回りして花帆が早口で捲くし立てた。

「いや、俺が注目したのはそこじゃない。その前だよ」

「前？」

「ああ。つまり、鴨を盛りつける前の皿を誰が弥生に渡していたか、っていうこと。鴨料理ではなく、皿の方に毒があったんじゃないかって思ったんだ。確か、皿を渡していたのは龍太だったよな」

感情の籠らない冷たい声で云い、敢えて龍太に視線を送らず、自分の手元を見ている。

「確かに龍太だけど……。もし、何も乗っていないお皿に毒を予め盛っておいたとしても、その皿が誰のところに行くかなんて判らないのよ？」

「そうだよね。私たちがそれぞれ勝手に好きなのを選んだんだから」

「いや、そうとも云えない。よく思い出してみろよ。鴨は丸々一羽焼かれていて、それを切り分けたんだから、総て違う形になる。頭の部分に胴体の部分。そして、足の方」

「それはそうですね。あの料理はどうしてもそうなってしまいます。一番美味しいところは勿論、胴の部分ですが……」

横顔を見ながら俊江がそうつけ足す。真佐人は俊江の方を向いて一つ頷いてから、

「そうです。弥生もそのことを知っていたはずですから、弥生は胴の部分を取ります。つまり、弥生が選ぶ部分というのは予め予想できる。そうだとすれば、弥生が鴨を切っている状況を観察していれば、いつ胴部分が切られ、皿に乗せられるかは判る。すると、どの皿に毒を乗せればいいかが、自動的に判るってわけだ。みんな、鴨の方に目が惹きつけられているから、皿を渡している龍太のちょっとした手の動きなんて判らないさ」

止めど無く流れる河のようにすらすらと真佐人が説明する。

だが、龍太は冷静だった。似た殺害方法を考えたときもあったが、やはり避けて正解だった。本当に真佐人は人の思考を読み、様々な可能性を模索してくる。そのあたりの頭の切れを最初から想定しておいてよかったと、密かに龍太は胸を撫で下ろした。

「ふん。莫迦げた話だな。鴨の胴の部分が乗るはずの皿に毒を入れておけば、弥生がそれを選ぶだと？ よく思い出してみろよ、胴の部分なんて三つもあったんだぜ？ しかも、それはどれも同じようなもんで違いなんてなかった。なあ？」

真佐人への冷笑を口許に残したまま、圭に訊ねる。

「う、うん。胴体の部分はどれも同じような感じだったよ。それに、どの部分を選ぶかは本当に偶然だったよ。弥生が全部切り終わってから、真佐人が最初に胴の部分を選んだでしょ？ 弥生が鴨を切っている途中でみんなが皿を取り始めたっていうんなら、弥生の取る皿は龍太にも予想できたかもしれないけど、そうじゃなかったよ。これじゃ、龍太が毒を入れるのは無理……」

圭は真佐人と龍太の二人から発せられる妙な圧迫感に動揺しながらも、丁寧に説明した。その懇切な説明を聞くと龍太は表情を緩め、逆に真佐人は渋面へと変化した。

「そうか……。龍太には無理か。他の人間にも無理だよな？」

「うん。そうだと思うけど……」

自信なさそうに圭は云ったが、俊江も、

「今のお話を聞く限りはどなたにしても弥生さんを毒殺するチャンスはなかったように思えますね」

「なら、次だな……」

疲労の色を深めて真佐人が云った。それは他の人も同様で、椅子の背に凭れ掛かっている。犯人探しはまったく出口が見えない。場の空気そのものが硬直しているかのような逼迫感があった。

変化がないのは外の天気も同じだった。豪風が草木を惨澹《さんたん》と切り伏し、その上を雪が烈しく駆け抜け、外は夜にもう一重ね厚い白衣を纏っている。深夜になって下の街の燈も絶えた外の世界は、白い雪の色のせいで淋しく見える。

白い檻に鎖されたこの無変の状況を欣喜として捉えていたのは、奔放に振る舞っている風雪と龍太だった。ここまでは巧く事が進んでいる。自分の犯した罪が雪の下に永遠に隠れるかもしれない。このとき初めて龍太は勝利の予感を抱いた。

※

「少し暑くなってきましたね」

そう云って俊江がストーブを消すと、リビングは空が吐き出す風と雪の音だけに満たされた。獣の咆哮のような烈しい音は、響くたびに雪原の荒涼を広げ、龍太たちを山荘に閉じ込めていく。

その音が気持ちに疲れを与えたのか、花帆が気疎《けうとま》しそうに後ろ髪を掻き揚げながら、

「もう二時半よ。疲れてきたわ」

「うん……。さすがに眠くはないけど……」

細い肩を解すように回すと、圭はふう、と溜息を吐いて頬杖をついた。

「二人とも緊張感がないなあ。人が死んでいるっていうのに。しかも、この中に殺人犯がいるんだぜ？　次に殺されるのは自分かもしれない」

真佐人は咎めるように云ったが、当の本人も欠伸を嚙み殺しているようであり、緊張感が伝わってこない。

場が妙な安堵感に包まれていることは事実で、誰もが自分の命の心配などしていない風

に見える。弥生以外は殺されないという暗黙の了解があるようだった。

そもそも、第二の殺人が起こらないという前提で推理を進めようとしたのは真佐人だった。恐らく、口ではそう云いながらも、真佐人自身、もう殺人が起きないと思っているのだろう。

「まあ、いいさ。それで、弥生が鴨料理を切り分けた後は何があったんだっけな？　圭？」

気を取り直して真佐人が話を展開させようとする。

「次はグラタンかな」

「グラタンは俊江さんが作ったものを花帆と圭が俊江さんの指示通りに並べたんだったな？　そうすると、弥生のだけに毒を入れるのは無理だな」

「ああ、それに俺たちも同じものを食べたからなあ。あれに毒が入っていたとは思えない」

真佐人が同意すると、圭も同じように頷きながら、

「食事中も誰かが弥生のグラタンに毒を入れるチャンスはなかったしね。サラダと舌平目も同じだね」

そう云って圭はメモ用紙のグラタンとサラダと舌平目にバツ印をつけた。既にワイン、ブランデー、スープ、鴨も消されている。

「残っているのはケーキとミルクティーと水か……」

龍太が呟いて記憶を辿ろうとした、そのときである。

「私ね。今度疑われるのは私よね？」

すぐ真後ろで花帆の声が聞こえた。龍太は思わずぎくりとして、顔をあげて後ろを見た。ちょうど、龍太の後ろから圭の手元を覗き込む恰好になっている。

「ケーキを持ってきたのも切り分けたのも弥生だけど、ミルクティーを用意したのは私だものね。毒を入れるチャンスがあったのは私だけだわ」

声に感情がなく、真冬の凪のような褪めた質感がある。疲れているのかとも思ったが、声同様に色のない目を見ると、困憊しているというよりは何かを決意して、余計なものを総て振り払ったかのような妙な迫力がある。

よく考えてみれば、今一番嫌疑が濃いのは花帆である。いや、誰かが用意したものでミルクティー以外の食べ物には毒が入っていないと判断されたのだから、犯人である可能性が高いのは彼女だ。

無論、龍太が犯人であることに間違いはない。

だが、それを知っているのは本人だけで他の人間は知らない。龍太への疑いが晴れた以上、圭と真佐人は花帆が犯人だと思っているだろう。

現に、

「うん……あのとき、ミルクティーに細工ができたのは花帆だけだね」

身の危険を感じているかのように、怖々と後ろを振り向きながら圭が呟いた。その感情が声にも伝わっているのか、少し震えている。

「だなあ。紅茶を淹れたのも花帆だったし、クリープと砂糖を入れたのも花帆だった。犯人は花帆以外にありえないってことになっちまうな、はは」

淡白に云い、愛想よく真佐人は笑った。だが、顔の一点だけが笑っていない。瞳である。細い目の奥に見える瞳孔だけがじっと花帆を捉えているのだ。

圭と真佐人だけではなかった。様子を見守っている俊江も、遠慮するようにだが花帆を疑いの眼差しで見ている。

しばらくの間、あたりに静寂が降りた。夜を乱す嵐さえも、吹くのを忘れたかのように音を消し、完全に沈黙に固まっている。その数秒だけが龍太たちに残された最後の穏やかな時間のように思えた。龍太への疑惑が消え、他に有力な容疑者がいない以上、この沈黙が終われば三人は花帆を犯人だと断定して追いつめていかねばならない。それは今までの関係を壊すことを、今までのような関係に戻れないことを意味していた。

口火を切ったのは真佐人だった。

「単刀直入に訊くけど、花帆が弥生を殺したのか？　お前があのミルクティーに毒を入れたのか？」

「ええ、そうよ」

呆気ない犯人の告白に龍太たちは驚きを隠せなかった。言葉を失って唖然と花帆を凝視めている。

最も戸惑ったのは龍太である。自分の行為と矛盾した花帆の言葉は龍太に烈しい動揺を与えた。

混迷しながら、龍太は必死に数時間前の犯行を反芻していた。何度思い起こしてみても、自分の仕掛けた毒は確かに弥生の体内に潜り込んでいる。この目で確かめているのだから間違いない。ここでは龍太の無実は証明されているが、それは虚構に過ぎず、真実は彼の手の中にだけある。そのことは犯人である龍太が最もよく知っていた。

だから、花帆が自分に集まった視線を軽くあしらうように口許を歪めてから、

「なんてね。そう答えると思った？　もし私が犯人だとしても、そんなこと云うはずないでしょう？　真佐人の問いは無意味なのよ」

と云ったとき、妙な安心感を覚えた。どうしてそう感じたのか不思議だったが、何故かそう思った。

「それに——」

全員の視線を浴びながらゆっくりと席を移動し、四人のちょうど真向いに座った。テーブルが花帆一人を切り離し、まるで向こう側の席が被告人席のように見えた。

「どうやって私が弥生に毒を飲ませたっていうの？　判っていると思うけれど、あのミルクティーは弥生だけじゃなくて私と圭も飲んだのよ。ね、圭？」

花帆は逆境を愉しむように、微笑を目に含ませて圭を見た。

「う、うん。私と弥生は確かに飲んだ……」

「云っておくけど、毒を入れた紅茶を弥生に渡したとか、カップに毒を塗っておいたとかは無しよ。確かに用意したのは私だけど、適当に並べたカップに紅茶を注いだだけだし、最初にカップを選んだのは弥生なんだから」

皮肉な笑みを湛えたまま花帆は云い、確認するようにもう一度圭に視線を投げた。そして、圭の顎が縦に動くのを見届けると、

「私も圭も同じポットから注がれた紅茶を飲んだんだから、そこには毒が入っていなかったってことよね？」

「……まあ、そういうことになるなあ」

迫力に圧倒されるように真佐人が頷く。

「あと、クリープと砂糖も同じよ。だって、どちらも弥生が真っ先に手を伸ばして自分で入れたし、私たちもそのあとすぐに紅茶に入れたんだから。それに、砂糖はあなたたちだって口にしたでしょう？」

今度は問い詰めるような口調になって真佐人と龍太に向って云った。

「確かに俺と龍太はニコラシカを飲んだ。ああ、ニコラシカっていうのはブランデーとレモンと砂糖を使ったカクテルです」

その場にいなかった俊江のために真佐人が簡単な説明を始めた。料理に精通している俊江でもさすがにこのカクテルは初耳だったらしく、興味深そうに耳を傾けている。

真佐人の説明を聞く振りをしながら、龍太は花帆を陥れるための企みを練っていた。

弥生は物を選ぶときに必ず中央にあるものを取るという癖を持っていた。龍太も一度はその性格を利用して毒殺の計画を練ったのだが、その習癖を知る誰かに指摘されるのを恐れて思い留めたのだった。今こそ自分がその恐れていた、誰か、になるべきときなのではないか。少しでも花帆に疑惑を向けておいた方がいい。

先刻とはまったく逆の気持ちが龍太の思考を後押ししていた。少し前まで感じていた、花帆に罪を背負わせることへの良心の呵責はまだ微かに残っていたが、それも一瞬心を掠めただけの僅かな躊躇いに過ぎなかった。今は縄目《なわめ》の恥を受けて殺人者の烙印を押される恐怖だけが龍太の心を支配していた。

「こういうのはどうだ?」

煙草をテーブルに置き、代わりに烏龍茶を手に取ると、缶の縁をなぞりながら、

「全部のカップの、唇の当たる縁の部分に毒を塗っておくってのは」

「え、それってどういうこと?」

話が飲み込めなかったのは、圭だけではなかったらしい。他の三人も問いかけるような目で龍太を見ている。

「花帆はあのとき、三つのカップ総てに毒を仕込んでおいた。といっても、カップの中にじゃない。縁の部分だけだ」

「莫迦らしいことを云うわね。それじゃあ、私も圭も弥生と一緒に今頃死んでるわよ」

花帆の罵り声を龍太は虚ろな目で受け止めた。

龍太は本気で花帆を犯人だと疑っているわけではない。ただ漠然と、自分が行おうとして取り止めた計画を話しているだけである。それが自然と口調を気持ちの籠っていない空疎なものにしてしまっていて、まるで自分が空っぽの言葉に操られている人形のように感じていた。

「紅茶じゃないとなると、あとは弥生が最後に飲んだっていう水に毒が入ってたってことになるな」

ピアノでも弾くように、真佐人は細い指でテーブルを叩いた。苛立ちと焦りが入り混じった不協和音だった。

こんなに落ち着きのない真佐人も珍しいなと思いながら、龍太は自分の勝ちを確信していた。だが、この勝利は龍太一人のものではない。犯人探しに躍起になってくれた優秀な仲間たちのものでもあるのだ。

本来ならば犯人を追いつめるはずの検証が、今や龍太を守る強固な城壁となっている。警察が真佐人たちと同じ道を辿ってくれるなどという楽天的なことは考えていないが、仲間たちが築きあげてくれたこの壁を崩すのは困難を要するだろう。

「まさかあの水にメチル水銀が混入していたってことはないわよね？」

本人もそんな可能性はないと思っているのだろう、そう云った花帆の声は弱々しい。

「もしかして、俺のことを疑っているのか？　弥生が死ぬ寸前に飲んだ水に細工ができたのは、直前にキッチンに入った俺だからな」

荒い声で疲労の色を振り払い、真佐人が云った。

「そうだな、あの水に毒が入っていたとしたら、最も疑わしいのはお前だ。そういえば、弥生と口喧嘩して煙草を吸いに行ったとき、えらい時間がかかってたよな？　一体何をしてたんだ？　煙草一本を吸うくらいならそんなに時間はかからないはずだろ？」

「遭難したんじゃないかって圭が心配したくらいだものね」

「そんなに長い時間煙草を吸ってたつもりはなかったんだけどな。はは」

すぐに消えてしまいそうな笑い声を立て、

「それにお前は知ってるだろ？　俺は嫌なことがあると煙草に逃げるってことを」

声と同じくらいの弱い手つきで顎を撫でた。声だけではなく、その仕草で龍太に反論していた。

「今思い出したけど、確かにあのとき龍太もそう云っていたわね」

花帆が云い、圭も一度は頷いたが、思い直したように首を振り、

「でも、それは真佐人が水に細工をしなかったという証明にはならないよね？　一人になった時間は十分くらいはあったんだから、毒を入れることはできたはずだよ」

しかし、花帆が目の前で手を振りながら、真佐人の代わりに答える。

「無理よ。水に毒が入っていたんなら、私たちも今頃死んでいるはずだし、あのコップを選んだのは弥生自身なんだから予め中に毒を入れておくのは無理だし……」

「それに、先刻も云ったけど、俺は弥生が寝るときに水を飲む習慣があったことなんてすっかり忘れてたんだぜ。弥生の性格からしてスポーツドリンクでも持参してるんじゃないかと思ってたよ」

そこまで真佐人が云ったとき、俊江が、そういえば、と口を挟んだ。

「ここに到着なされたときにお疲れのようだったので、スポーツドリンクを勧めたんですが、断られました。理由を聞いたところ、田坂さんはスポーツドリンクに入っている糖分を気にしているらしく……。皆さんはご存じではなかったんですか？」

花帆がへえ、と興味深そうに眉を動かし、

「それは初耳でした。何で水以外のドリンクは飲まないのかな、とは思っていたんですけど……」

「それでも美容のために水を摂ろうとするなんて、弥生らしいね……」

圭が少ししんみりした声で云う。声の裏には淋しさとも虚しさともつかない不思議な感情が貼りついていて、それがあたりに小さな沈黙を広げた。

「で、俺がどうやって水に毒を入れたって？」

僅かに降りた暗い沈黙を引き裂くように、真佐人が云った。

その声で我に返ったのか、

「えっと……外に出たときに水道管を外して、その中に直接毒を入れた、とか。さすがに無理だよね」

圭は自分で云い、乾いた笑いで言葉を包み込んだ。

だが、真佐人はそれを自らの声で引っ張り出した。

「そんな莫迦な真似をしちゃいないけど、疑われたままも嫌だからな。一応、確かめてみるか？　何なら俺が水を汲んで来て飲んでもいいぜ。圭の云うことが確かなら、まだ水に毒が残っているはずだからな」

意地を張っているのか、また語気を荒らげて真佐人が云う。

「なるほど。それは一つの手かもな。何なら俺が飲んでもいい」

笑いを堪えながら、龍太が云う。

「やめておきなさいよ」

花帆は二人を諌めたあと、

「圭、よく考えてみてよ。あのとき真佐人は煙草しか持っていなかったのよ？　どうやって水道管を外すのよ」

「あ……そういえばそうだね。でも、初めから外に用意しておけば……」

他の三人と違って、圭だけはその可能性を棄て切れずにいるようだ。

「疑り深いなあ。いいよ、俺が飲むよ」

「やめておこうよ。そんなことして真佐人まで死んじゃったら嫌だし」

押し問答になりそうだったが、俊江がそれを制めた。

「私も止めておいた方がいいと思います。あり得ないとは思いますが、念のため」

「俊江さんまでそんな可能性があると思っているんですか……」

一つ溜息をついて、

「二人がそう云うならやめておくか。まあ、そのへんは警察が調べてくれるからな。もし毒が出てきたら俺が犯人だと思ってくれて構わないぜ。俺はそんなことしてないんだからな。にしても――」

そう云ってもう一度大きく息を吐くと諦めたように肩を落とした。牙を抜かれた獣のように先刻までの覇気がすっかりなくなっている。

「完全に手詰まりだな。弥生は水を飲んだあとは何も口にせず、そのまま死んだ。もう誰にも毒を飲ますチャンスなんてない。結局、誰が犯人だか判らない……」

髪に手を入れたまま真佐人は動かなくなった。それは事件の検証が完全に暗礁に乗り上げたことを意味していた。

「うん……一体、どうやって犯人は弥生に毒を飲ませたんだろ？　こんなに細かく調べたのに判らないなんて……」

圭も力なく頭を垂れた。落胆の色を泛べた二人の昏い顔は、龍太の勝利を意味していた。

ふっと気が緩んだのだろう、龍太も話に乗った。

「だが、かといって自殺はない。この中の誰かが弥生に毒を盛ったのは確かだ」

「そう。龍太の云う通りなんだけど、その方法が判らないわ……」

崩れるように花帆がテーブルに伏すと、場が一気に冷えていくのがはっきりと判った。

弥生に毒を盛る機会があったのは誰か――この点さえ判明すれば反射的に犯人の名が判ると信じて推論を重ねてきたのだが、四人の目の前に現れた答えは、誰にもそのような機会はなかった、という何の答えにもならない虚しい解答だった。

「もっと簡単だと思っていた……。毒を入れる方法なんて限られているし。虱潰《しらみつぶ》しに検証していけば、必ず犯人は判ると思ってたんだが……。それなのに………」

切れ切れに言葉を紡ぐたびに、真佐人は力なく沈んでいく。言葉が真佐人の気力を奪っているようだった。

龍太はそんな真佐人を嘲笑い、同時に勝ち誇るように、

「結局、誰が弥生を殺したのか、どうやって毒を飲ませたのか判らないままだな。こうなることは最初っから何となく想像してたが」

真佐人に皮肉をぶつけたあと、立ち上がって窓に寄った。まだ四時である。新聞配達屋やパン屋の燈なのか、下の街にはぽつりぽつりと光が灯っている。吹雪が遠い人家の燈を白く霞めていて、それらは視力を失った目のように、ぼんやりとした光で龍太を凝視めている。

それはそのまま龍太の中の犯罪者の部分を探り当てようとする人々の視線だった。龍太の施した細工によって彼らの目は曇らされ、真実を捉えることはできないだろう。犯人探しが始まったのは予想外だったが、ほとんどが龍太の思い描いた通りに進んでくれた。真佐人たちの検証によって何らの状況的証拠も残していないことは判ったし、警察が詳しく調べても新たな物的証拠は出ないだろう。

そもそも龍太は最初から犯人だと特定されるような物的証拠をほとんど所持していない。メチル水銀の入っていた小壜は既に外へ捨ててしまったし、それを小分けして包んでおいた紙も既に水に流されて誰の手も届かないところへと運ばれてしまっている。

それに、推理小説などでありがちな、犯人のみが知っていることを迂闊に零してしまうとか、殺したことを暗示してしまうような不注意なことも口にしていない。何度か会話が

危うい淵を彷徨《さまよ》うことはあったが、そのたびに龍太は元々の無口さを盾に逃げてきた。このとき、龍太は心の底から安心しきっていた。しかし、本人さえも気づかないうちに彼の人生には吹雪と同様の白い靄が漂い始めていた。

常に気持ちが目の前の現実に追いついていなかった男の心は、ここでも遅れを取ることになる。本人が気づかぬうちに、心の柔らかい犯罪者が陥りがちな罪の重圧という泥沼に足を踏み入れてしまっていた。確かに龍太は頑丈な安全の橋を渡っていただろう。しかし、龍太自身の心には微かな亀裂が入り始めていたのだった。

雪に彩色された白い朔風が、漆黒の夜のドレスを引き裂くように執拗に流れている。吹雪に攪拌《かくはん》された暗闇は行き場を失ったように、切れ切れに景色の中に散らばり、夜は雪の白と闇の黒の二色に染め分けられた。

白と黒に揺らめく世界の中で、龍太はじっと夜明けが訪れるのを待っていた。他の面々は疲労困憊といった表情で口を噤んだままだ。音といえば龍太の心の中だけに響いていた勝利の喝采と、轟々と唸り声をあげながら夜の底を走っていく風だけである。厚く曇った空は彼のこれからの辛苦を見透かしたかのように白い風を濁流のように流し、龍太の勝利を意味する朝の訪れを固く拒んでいた。

第四章

「あとは花帆も知っている通りだ」

喉に流し込んだコーヒーと同じ冷えた声で云うと、龍太は過去を見るような傾《かし》いだ視線を窓の外に投げた。あの晩と同様、闇を蹴散らしていっぱいに雪が舞っている。龍太の話に呼応した空が歴史の中から十五年前の記憶を探りだし、そのまま再現しているかのようだった。

同じなのは景色だけではない。不意に二人の間に落ちた沈黙にもあの夜の面影があった。あの日、吹雪の轟音が空白の結末を埋めていくことだけを感じながら、私たちはただじっと沈黙して、朝が夜の帳《とばり》を東の空から剝がしていくのを待つことしかできなかった。そこには終わりなどなかったが、総てが終焉を迎えたかのような、空っぽな静けさがあった。

今もそうだ。龍太の話は終わったが、私の中の蟠《わだかま》りは残ったままである。それなのに、それを口にできずに静寂を守っている。音のない世界は十五年前そのものであり、結局、その沈黙はそのままあの場にいた四人の十五年になった。私は事件以降、ほとんど誰とも顔を合せなかったし、龍太の口振りからして彼も真佐人や圭と会っていないらしい。あのときの無言《しじま》は十五年もの間破られずにきたのだ。

龍太の視線を追って私も外に目を投げた。止むことを忘れたかのように、雪は夜の陰を切り続けている。白い条を曳きながら夜を切り裂く雪は凶刃にも似ていたが、今夜は風が出ていないせいか、妙に静かである。

柱時計が零す微かな吐息だけを聞きながら、私は龍太の声が沈黙の中に閉じ込められてきた時間の流れを壊すのを待った。

待つこと――。

それも私の十五年だった。

弥生が死んだ翌朝、警察が山荘を訪れ、現場検証と関係者の取り調べが始まったのだが、疑いの目はすぐに私に向けられた。料理を作ったのは事件とは無関係の俊江さんと弥生自身、そして私だけだったし、事件の直前に紅茶を淹れたのも私である。龍太の目論見《もくろみ》通り、真っ先に嫌疑をかけられ、最後まで犯人だと疑われ続けたのは私だったのだ。

身に覚えのない事実を聞きながら、私は疑いが晴れるのを待ち続けた。肌寒い取調室の薄汚れた壁に感じ取れる時の流れは重荷を背負ったように鈍く、たった一日が数週間にも似た濃い密度で流れた。凄味のある刑事の怒声が何度も私の耳を刺してきたが、私の心は空虚なままで、ただ首を振り続けるだけだった。事件の直後、あのリビングに漂っていた沈黙が私の体の中に入り込んでそうさせているかのように、私は静けさを守り続け、刑事の声が途切れるときを待ったのである。

時の流れの遅さを実感したのは取り調べのときだけではない。弥生の死を足枷《あしかせ》にし、周囲の不気味な沈黙を見続けてきた私の時は、静けさだけを湛えてゆっくりと流れた。十五年と言葉にしてしまえば容易《たやす》いが、噂と陰口を叩くのが好きな世間が事件を忘れてくれるためには想像以上の時間がかかったし、騒動が収まって普通の生活を取り戻すにも膨大な時間が必要だった。

「そういえば、俺が迷惑をかけたのは花帆だけじゃなかったな」

不意に龍太が鎖していた口を開いて沈黙を破ったかと思うと、目線を私の隣に移した。コーヒーを啜りながら話を聞いている夫の姿がある。

「お前にもいつかは謝らないといけないと思ってたんだ、十五年間、済まなかった」

私のときと同じように深々と頭を下げた。龍太のあまりの丁重さに、夫は逆に戸惑ったように含羞《はにか》んだ笑みを唇の両端に刻み込んだ。初めて夫に会う人はその少し吊りあがった目とぼさぼさの髪に精悍《せいかん》な印象を受けるらしいが、笑うと途端に堅さや厳つさが解れて妙に人懐っこい顔になる。十五年、私を支え続けてくれたのはこの優しい笑顔だった。

「そんなに謝られても困るな。あんな大きな騒ぎになっちゃったんだ、巻き込まれても仕方ないさ」

両目にかかるほど伸びた髪に手を入れ、そんな言葉を龍太に投げかけた。

長者番付に載るくらいの名家で、地元では知らぬものがいない田坂家の長女の死は様々な波紋を呼ぶことになる。

警察は殺人とは断定せず、自殺や事故の可能性も含めて捜査を開始したと発表したのだが、私たちは全員が殺人だと確信していた。

人にはそれぞれ相応しい死の形というものがある。情に脆い祖父が幼い子供を庇って車に撥ねられて命を落としたときには、唐突の死に呆然としながらも心のどこかでは納得するものがあったし、物静かで穏和な祖母が病魔に冒され、すっかり縮まってしまった体を永遠に休めたときも私の心は静かだった。子供の命と引き換えに自ら柩に飛び込んだ突然の死も、夏休みの朝の真っ白い光の中での小さな死も、予めそこにあるのが決められていたかのような自然な姿で私の目の前に現れたのだ。

弥生の場合もそうだった。華やかな人生を送っていた弥生には殺人という賑《にぎ》わしい花輪がよく似合っていた。そう感じたのは私だけではなかったらしく、地元紙やメディアは弥生の私生活や人間関係を辛辣な筆で醜聞に暴きたて、世間を湧かせた。当然、事件に居合わせた私たちも過剰な表現に塗れた醜い活字になり、周囲は俄に慌ただしくなった。大学のキャンパスにも自宅にも好奇の目が押しかけ、平穏だった日常は下世話な想像に汚された。尤も、私はすぐに四方が灰色の壁に鎖された狭い取調室の沈黙の中に身を置くことになったのだが。

私の代わりにあの事件の余波を最も受けたのは夫だった。弥生の両親は醜聞を恐れて情報の流出を極力抑えたようだが、半ば恐喝するように早間の会社を買収しようとしていたという話はどこからか漏れてしまい、そのことで田坂家も早間家も大きな損害を受けた。特に早間の会社は元々今にも崩れそうな砂の城だったせいもあって、結局破滅を迎えてしまったのだった。

「龍太が謝ることとなんてないよ。元々つぶれそうな会社だったんだし、事件に巻き込まれて迷惑したのはみんなも同じだろう？　それに、退屈な役員職よりもこっちの方が似合ってるんだよ」

「お前が云うと本当にそう思えてくるから不思議だよ」

ようやく龍太が顔をあげて相好を崩した。

「そりゃそうだよ。だって本当なんだから。今の生活は楽しいし、好きな女と一日中一緒にいることができる職場なんて男冥利に尽きるね」

そんな気障なことを云ったあと、照れた目を長い前髪に隠して、

「それに、僕は別に父親の会社なんかに興味なかったから」

ぽつりとそう云った。

僕は別に、というのは夫の口癖だ。その言葉に引っ張られてきた十五年だった。第一容疑者になってしまった私が別れ話を切り出したときにも、「僕は別に気にしないから」とさらりと逃げられてしまったし、卒業後にやっと見つけた職場で事件の噂を立てられたときにも、「辛いなら辞めれば？　僕がその分働くから。僕は別にそれでもいいよ」と優しい声をかけてくれた。

結婚したあとも夫の口癖は変わらなかった。金巻先生から喫茶店でも開いたらどうかっていう話が来ているの、援助してくれるみたいなんだけど、と冗談半分で云ったときにも、「いいんじゃないの？　僕は別にいいよ、面白そうだし」と云って一緒に開店準備を始めてくれた。私はこの十五年、夫の口癖に支えられて生きてきたのだった。

「早間にそう云ってもらえただけでも今日ここに来たかいがあったな」

嬉しそうに龍太は云い、痩せた頬に笑みを泛べた。

しかし、すぐにその微笑を浅黒い肌の下に仕舞い込んで、

「どうもお前と話していると事件のことを忘れそうになるな。そう、俺は花帆が十五年前から用意してた答えを聞かなきゃいけないんだった」

「そんなもの今更……」

「いや、どうやって俺が弥生を殺したか。花帆には判ってるんだろ？　俺の前で説明して、

俺を裁いてくれよ。時間も法律も俺を裁いてくれなかったからさ」

云い澱んでいる私を急かすように龍太が云う。その声で一気に場の空気が張りつめ、また十五年前と同じ重苦しい沈黙が落ちた。さすがに夫も口を噤んで私と龍太を交互に見ている。

私は沈黙を払うようにわざと大きめの声で、

「そんなに云うんなら……説明するわ、龍太が弥生を殺した方法――」

そこまで私が云ったとき、不意に夫が席を立ったかと思うと、キッチンからコーヒーポットを持ってきた。そして、長くなりそうだからね、と云いながら私たちのカップに新しいコーヒーを注いだ。

湯気が立ち昇り、ほんのりと燈を含んで柔らかく広がった。暈けた視界の向かいでは龍太が私の顔をじっと見ている。

龍太の表情が曖昧になっていて、私の目には、判決を待つ被告人のようにも、刑期を終えて釈放される囚人のようにも見えた。私を見ている龍太の瞳には裁かれるものの緊迫感と、解放感の二つが不思議に同居していた。

私は手許のコーヒーに目を逸らすように戻し、

「ありがとう」

礼を云ったあと、思考を一点に向けて集中し始める。時間が一つの犯罪を歴史の彼方へと消し去る前に、私の言葉で終止符を打たねばならない。

「龍太の話を信じるならば、いくつか消せる可能性があるわ。まずは弥生の持ち物に毒を忍ばせていた可能性。例えば、口紅に毒を塗っておくとか弥生の持ち歩いていた風邪薬に毒を隠しておいたといった可能性がなくなる。そうよね？」

「そういや、弥生は風邪薬を持ってたな。でも、残念ながら俺はそれを利用していない。先刻の話に嘘はないよ」

「嘘がないとすればもう一つ確定的な事実があるわ。それはこの事件は偶然が介在していないということ」

「偶然が介在していない……？　それはどういうこと？」

夫がそう訊いた。前髪に隠れた真面目な目が私を見ている。

「そのままの意味よ。こういうケースも考えられるでしょう？　ある人がこんな計画を立てたとするわ。木にボーガンを括りつけ、糸で矢を固定しておいて、その糸が切れたらボーガンの矢が発射されるようにセットする。さらに、その糸の下に火のついた蠟燭を立てておく。ただし、一時間後にちょうど火が糸を焼くように蠟の長さを調整しておくのよ。そして、一時間後に殺したい人間を矢の当たる場所に呼び出しておいて自分はその時間はアリバイを作る」

夫と龍太は小さく点頭《てんとう》している。

　私はそれを確認してから、

「ボーガンのセットも巧くいって相手も呼び出せた。自分のアリバイも問題ない。けれども、たまたまその時間に夕立が降りだしてしまったの」

「当然、蠟燭の火は消えてボーガンは発射されないだろうね」

　さらりと云う夫に今度は私が頷きを返す。

「ええ。犯人も失敗を覚悟して、ボーガンや蠟燭を回収しようと現場へ向かった。でも、そこには憎い相手の死体がきちんと横たわっていた。おかしいな、と思って仕掛けを確認してみると、強風に煽られたのか、どこからともなく飛んできた鋭く尖った枝が糸を切っていてボーガンが発射されていた。それで、被害者は命を落とした、というわけよ」

「なるほどな。確かにそれは偶然だ。でも、俺は――」

「そうね。龍太はまったく偶然の要素を利用していない。思い描いた通りに殺人は行われた」

　そうだ、というように龍太が大きく首肯する。

「だとすれば、龍太が作為的に行ったことだけを追えばいいってことになるわ。いくつかヒントを出してくれたしね」

「ヒントっていうのは毒を入れた時期のことだね？」

「そうだけど……。あなたがそんなことを云うなんてちょっと意外ね。あなたは今まで事件には極力関わらないようにしてきたから」

実際にそうだった。この十五年間、事件のことが夫の口から零れたことはない。こちらから話を振ればそれなりに答えてくれるのだが、自分から切り出してくることはなかった。

「最後くらいは関わっておこうかと思ってね。それで？　きみの推理の続きは？」

夫の声に促されるように私は思考を元に戻した。

「……私がシュガーポットを落として割ったときがあったわよね？　その片づけをしているときに圭と弥生がちょっとした諍いをしたんだけれど、龍太の話によると、そのときには仕掛けた毒は既に弥生の体内に入っていた。ということはそれ以前に毒を飲まされていたということになるわよね？」

「そういうことになるね」

「もう一つ、時期を特定するところがあったわ。それはニコラシカを飲んだあとの龍太の行動。トイレに立ったということになっているけれど、先刻の龍太の話によると、それは本当はメチル水銀を包んでいた薄紙を処分するためだった。ということはあの時点で犯罪は完了していたことになる」

「でも、それは弥生が寝る前に飲んだ水に毒が入っていなかったということを証明しただけだよね？　それにはあまり意味がないように思えるんだけど。だって――」

「龍太が何に毒を入れたかは大体見当がついているから、でしょ？」

言葉尻を遮って私が云うと、夫は戸惑ったように小声でうん、と呟いた。龍太がその様子を可笑しそうに眺めている。

事件直後の犯人探しのとき、圭と真佐人が龍太の持参したブランデーのカミュを疑った場面があった。普段はそんな気の利いたことをしない龍太だったから、二人はかなり疑ったようだったが、結局、そこには毒が入っていなかったという結論に達した。何故なら、弥生だけでなく真佐人も、そして龍太自身も飲んでいたし、グラスを選んだのもブランデーを注いだのも弥生自身だったからだ。ブランデーに毒が混入していたとしたら、真佐人と龍太も命を落としているはずだし、グラスに毒が予め入っていたとしてもそのグラスを弥生が選ぶとは限らない。だから、私たちは龍太がカミュに毒を入れたという可能性を捨てたのだった。

しかし、

「龍太自身が、あのカミュには弥生を殺すための重大な仕掛けがあったって云ったものね。そう、やっぱりあそこに毒が入っていたんだわ」

「それが花帆の答えか？　確かにあれは俺が持ってきたものだから、予め毒を入れておくことは可能だが……」

落胆したような曇った声がそう云った。眉間に寄った皺が龍太の表情に暗影《あんえい》を与えている。

「知っているわ、それならどうして同じものを飲んだ真佐人と龍太が死ななかったのか、って訊きたいんでしょう?」

「ああ、ついでにグラスも弥生自身が選んだんだから、俺は何も細工できなかった」

先刻私が考えた通りのことを龍太が云った。

「でもね、どう考えてもあそこには毒が入っていたのよ。弥生を殺した毒がね」

それが私の結論だった。そう、龍太があそこに毒を混ぜたのは間違いない。飲むかどうかは一つの賭けだが、高級なブランデーだとそれとなく吹聴してプライドを擽《くすぐ》れば、弥生は必ず飲むと踏んだのだろう。深い関係になったことのない人間でさえもそれくらいは予見できる。それに、リモージュ焼きの瀟洒《しょうしゃ》なデザインを理由に圭と私にボトルを洗うように云ったのは巧妙だった。それによって毒の入っていた証拠は洗い流されてしまったのだから。

カミュという名前はブランデーの銘柄だが、同名の作家がいる。人間存在の不条理さに光を当ててノーベル賞を受賞したアルベール・カミュだ。その作家と同じ名前のブランデーで不条理そのものとも云える弥生を殺すというのは、龍太なりの皮肉だったのかもしれない。嘘だらけの女の嘘の愛情に踊らされた龍太は、最後の最後に些細な悪戯で仕返しをしたのだ。

だが、そうすると一つの矛盾が生じる。

「でも、そうだとするならば、疑問が残る。どうして龍太はニコラシカを飲んだときまで薄紙を持っていたのか。もし、ただ単にブランデーに毒を入れたのならばそんなものを持っている必要はないわ」

「云われてみればそうだね。家で入れてくれればそんな危険な真似をしなくて済む」

黒い簾《すだれ》のように垂れている前髪の間から、興味を持ったような夫の目が少しだけ覗いた。暗闇をも見通すかのような妖しい光を放って私を凝視めている。

その強い視線を感じながら私は再び口を開いた。

「どうして、龍太はこんなことをしたのか。答えは一つしかないわ。十五年前からこの可能性を薄々疑っていたけれど、今日の話を聞いて確信したわ」

「なるほどな。それで先刻、俺の話に一つだけ嘘がある、なんて云ったのか」

得心《とくしん》がいったように龍太が呟く。

私の頭の中には十五年前から存在していたある考えがある。刑事に事件の詳しい概要を聞いたときから、私は様々な可能性を模索し、一つの仮説に辿りついた。もし、龍太がこの方法を採ったならば、あの晩私たちが積み重ねていった推理が徒労に終わったのも納得できる。そして、その後、長年にわたって警察や世間の目を欺き続けたのも頷くことができる。根本的に考え方を変えなければ導き出せない答えなのだ。

ただ、それはブランデーに毒を入れただけでは完成しない。弥生を死に導くにはもう一つ、ある手段を使わねばならないのだ。

私は少し沈黙を挟んで、

「……ねえ、二人とも刑法の講義で毒殺の話があったのを覚えてる？」

「刑法？」

唐突に切り出した私に、二人は呆気に取られたような声で答えた。普通に生活していて刑法なんていう単語を耳にすることはまずないのだから、二人が驚くのも無理はない。

「ほら、因果関係のところで毒殺についての事例があったでしょう？　因果関係を肯定するには条件関係の存在で足りるとする条件説とそれに対する批判なんだけど……もう忘れてるかしら？」

そう云うと二人は古い記憶の糸を引き寄せるかのように、視線を宙に泳がせた。

因果関係とはある行為と結果との間に存在していると認められる繋がりのことで、犯罪が成立するにはこれを満たさなければならない。そして、条件説とは、AがなければBという結果は生じなかった、という条件関係が存在すれば直ちに因果関係が成立するという学説である。この部分は刑法においては重要な論点の一つであり、ここだけに費やされた数時間にも及ぶ講義と、条件説に対する様々な批判的論説を今でも覚えている。

二人は数秒黙考していたが、やがて、夫が口を開いた。

「択一的競合だっけ？　毒殺の他にも砂漠事例とか転轍《てんてつ》事例とかが出てきたね」

「そう、そこ。あそこで扱われていたのは、確かこんな事例だったわ。XがZを殺そうとして食べ物に毒を入れておいたけれど、Yも同じように毒を入れ、それを食べたZが死んだという事件においてXとYの罪はどうなるか」

私がそう云うと、龍太も、あっと小さく口の中で呟いて、

「AがなければBという結果は生じなかったという条件関係に当てはめると、Xがいなくても Zの死という結果は訪れたはずだし、逆にYがいなくても同様の結果は得られるはずで、XもYも条件関係に当てはまらなくなる。条件関係に当てはまったときに因果関係が成立して罪に問われるという考え方では、どうも奇妙なことになる。つまり、死というはっきりとした結果がでているのに、結果を帰責される者がいなくなってしまうっていう話だったな」

記憶を探り当てたのだろう、滑らかな口調で私に補足を加えた。しかし、すぐに怪訝そうな顔をして、

「でも、何度も云っているようだが、俺に共犯はいない。俺っていうXがいるだけだ」

「ええ。それは判っているわ」

私は何度も頷き、

「でも、私が龍太の話を聞いて思い出したのは、もう一つの論点よ。こんな毒殺事例があったのを覚えてる? αとβが致死量の半分ずつを入れた場合はどうなるかっていう話。

当然、致死量に達したγは命を落としてしまうんだけど、これだと両者の条件関係は肯定されるわよね？　致死量を入れた場合は行為と結果の間の関係が否定されるのに、逆に致死量の半分だと肯定されて二人とも罪に問われてしまう。それは不合理じゃないかっていう批判があるのよ」

　云うと、太い眉がぴくりと動いたかと思うと、波紋を広げるように龍太の顔色が変わっていくのが判った。カップの取っ手に引っ掛かっていた指も、今はテーブルの上で忙しなく動いている。その動揺した仕草が私の脳裏に泛んでいる答えの正しさを証明していた。

「確かに奇妙な論理になってしまうね。毒をたくさん盛った人間よりも、半分しか入れなかった人間の罪の方が重くなってしまうなんて。僕の記憶だと、この説は有力じゃなかったと思うんだけど、もし、この学説が有力説になったりしたら、毒を半分入れた人間は莫迦を見るだろうね」

　龍太の顔色の変化に気づいていないのか、のんびりとした声で夫が云う。しかし、実際には夫の呑気な感想の矢は事件の真相の正鵠を射ているのだ。まさに今、夫が云ったことをそのまま龍太は行ったのである。

　私は深く頷いて見せたあと、

「あの晩、龍太がしたことは今、あなたが云った通りのことなのよ。龍太はγという弥生を殺すために、αとなってカミュに毒を致死量の半分だけ入れたの。ただし、龍太の云う通り、βはいないけれどね」

きっぱりと云って二人の様子を窺う。夫は、なるほど、と低い声で云ったあとは少し目を伏せて、答えを探すように上目づかいで私と龍太を交互に見ている。

束の間の沈黙が落ち、消えた音と入れ替わるように、入り口に飾られている水仙の白が不意に湧き上がってきた。夜が更け、ガラス戸からは深まった闇が染み入ってきているのだが、それとの対比で萎れていた水仙の色が息を吹き返したかのように鮮やかさを取り戻している。

「……でも、それじゃ弥生は死なないぞ」

最後の足搔きのように、龍太が声を絞り出した。目に騒がしいほど光りだって見える水仙とは逆に、龍太の顔には深い翳が降りている。

私は視線を目の前の龍太に戻し、

「そうね。現に同じ条件の龍太も真佐人も死んでいないものね。だから、龍太はもう一か所に毒を入れたんでしょう？　弥生が口にするものに」

これが龍太の仕掛けたトリックだった。どんなに巧妙に毒を入れても、それが一つのものだった場合、犯人は捕まりやすい。何故なら、私たちがあの晩に行ったように、細かく検証していけばどこに毒が混入していたかは判ってしまうし、そしてそれに毒を入れられる機会があった人間を絞り込んでいけばいいからだ。

毒殺事件を分解した場合、大きく三つの要素に分けられる。一つはどこに毒が入っていたか。二つ目にどうやって毒を入れたか。そして最後はそれが可能だったのは誰か、だ。

多くの毒殺犯罪が露見してしまうのは、どの犯人もこの三つの要素のうち、どうやって毒を入れるか、という部分だけに腐心するからだ。確かに誰も想像もつかないような方法やマジシャンのような器用な手捌きで毒を入れたとしたら、見抜かれないかもしれない。だが、どんなに奇抜な方法を採ったとしてもどこに毒が入れられていたかが判れば、それに連動するように犯人と方法も発覚してしまう。今回のように、場所的にも時間的も閉鎖的な環境で起こった毒殺事件の場合は特にそうだ。

龍太もそう考えたのだろう。だから龍太は別の考え方をした。つまり、方法ではなく、どこに毒を入れるかという点に工夫を凝らしたのだ。

「多分、スープにも致死量の半分の毒を入れたんでしょう？　龍太はスープを運んだものね。毒を入れる機会はあった」

「……」

恐らく私の云っていることは真実なのだろう、龍太は言葉でなく、何かを諦めたような薄ら笑みでそれに答え、目の前に露にされた真実に畏《かしこ》まるように背を丸めた。龍太はこの十五年、自らの罪が暴かれるのと同じくらいに真実の重みにも恐れを抱いてきたに違いない。新聞の素っ気ない文字やニュースの乾燥した声には殺人という行為の重みは感じられないが、実際に人を殺した人間にとっては手錠以上の重さがある。龍太の心には十五年もの長い間、後悔と罪悪感が拭い去れずにあの晩の沈黙と同じ重さで心に澱んでいたのだろう。体を縮めている龍太を見ているとそんな気がしてくる。

龍太の後ろでは曙光《しょこう》のような眩しさで水仙の花が輝いている。弥生が死んだ晩の深い闇が、ようやくこの白い色で破られたのだ。

「きみの推理を簡単にまとめるとこういうことだね？」

水仙を見ていた私の耳に夫の声が聞こえてきた。

「龍太はブランデーとスープにそれぞれ致死量の半分の毒を入れた。致死量の半分を調整するのは難しいけれど、ブランデーはアルコール度数が高いから飲む人も限られているし、龍太と真佐人が飲み残していたものだから量が少ない。実際、一人あたりショットグラス一杯程度しか残っていなかったしね。致死量を計算するのは簡単だったはずだ。それに、スープも最初から人数が決まっているんだから、予想がつく。自分と真佐人が飲まないということも計算に入れられるしね。何より、二つのものを口にする時間がさほど開いていなかったのがよかった。もし、スープを飲んだ時点で誰かに軽い水銀中毒が出たらそこで終わりになってしまうからね」

夫はそこで声を止め、もう一度口を開いて続きを説明した。

「スープを飲んだのはきみと弥生と圭の三人。真佐人と龍太は酒を飲むときにはそういったものは口にしない主義だったようだから、飲んでいない。逆にあまりアルコールに強くないきみと圭はブランデーを飲んでいない。つまり、両方を飲んでいるのは弥生だけっていうことになる」

「ええ。だから、弥生だけが死んだのよ。私たちがこの方法を見抜けなかったのは、毒はどこに入れられたか、という点だけを見てきたから。それだけに注目して検証すると、弥生だけが食べたものなどないし、飲んだものもないっていうことになっちゃって袋小路に陥ってしまう」

「弥生だけが口にしたものを探したのが間違いだったっていうわけだね。同じものを口にした人間が死んでいないんだからそこには毒が入っていなかっただろう、という思い込みがいけなかった。集団は時として個々の理性を失わせる、とはよく云われるけど、全員が龍太の思惑通りに動いてしまったというわけだね」

私はええ、と返事をし、

「実際には私と圭が飲んだスープにも、龍太と真佐人が飲んだブランデーにも毒が入っていたんだけど、その思い込みのせいでそれに気づかなかった」

龍太は表情を変えないまま、私と夫のやりとりを聞いている。

「運も龍太に味方したわ。致死量の半分と云っても劇薬なんだから、何らかの異常が出る危険性はあった。龍太自身もこのトリックを思いついたときに、多少の危険があるって云っていたけれど、それは捕まる危険性のことではなかったのね。自分たちの体に対する危険のことだった。あの晩は幸運にも誰の体にも異常が見られなかったけれど」

自ら軽い毒を飲み、自分も被害者同様に殺されるところだった、と心理的アリバイを作る手は小説などでよく見かけるが、似たようなことを龍太は自分一人だけでなく、その場にいた全員を巻きこんで行ったのだ。

「まさか、弥生だけじゃなくて犯人である龍太も含めたきみたち全員が毒を摂取してたなんてね。つまり、全員が無意識のうちに龍太のアリバイの成立に協力していたってわけだ」

心底感心したように夫が云うと、龍太は少しだけ表情を崩し、息を吐き出すように小さな笑い声をあげた。それを見届けた私は十五年間、ずっと龍太に訊きたかったことを声にした。

「これが私の推理。どう？　これで合っているかしら？」

龍太の胸に後悔と罪悪感が沈んでいたように、私の心にもずっとこの推理が絡まっていた。これが正しいのか、それとも私の妄想に過ぎないのか。ようやくその答えを知ることができる。

「……」

数秒黙したあと、龍太がここに来て初めて晴れやかな笑顔を見せた。

「当たりだよ。さすが花帆だ。ここまで見抜かれてるとは思わなかった」

「そう。やっぱりそうだったのね」

「致死量の半分っていっても、猛毒は猛毒だからな。さすがにそれを飲むときは緊張したよ」

「そんな風には見えなかったけれど？」

龍太は快闊に笑って、

「俺の演技力もなかなかだったってことか。弥生を殺すことだけを考えてて集中していたせいだな」

「そう」

「もっと嬉しそうな顔をしろよ。警察ですら暴けなかったトリックを見破ったんだぞ」

褒められても私の心は晴れない。今更、龍太の罪を暴いたからといって、時が巻き戻るわけではないからだ。

「でも、龍太の十五年は戻ってこないわ……」

しかし、当の本人は私に罪を暴かれたことを心から喜んでいるようで、重い荷物を下ろしたようなほっとした表情をして、

「人を一人殺したんだから、罰を受けるのは当たり前だろ？　それよりも、俺は花帆に真相を突き詰めてもらって本当によかったと思ってるんだ。これでもう思い残すことはない

よ」

「思い残すことはない？」

龍太の言葉に引っかかりを覚え、詳しく訊き返そうとしたのだが、その声は柱時計から流れ始めたパッヘルベルのカノンに遮られてしまった。

十二時だ。

弥生が絶命したときに流れていたのと同じ曲である。喫茶店を開くと決めたとき、あの別荘にかかっていた柱時計が私の脳裏に泛び、金巻教授に無理を云って譲ってもらったのだった。事件を思い出させるものをわざわざ置かなくてもいいじゃないか、と夫は珍しく渋ったのだが、あの事件以来、時間の流れが止まっていた私の気持ちを現実に戻すには、弥生の死という冷たい事実を報せてくれるものが必要だった。それに何より、あのときのカノンのメロディが事件と同じ暗色で耳に粘りついていたのである。

物悲しい旋律は打ち寄せる波のように幾重にも織り重なっていく。一つの音が静寂の岸にぶつかって壊れたかと思うと、先刻まで遠くの沖にいた別の音がいつの間にか耳許に迫ってきている。私はこの曲を聴くたびに、一瞬にして消えてしまうオルゴールの音が、その儚い命を美しい旋律の糸に繋げて永遠を織り上げていくような錯覚に囚われる。永遠を感じさせる時の長さはあの事件に携わった私たちの十五年そのままだった。

静けさに沈むようにして音が鳴り止み、事件は呆気なく幕を閉じた。耳の奥にはカノンの旋律が見えない尾を曳いて残っている。

「それじゃあ、俺は失礼するよ」

冷たくなったコーヒーを一気に流し込むと、龍太は突然立ち上がった。

「え、もう帰るの？　もう少しゆっくりしていけばいいじゃない。事件のこと以外にも話をしたいし」

そう云って引き留めたが、龍太は強情に首を横に振るばかりで、私の声を振り払うように着古されたコートを手に取った。

「……もう誰にも会わないつもりなんだろ、龍太は」

「え？　それ、どういうこと？」

思わず私は夫の方を振り返り、訊き返した。

「……早間は気づいていたんだな。ああ、もうお前たちには二度と会うことはないと思う」

「どういう意味？」

「正確に云うなら、もう会えなくなるってことだ。俺はもうすぐこの世からいなくなるんだから」

自嘲気味に云い、龍太は日本人に最も多い死因を口にした。薄暗く翳って見える顔には確かに弱々しさが覗いているが、しっかりとした口調を聞いていると死の淵を彷徨うほど衰弱しているとは思えない。

「贖罪の意味を込めて話をしたっていうのは事実だよ。花帆には迷惑をかけちまったから。でも、もう一つ理由があったんだ。これから死ぬ人間が背負うには少しばかり辛い罪なんでね、誰かに俺の罪を聞いてもらって罪悪感を薄めたかったんだ。悪かったな、最後に俺の我儘に付き合ってもらって」

また一つ翳を重ね、龍太の顔は悲しく凋《しぼ》んで見えた。

「早間も悪かったな。花帆の人生をめちゃくちゃにした俺が云えた義理じゃないけど……花帆のことよろしく頼むよ。まあ、今でも十分幸せそうだけどな」

少し照れたように云い、呆気に取られたままの私を残したまま、足早に入り口に向かい、ドアを開けた。

雪の積もった白い道路に暖色の灯りが流れた。止むのを忘れた雪がドアから零れたその燈を無数の影で切っている。

「圭と真佐人、それと教授に会う機会があったら今日のことを伝えておいてくれないか？俺が弥生を殺した犯人だったって」

こちらに背を向けたまま、ぽつりとそんなことを云った。龍太の背中と肩には、もう既に雪が薄っすらと積もっている。

——龍太は死に向かっている。

雪の白装束を纏ったその姿に、私はそれまで見えていなかった死の影を感じ取った。コート中に張りついた雪の色の中に、真冬の深い闇を写し取ったかのような昏さが滲んでいる。そのせいで雪に覆い尽くされて真っ白いはずのコートが灰色に見えた。死衣《しい》というものがあるとすれば、それはこんな淋しい色をしているかもしれない。

龍太が一歩を踏み出そうとしたとき、

「これ、持っていきなよ」

夫はそう云い、緑色の傘を差し出した。その声に弾かれたように龍太がこちらを振り向いた。

「……ありがたいが、返すことはできそうにないな。もし、返しに来たとしたらそれはきっと俺の幽霊だよ」

「それでも構わないよ。幽霊だろうが、殺人犯だろうが関係ない。僕は別に気にしないさ」

いつもの口癖を云い、小さな笑い声を立てた。

「僕は別に、か。お前の口癖だったよな……。それじゃあ、ありがたく借りていくよ」

夫から傘を受け取った。

「……傘を借りたついでっちゃ何だが、一つ、早間に頼みたいことがあるんだがいいか？」

傘を開きながら、突然龍太は神妙な顔になって云った。

夫はそれを静かな目で受け止めて、

「なんだい？」

「圭や真佐人のこともよろしく頼む。あいつらにも迷惑をかけちまったから」

「判った。僕たちから話しておくよ」

最後の手向けのように夫はもう一度笑った。つられて龍太も微笑した。潤んだ顔と縮んだ肩の隙間から漏れたような小さな笑みである。消える間際の命が最期に見せるような、弱々しい微笑みだった。

龍太は別れの言葉を云わなかった。

無言のまま、くるりと背を向けると、雪が音もなく切り刻む闇の中へと歩み出した。そして、そのまま一度もこちらを振り返ることなく、緑色の傘はふっと闇に吸い込まれるようにして消えた。

「ねえ、これでよかったのかしら？」

私の意志とは関係なく、そんな声が零れていた。何について話しているのか自分でも判らなかった。死出の旅へと向かう龍太の背中が哀しく見えたせいかもしれないし、人影が絶え雪の音だけがする夜の深さに不安を覚えたのかもしれない。

夫はそんな私の漠然とした不安を見抜いたように、

「……よかったんじゃないのかな。龍太は最初からこうするつもりだったんだろうし、本人は満足しているはずだよ、きっと。幽霊になって傘を返しに来たときにでも訊いてみればいい」

性質《たち》の悪い冗談を云い、落とすように笑った。だが、急に真面目な顔になり、

「でも、まだ事件は終わっていないよ」

「終わってない？」

「きみが十五年間、持ち続けていた答えは正答だった。龍太自身がそれを認めていたからね。でも、それで終わりではないんだ」

夫は前髪の隙間から、真剣な眼差しで私を見続けている。それに催促されるように私はこう問いかけた。

「あなたは判っているの？　事件の本当の終わりが」

夫は前髪に細長い指を入れて掻きあげると、

「……大体ね。きみが導き出した答えは半分は合っていた。でも、半分は間違えてるんだ」

今まで髪に隠れていた瞳が私を凝視めている。目の奥には曙光のような眩しい光があり、烈しさを孕んだ視線が私を捉えている。もう二十年近く一緒にいるが、こんなにも炯々《けいけい》とした目を見たのは初めてのことだった。僕は別に、と云うときの彼とはまったくの別人に

見える。

「……半分ってどういうこと？」

目線から逃れるように身を捩り、私はドアを閉めて店の中に入った。

「言葉通りの意味だよ」

「意味が判らないわ。どういうこと？」

私が訊くと、夫は一語一語を噛み締めるようにはっきりと云った。

「龍太は嘘を吐いていないし、彼が犯人であることも間違いないし、そこから導き出したきみの結論も間違ってはいない。でも、半分しか合っていないんだよ。それじゃあ、もう一つの解決を探しに行こうか」

扉のカーテンを閉めると、私をテーブルへと招いた。冬の夜は群青色の布に鎖されたが、事件にはまだ幕が降りていない。

第五章

私は夫に誘われるままにもう一度テーブルについた。テーブルの上には龍太のカップがぽつりと置かれている。龍太が座っていたときには何とも思っていなかったのだが、いなくなった今、残していった空っぽのカップが妙に生々しく感じられた。僅かに漂っているコーヒーの残り香に龍太の命の余韻が絡まっているようだった。

私はそれをテーブルの端にそっと寄せてから、

「あなたが何を云いたいのかよく判らないわ。詳しく説明してくれる?」

「そうだね。順番に説明していこうか」

そう前置きをすると、さりげなく視線を柱時計に投げて、まだ大丈夫だな、と独り言を呟いた。

見ると、柱時計は少し錆びたような色をしている針で十二時過ぎをさしている。目に疲れが来ているせいか、それとも室内が淡く鈍いセピア色の燈で満たされているせいなのか、時計の針が暈けている。ぼんやりとした針は、走りすぎてしまったことを後悔しているように、朧《おぼろ》な形でいつもよりも緩やかな速度で進んでいるように見えた。

まだ大丈夫、という言葉の意味が判らなかった。事件ならば既に終わりを告げてしまっているし、龍太とも長い別れを交わしてしまっている。大丈夫だと云えるものは何一つないように思われた。

「まずは半分正しい、という意味から説明しようか」

言葉の意味を訊ねようとしたが、その問いは夫の声によって遮られてしまった。夫は私の戸惑いを気にせず、朗々とした声で続ける。

「きみの云う通り、龍太があの方法で弥生に毒を盛ったのは事実だろう。龍太は千切れたボブ・ディランのポスターからあのトリックを思いついたようだけど、毒を二つに分け、弥生の体内で致死量に達させるというのは、破れてしまったポスターを修復するのと似ているかもね」

「なら、半分が間違えているっていう意味は？」

「それは、それだけの方法では弥生を殺せなかったからだよ。弥生を殺すには重要な要素がもう一つあった」

淡々と云い、人差し指で顎を撫でた。いつもは細く見えるだけの頬から顎へと流れ落ちる線が、今は刃物のように鋭く見える。

「龍太がまだ何かを仕掛けていたっていうこと？　でも、彼が触ったものはカミュとスープくらいしかないわよ。まさか何かに毒を塗っておいて、それを弥生の指や唇に触れさせて服毒させたとか云うんじゃないでしょうね？」

「いいや違う。毒はちゃんと料理の中に入っていた。ただ、それが見えていないだけだよ」

「見えていない？」

「そう。スープとカミュの二重の毒がみんなの目に映っていなかったように、三つ目の毒の存在も隠れていたんだ」

その言葉は私の心にざわめきを与えたが、それ以上に驚いたのは夫が積極的に事件について語っているという事実だった。いや、事件について多弁になっているからびっくりしているのではない。夫が何かについてこれほど多く語るのを聞くのが珍しいから妙に私の心に引っ掛かっているのだ。いつもは、僕は別に、という言葉の陰に隠れて、色のない灰色の無関心そうな目で物事を捉えているのに、今は鉱石のように冷たく澄んで事件を捉えている。その怜悧《れいり》そうな瞳が意外であると同時に何やら怖く感じられた。

「……隠れてたって、どこに？」

普段とは違う夫に戸惑いながらも、やっとのことでそう訊ねた。

「スープやカミュと同じように複数の人が口にしたものに入っていたのさ」

「たくさんあるわよ？　ワインにグラタンに鴨にサラダに舌平目にケーキに紅茶に……」

「その中に入っていたんだよ、弥生を殺した毒がね」

冷たい目をしたまま、それよりも冷たい声ではっきりと云い切った。

その声から逃げるように、私は視線を外の景色に逸らした。窓の曇りを扇型に拭うと、乱舞する雪がくっきりと見えた。逃れた先でも、吹き乱れる雪の流れが景色を白く波打たせながら、私に過去を思い出すようにと急かしている。

龍太が毒を入れる機会があったものなど、ほかにあっただろうか。どの料理にしろ、龍太が私たちの目を盗んで毒を入れることなんてできなかったはずだ。その機会があったのはスープとカミュくらいなものだろう。

そこまで考えたとき、私はふとあることに気づいた。

「ちょっと待って。どうして弥生はスープとカミュの毒だけでは死んでいないって断定できるの？　弥生はその二つの毒で死んだんでしょう？」

だが、夫は平然としてこう云った。

「それはないよ。だって、真佐人がスープを飲んでいるんだから。尤も、これは僕の想像だけどね。龍太が毒を包んでいた薄紙を捨てに行っていて見ていなかったけど、戻ってきたとき、真佐人がスープを飲んだようなことを仄めかしている。よく思い出してみて、きみは覚えているはずだよ」

あのときだ。

昏い闇で鎖された古い記憶の中に、一つの場面が火花のように眩しく脳裏に甦ってきた。確かに龍太がトイレに立った隙に真佐人は龍太に内緒で残っていたスープを飲んでいた。

ということは、弥生と同様、カミュとスープを両方とも口にした真佐人は死んでいないとおかしいことになる。当然のことだが、そんな事態に陥ったりはしなかった。

「思い出したみたいだね。僕の云っていることが正しいって判っただろう？　先刻きみが話した方法では弥生だけを殺すことはできないんだ。だから、別の可能性を探らないといけない」

「それが三つ目の毒っていうわけ？　どこに入っていたっていうの？」

私は少し苛立っていた。目の前にあるのになかなか手に取れない真実がもどかしかった。

夫は私の心を鎮めるように落ち着き払った声で、

「……ミルクティーの中だよ。あの中に三つ目の毒が潜んでいた」

何も喋らなかったかのような静かすぎる声は周囲の空気すらも微動させず、私はその言葉が事件の根幹を揺るがすほどの重大な意味を持っていることにしばらくの間気づくことができなかった。

「きみと弥生、そして圭が飲んだミルクティーの中にも毒が入っていたんだよ」

今度はほんの少しだけ大きな声で云った。

私は少し考えてから、

「あのミルクティーには龍太は手を触れていないのよ。それに、あれは私も圭も飲んでいるわ。それにカップを選んだのも弥生自身だし、ミルクを注いだのも弥生よ？ どうやって龍太は毒を入れたの？ 無理よ」

「うん、判ってる。すごく困難な状況だっていうことは判ってる。その謎を解くには少しだけ発想の転換が必要だからね」

「発想の転換？」

「そう、毒殺と聞くと、どうしても被害者が食べたものばかりに目がいっちゃうけれど、この事件の場合は逆に考えないといけない」

「口にしなかったものに注目するってこと？ でも、それを特定したところで何の意味があるの？ そこに毒が入っていようがいまいが関係ない気がするんだけど……」

「大きな意味があるよ。これが事件を複雑にして警察や世間、そしてあの場にいた人たちを欺いた元凶なんだから。しかも、毒を半分に分けるトリックよりもこっちの仕掛けの方が事件に与えた影響は大きい」

明澄《めいちょう》さを増した目を私の顔から逸らし、夫はテーブルの隅に寄せてあった龍太のカップを手に取った。そして、私と夫自身のカップにも手を伸ばすと、実験でも始めるかのように三つを綺麗に並べた。

「僕が誰かを毒殺しようとしたとする」

ぞくりと背筋に冷たいものが走った。感情の籠っていない乾いた声が怖かったからではない。何かを射抜くような夫の尖った視線が恐ろしかったのだ。

「ここに三つのカップがある。その中にコーヒーを注ぎ、僕はその総てに毒を入れる。当然、致死量分の毒を。そして、お盆に乗せて運んできて、殺したい相手と関係のない人に好きなカップを取らせることにする。僕は最後に残ったカップを取ろう」

「そのままだと全員死んでしまうわ」

「そうだね。でも、殺したい相手以外は予め解毒剤を飲んでおく。これならば殺したい人だけが死ぬことになるだろう？　真佐人がスープとカミュを飲んだのに死ななかったのは解毒剤を飲んだせいさ」

「でも、龍太は解毒剤を使っていないって云っていたし、共犯者だっていないはずよ」

「判ってる」

夫は何故か淋しそうに目許に皺を寄せ、

「けれど、事件の構造はこれとまったく同じなんだよ。弥生が食べたものや飲んだものではなく、何を口にしなかったかを考えなければいけなかったんだ。言い換えれば、弥生は毒を飲んだから死んだんじゃない。解毒剤を飲まなかったから死んだんだ」

そう云うと、一呼吸置いて、

「では、どこに解毒剤があったのか。弥生が口にしなかったものは何なのか」

「……シメジとシイタケのソテー？　弥生は茸が嫌いだから残していたわ」

「確かに弥生のことを知っている人間ならば、その中にだけ解毒剤を入れておいて彼女だけを殺すことは可能かもしれない。でも、あの料理に誰か細工ができたかな？　俊江さんがずっと調理場に立っていたようだから誰も触れないし、あの料理を持ってきたのは弥生自身だったはずだ。解毒剤を混ぜることはできないよ」

「じゃあ、どこに？」

「毒が入っていたのと同じミルクティーの中だよ。正確に云えば砂糖の中に、だけどね」

「それはおかしいわ。だって弥生もわたしたちと同じように砂糖を入れたもの。しかも自分の手で。どういうことよ？　全然判らないわ。簡単に説明して頂戴」

焦燥が声を烈しく乱したが、夫はそんな私に構うことなくシュガーポットを引き寄せ、蓋を開けた。

「ご要望通り、簡潔に云おうか。スプーンの刺さった砂糖の山の上に解毒剤を振りかけておくんだよ。たっぷりとね」

白いニットシャツの袖を捲くって、砂糖の上に何かを振りかける真似をした。

「きみは知っているだろうけれど、そうすれば最初に砂糖を入れる人間の飲み物には解毒剤が絶対に入らない」

その言葉に従ってあのときの光景を思い出してみる。砂糖の山には最初からスプーンが刺さっていた。山に刺さっているスプーンを引き抜くことなく、そのまま使って砂糖を掬うと山の表面の部分の砂糖は絶対に取れない。つまり、一杯目のスプーンには絶対に解毒剤は入らない。料理をやったことのある人間ならば経験上知っていることだ。

「しかも、弥生は一杯しか入れていない。これならば、解毒剤は弥生の紅茶には入らないよね。女王みたいな性格をしている弥生ならば、真っ先に砂糖に手を伸ばすことは予想できるし、体に気を遣っている彼女が一杯しか砂糖を入れないことも知っていた。その習慣を知っていて、なおかつ、みんなが紅茶に砂糖を入れることを知っていなければ成立しないトリックだ」

一呼吸置いたあと、

「それに、砂糖に解毒剤が混ぜられていたことは真佐人が証明している。どうして真佐人がスープを飲んでも死ななかったか。それはニコラシカでたっぷりと解毒剤の入っている砂糖を摂取していたから。これなら説明がつく。でも、きみはこう訊きたくなったはずだ、龍太にそんな細工を行う機会はあったかって」

意地悪く云う夫に私は視線を伏せた。

「そう思うのが普通だよ。だって、龍太は一回しかシュガーポットに近づいていないんだから。しかも、そのときはきみに制められて触らせてもらってすらいない。どんな魔法にだって不可能だ。そう思える。でも、間違いなく弥生はスープとカミュ、そしてミルクティーの毒で死んだ。それは確かだ」

右目にかかってきた髪をもう一度指先で絡めると、編み物でもするかのような器用な手つきで掻きあげた。淡い燈を集めた黒目が夜の落とした一粒の宝石のように輝いているのがはっきりと見える。鮮やかな煌きは私をしっかりと捉えていた。

だが、ふっと輝きを抑えるように目の色を薄め、

「――メンデレーエフって知っているかい？」

「……急にどうしたの？」

先刻、私が夫と龍太に刑法のことを切り出したときと同じだった。あまりにも唐突に知らぬ単語が出てきたので、私は思わず呆気に取られてしまった。

「ロシアの化学者で、元素の周期律表を作った人だよ。元素の周期律表は知っているよね？」

私は沈黙したままこくりと頷いた。高校の頃に化学の授業で覚えさせられたことがある。Hの水素に始まり、元素記号が長々と連なっている表のことだ。

「彼はそれまでに発見されていた元素を並べて、周期的に性質が同じ元素が現れるというルールを見つけた。そして、そのルールに従って例の表を作成した。でも、そこにはたく

さんの空白があった。まだ発見されていない元素が多くあったからね。でも、彼はそれを無いものとは考えずに、性質の近い元素の存在を予言したんだ。かくして、それは数年後に現実のものとなった。メンデレーエフの云った通りの性質を持った元素が次々に発見されたんだ。有名な話だけど、よく考えてみるとすごくないかい？　彼は元素なんていう肉眼では捉えられないものの存在を予言したんだ」

「……」

私は怪訝な顔を返したが、夫はまったく意に介す様子を見せず、

「どうしてそれが可能だったか。答えは簡単。メンデレーエフが元素のルールを探り当て、その根底を貫いているシステムを知っていたから。そう、この世の九十九パーセントのものは、強固なシステムで動いている。僕たちの暮らしている日常だって、日本という大きな枠組みとそれを動かす法律というルールによって形成されている」

「……」

まだ夫の意図が見えてこない。私は啞然としたまま夫の言葉の続きを待った。

「僕たちの生活には、国と法律以外にも、もうひとつ大きなシステムがある。それがこれだよ」

云うと胸ポケットから小銭を出した。そういえば、夫は昼間、お客さんに頼まれて煙草を買いに行っていた。そのときに駄賃として釣銭をもらったのだろう。

「資本主義っていうシステム。今や誰しもが知らず知らずのうちにこの中で生かされている。本当はありもしない貨幣の価値に踊らされて、それがないと生きていけないと人は思い込まされている。誰も本当の姿や全体像を知らないのにそう思ってしまうなんて不思議だね。誰も疑問を抱こうとしない。メンデレーエフとは真逆というわけだね。メンデレーエフはそのとき存在しなかったものをシステムで捉えていたけれど、資本主義の場合は実態があるのに内部にいる僕たちはシステムを曖昧にしか把握していない。こんなにも商品で溢れていて、貨幣を使わない日はないっていうのにね。まあ、それだけ資本主義という構造が巧妙にできているということの証なんだろうけど」

苦々しく云ってから、

「でも、資本主義に限らず、この世のあらゆるものはそんなものかもしれない。どんなものにもシステムはあるはずなのに、あまり見ようとしない。現に、僕だってこの砂糖という商品が誰の手によってどんな工程で作られているかなんて知らないし、こんなにも烈しい吹雪がどんな天気のシステムによって起きているか判らないからね」

ふっと目を夜景に移した。俄《にわか》に風が強まり、雪が大きく揺らいだ。白雪と暗闇は一瞬のうちに混ざり合い烈しい流れとなって窓に襲いかかってきた。

真冬らしい嵐を眺めながら、夫は皮肉っぽく笑っている。夫が何を考えているのか、私にはまったく判らなかった。

「ただ、マルクスは『資本論』の中で、商品は一見平凡に見えるが分析してみると形而上学的な繊細さと神学的な意地悪さに満ちたものであることが判るって云っている。そう、システムを知っていた方がよりその世界を理解できるし、内部に深く入り込むことができる。逆に云えばある事象に参加しなくても、システムさえ判ってしまえば全体像を把握することができるし、細部も思い描くことができる。そう、この事件の僕みたいに」

ここまできてやっと夫の云いたいことが判った。普段は長髪の下に隠れている彼の目は、空から地上を見下ろす鳥の目のようにこの事件の全貌を捉えているのだ。

「魔法のかけられた事件を解くにはその魔法を解くか、こちらもそれと同等の魔法を唱えなきゃならない。その魔法がシステムだよ。メンデレーエフが元素のシステムを見抜いて見えない元素の存在を予見したように、マルクスが資本主義というシステムを知りつくして、商品の形而上学的な繊細さと神学的な意地悪さを見抜いたように、十五年もの間誰も見ることのできなかった事件の核心を見るには、この事件のシステムを把握することが不可欠なんだ」

「この事件のシステムって？」

「一言で表すならば、パッヘルベルのカノンだよ。あの曲がこの事件のルールであり、構造であり、全体像そのものだった」

「カノン？　時計の？」

「うん、ヨハン・パッヘルベルが一六八〇年頃に作曲したと云われている曲。正式には、『三つのヴァイオリンと通奏低音のためのカノンとジーグ・ニ長調の第一曲』一つの単純な旋律を第一ヴァイオリン、第二ヴァイオリン、第三ヴァイオリンへと順々に受け渡していくこの世で最も素晴らしい曲だね。マルクスは物と物の関係に形而上学的な繊細さと神学的な意地悪さを見出したけれど、カノンはこの事件に関わった人と人との関係に形而上学的な複雑さと神学的な邪悪さが隠れていることを暗示していたのさ」

「……」

私は黙りこくって夫の次の言葉を待った。

「これが事件のシステム。あのとき流れていた音は奇しくも事件の全貌を暴いていたんだ。だって、パッヘルベルのカノンをそのまま殺人事件にしたようなものなんだから。そこに気づけばどうやって弥生が殺されたか自然と判ってくる」

夫はそこで一度言葉を切ると、こちらをじっと見た。事件を俯瞰《ふかん》した夫の目は、総てを見透かすかのように私の瞳の奥を覗き込んでいる。重苦しい沈黙と斬りかかってくるような視線は、私に十五年前の取調室を想起させた。窓を斜めに切っていく白い雪はどこか冷たい鉄格子を思わせる。

「金巻先生から事情を聞いていた僕は十五年前からこのシステムに気づいていた。そう、カノンの旋律のように、龍太とまったく同じ時間、同じ場所、同じ毒を使って、弥生を殺そうとした人間が複数いたということに。つまり、龍太と同じ犯人がもう二人いたのさ」

「……」

私は無言でそれに答えた。夫は最も恐ろしい真相に近づきつつあった。今、夫の目は邪悪な悪意の群れをしっかりと捉えている。そして、淡々とした声で私の前に提示しようとしているのだ。私が目を背けようとした事実を。

「まずは一人目。彼女はメンバーの中で一番幼かったけれど、一番初めに行動を実行に移した。龍太は、いつも自分は遅れていた、と云っていたけれど、それは今回もそうだった。この人は別荘に到着して早々、風邪だと偽って自室にこもり、大胆にもベランダから一階へ降りた。あの別荘は雨樋や壁の凸凹を使えば簡単に二階から下へ降りられそうなくらいに低い造りになっているから何とかなる。多分、その誰かは以前にも別荘に来たことがあるか、写真か何かで見たことがあってそのことを知っていたんだろう。金巻先生とは親しい間柄だったようだから」

「……」

その人が二つの顔を持っていることを私は知っている。大人びた仕種をすれば子供っぽさが覗き、少女のような真似をすれば大人を感じさせる不思議な人だったが、事件のあった晩に見せていたのは、その大人の部分だったに違いない。

名前も、どんな方法で弥生を殺そうとしたかも総て知っている。しかし、私は敢えて口に出そうとしなかった。口を噤んでいるのが一番いいと思った。

「そして、貯水タンクに仕掛けをした。カプセルみたいなものを使ったのか、何かに溶いたものを凍らせたか判らないけれど、時限性のものを入れたはずだ。あの別荘にあった貯水タンクの容量は判らないけれど、事前に金巻先生から聞いていたんだろう。そこから致死量を逆算して、メチル水銀を持ってきて投入した。その人は弥生が寝る間際に水を飲むことを知っていたからね、その時間を狙ったんだろう。何食わぬ顔で部屋に戻り、風邪を引いている振りをしながらリビングに降りた。こうやってその人はアリバイを作った。みんな風邪で休んでいると思っているからね。まさか二階から一階へ降りて毒を仕込んだとは思わないだろう」

「……」

夫の推理にいくつかの疑問が脳裏を掠めたが、口に出すのはやめた。夫はそれについても既に答えを持っていそうだったからだ。

思った通り、

「時計を見ていた龍太が圭も同様に時間を気にしていたのに気づいていたけど、あれは時間を計るためだったんだよ。毒が溶けだして水が凶器に変わる瞬間を計っていたんだね。でも、そうやって気を遣っても、この計画には大きな問題点が二つある。一つはどこに毒が入っていたか明白である点。まあ、これは彼女は気にしていなかっただろうね。毒のありかが判っても誰も彼女を疑わないだろうから。彼女は別荘に着いてから外に出ていないことになっているからね」

私は毒殺事件の要素を、どこに毒が入っていたか、どうやって毒を入れたか、それが可能だったのは誰か、の三つに分解したが、彼女は龍太同様、そのどれでもないところに仕掛けを施した。いつ、という時間軸を利用してアリバイを作ったのだ。

「二つ目は弥生以外の誰かが飲んだらその人まで死んでしまう可能性。もし、水が毒に変わったあとに弥生以外の誰かが飲んだらその人まで死んでしまう。幸い、そういう状況には陥らなかったけれど、もし誰かが水を飲もうとしたら、私もちょうど喉が乾いていたの、と云って親切を装って冷蔵庫から飲み物を持ってくればいい。それくらいのことは考えていたはずだし、弥生が死んだあとは警戒して誰も水を飲まないだろうから、その程度の云い訳を考えておけば事足りた。いや、そのはずだった。けれども、話が妙な方向に転がって、真佐人が自らの潔白を証明しようとして水を飲もうとした。彼女は焦っただろうね。このままだと真佐人まで死んでしまう。でも、きみが説得してくれたお陰で結局真佐人は水を口にしなかった」

「……」

「ただ、いくつかミスがあった。いや、ミスとは呼べないようなちょっとしたことだけど」

「……ストーブでしょう？　リビングに来てすぐにストーブに手を翳した。私が触った手はまるで外から帰ってきた直後みたいに冷たかったわ」

辛うじて私は声を絞り出した。

「うん。みたい、じゃなくて本当に外から帰ってきたばかりだったんだから冷たかったのは当たり前だよ。直前まで氷点下の中で弥生を殺す準備をしていたんだから。それと、もう一つ。貯水タンクが使われていない、という事実を知らなかった。これは重大なミスだった。計画の総てを破綻させるような大きな瑕疵だね……」

小さく消えていく語尾を冷たい風の音が飲み込んだ。笛のような甲高い音は時間までも凍らせるかのように冷え切っていた。十五年前にあの別荘で聞いた風と似ていた。

一瞬の間を挟んでから、

「――そして、もう一人の彼はもう少し巧妙な方法を採った」

空が吐き出す吹雪の声に乗せて、夫はまた言葉を紡ぎ始めた。

「その誰かは誰よりも遅く計画を実行に移した。狙いは最初に殺害計画に着手した人と同じく、弥生が飲む寝る間際の水だった。ただ、方法が大きく異なっている。彼はなかなか奇抜な方法を採用したんだ」

「……」

当然、私はもう一人の名前も知っている。妹を奈落《ならく》に落とした女に、その誰かは死をもって贖《あがな》わせようとした。彼の憎悪は毒薬に姿を変えて、弥生の命を死の暗黒の中へと葬り去ろうとした。虚飾の恋と贋物の愛で着飾った女に、死という一番相応しい衣装を纏わせようとしたのである。

「彼は弥生と口喧嘩をする振りをして――もしかしたら、本気だったかもしれないけれど――煙草を吸いに行くと云って外へ出た。いや、正確を期すならば勝手口から出る振りをして別のことをした。そして、二人が洗い物をし終わったのを外から確認したあと、蛇口に細工を施した」

夫の唇は滞ることなく動き続ける。

「あの別荘の蛇口は上下左右に首が回る回転式だった。少し古いタイプの蛇口だね。その首を上にして少し水を出して止めると短い首の中に水が溜まった状態になる。その中に真佐人は毒を入れたんだよ。いや、これだと首を下にした瞬間に水と一緒に毒が流れてしまう危険があるね。だから、もしかしたらもっと確実な方法を採ったかもしれない。その水すら抜いてしまって、空になった蛇口の内部にメチル水銀を塗っておくんだ。そうすれば、必ず最初の一杯に毒を入れることができる。そう、その瞬間だけ、あの蛇口は小さな毒入りグラスになった。これなら圭のように時間をかけて貯水タンクに細工しなくても水に毒を入れることができるし、最初に水を飲んだものだけを殺すことができる。二番目に飲んだ人は、もう毒が流れてしまっているから、死なない。そういう一回限りの毒殺トリックだった」

「……」

私はふと喉の渇きを覚え、カップに手を伸ばした。いや、伸ばしたつもりだった。しかし、私の手は別の意志を持った生き物のようにカップの縁に触れる寸前で止まり、何もない空間を摑んでいた。私の気持ちが事件を想起させるカップから、そして事件そのものから逃げようとしていた。

「そう、カノンに擬《なぞら》えて云うなら、圭が第一ヴァイオリン奏者、龍太が第二ヴァイオリン奏者、そして真佐人が第三ヴァイオリン奏者だったんだよ。そして、この三人が奇妙な殺人変奏曲を奏でていた。しかも、それぞれが共犯関係になることなく、独立してね。きみも薄々と気づいていたんだろう？」

そう云うと、夫は表情を変えることなくカップを私の前に置いた。

私はそれに口をつけることなく、

「……ええ。刑事さんと睨み合いながら、ずっとその可能性について考えていたわ」

かさついた唇同様に声も乾いているのが自分でも判った。

「業を煮やした刑事さんに、一体きみは何カ所に毒を入れたんだね、と訊かれたことがあったから……」

「なるほど、龍太と圭、そして真佐人が残した僅かな物的証拠が見つかったんだね」

「ええ、龍太が自分の痕跡を消した小壜を外に投げたように、他の二人も直接自分には結びつかないようなものをあの別荘のどこかに処分したんでしょうね」

龍太も圭も真佐人も、証拠を残さなかったがために自分は捕まらなかったと思い込んでいるだろうが、実はそうではなかった。逆だったのである。確かに彼らの残した証拠は最小限のもので、それだけでは個人を特定できないほどのものだったかもしれない。けれども、どうして誰も捕まらなかったかといえば、刑事たちの頭を混乱させるのに十分な物的証拠があったからだ。それも、どれも個人を特定できないような曖昧な証拠が。

物的証拠だけではない。あの場所には弥生を殺す動機も溢れていた。警察も物的証拠がアテにならないと判断すれば、動機の面から犯人を探そうとするだろう。だが、あの場にいた全員が弥生に何らかの殺意を抱いていた。つまり、目を欺くだけの容疑者の数も揃っていたのだ。このことも混乱を助長させ、事件に十五年という時効の決着を与えた一因だろう。

毒の入手経路にしてもそうだ。もし、弥生の死因がメチル水銀でなかったなら、三人の使った毒が同じでなかったならば、警察は入手経路から犯人を特定できていたかもしれない。しかし、三人はこう考えてしまった。メチル水銀ならばゼミのときの会話から他の人間にも入手が可能であることが判っている。自分にだけ疑いがかかることを防ぐことができる。この毒を使えばもしかしたら捕まらずに済むかもしれない――。

龍太、圭、真佐人。彼らの弥生への殺意は氷柱《つらら》のように冷たく尖り、それらは他人を陥穽《かんせい》にかけようとする邪悪な思惑によって複雑に絡み合い、煩雑で醜悪な氷塊《ひょうかい》へと変貌を遂げた。警察もまさかそんな事態になっているとは想定していなかっただろう。彼らは弥生を殺した氷柱の一本を探そうとするあまり、全体を見ようとしなかった。あの晩にあったのはそんなちっぽけな殺意ではない。樹氷のように無数の悪意の氷が集まってできた、いや、それよりも巨大な、そう、今日のような吹雪の晩にも似た大いなる闇と冷ややかな憎悪だったのである。

「もしかしたら、警察の一部はこの事実に気づいていたかもしれないね。複数の人間が弥生を殺そうとしていたことに。けれども、警察はあの三人ではなく、きみを重要な容疑者として勾留した上に、逮捕するところまでは至らなかった。もし、複数の証拠物が発見されたと報道されれば報道関係者や世間もこの事実に気づいたかもしれないけれど、警察かららそれとなく事情を聞いた弥生の両親が情報を鎖してしまった。田坂家にしたら、娘が複数の人間に恨まれ、殺されようとしていたなんていうのは醜聞にしかならないからね。だから、幸か不幸か事件は迷宮入りとなってしまった」

固い表情を崩そうとせず、夫が昏い声で云った。風に吹かれて暗影を揺らす雪や、柱時計の音までもが沈鬱な響きで事件の終わりを刻んでいる。細かい粒になったせいか、窓を切る灰色の雪影はどこか沼地を漂う湿った霧のように陰気で、静寂を際立たせる時計の運びは暗い韻律を刻みながら私たちの足許を不気味に這っていた。一転して、ここが陰湿な墓場のように思え、弥生の亡霊が突如現れてもおかしくないような気がした。十五年にも及んだ陰惨な事件を裁くのは、警察でも法律でもなくこの陰気な雰囲気と死者の幻なのかもしれない。

薄暗く見える室内に突然憂《うれ》わしげな口笛の音が響いてきた。驚いて音のする方を見ると、夫が唇を尖らせて、どこかで聞いたことのあるメロディを奏でている。何度も何度も繰り返されている旋律に、私は心当たりがあった。パッヘルベルのカノンだ。

口笛を吹きながら、彼は目の焦点を私から少しずらし、目の色を薄めた。いや、それは私の思い込みだったかもしれない。夫の目にあった鋭さは確かに和らいでいるが、まるで世界のあらゆるものを見通しているかのような不思議な感覚は消えていない。私から目を逸らしたというよりも、むしろ先刻よりも深く私の心や、過去や、そして事件の総てを見ているような気がした。世界のあらゆるものを見ていて、その中に私が入っているのだという錯覚に囚われそうになった。

そして、事件の最後の扉の前に立ち、それに手をかけようとしている。

「パッヘルベルのカノンはヴァイオリンだけで成り立っているわけじゃない。今、僕が吹いていたのは地面を這うように低く流れるチェロバスの部分さ。ド・ソ・ラ・ミ・ファ・ド・ファ・ソを二十八回繰り返すんだ」

口笛を吹くのを止めて、夫が説明する。

そして、これが最後だというように声を改めてこう云った。

「カノンがこの事件の本質だとするならば、当然、チェロバスもいなければならない。そう、カノンを支える最も重要な役割を果たしているチェロバスが」

「……」

私には判っていた。一つだけまだ明らかになっていない点がある。一番重要なところがまだ闇色に鎖されたままだ。そう、圭と真佐人が弥生を殺そうとしたのが事実だとしても、二人には先刻夫が云ったミルクティーへの細工はできない。

「誰が弥生を殺したのか――即ち、このカノンを成り立たせていたチェロバスは誰か。この事件の最大の謎はここだった。龍太はその方法を謎にしていたけれど、それは彼の間違いだ。どうやって、ではなく、この事件の本質は、誰が、という点だったんだ。もちろん、龍太は嘘を吐いていない。彼がメチル水銀を持っていたのは事実だし、きみが説明した例のトリックを使ったのも真実だ。だから、龍太は自分が弥生を殺したのだとこの十五年間信じ込んできた。しかし、それは間違いだった。ボブ・ディランのポスターから着想を得たトリックは半分しか成功しなかった。龍太は確かに犯人だよ。でも、それは殺人未遂の犯人であって、殺人の犯人ではない」

「――それは圭と真佐人についても云えるのでしょう?」

口を鎖したままでいようと思っていたにもかかわらず、自然とそう声にしていた。

「うん。圭も真佐人も多分、龍太と同じように自分が弥生を殺したと思い込んでいただろうね。犯人は自分だって」

夫が徐に前髪に手櫛を入れ、何やら考え込むような恰好になってこう続ける。

「圭は貯水タンクの水が今も使われていると思ってそこに毒を入れたけれど、それはまったくの無意味だった。何故なら、以前はそうだったけど、あのときには既に普通の水道水を使っていたんだからね。このことは、圭以外のメンバーは俊江さんの話を聞いていたけれど、彼女だけはその頃一生懸命に外で貯水タンクに毒を仕掛けていたから、まったく知らなかった。警察もわざわざそんなことを圭に云うはずないし、彼女自身もそれを刑事たちに訊くわけにはいかなかった。自分が犯人だと告白しているようなものだからね。だから、彼女は自分が犯人だと思い込んでいるはずだ。それに、真佐人も例のトリックを使って蛇口に毒を入れたはいいが、弥生がメチル水銀入りの水を飲んでいないということを知らなかった。水俣病のイメージがあったんだろうね、真佐人は水溶性だと思い込んでいたけど、実はメチル水銀は脂には非常に溶けやすいが、水には溶けにくい。弥生が寝る間際のことを思い出してみてほしい。あのとき、彼女は白いゴミが浮いていると云って取り換えた。そのときに毒はすっかり流れてしまったんだ。つまり、圭も真佐人も弥生を殺していないんだ。二人ともそう思い込んでいたかもしれないけれど、それは違う。何故なら——

――」

夫が髪の毛を絡げあげて、ずっと隠れていた左目を晒した。右目よりもほんの僅かだけこちらの方が細く、縁を殺がれた三日月のような形をしている。色も右目よりも深い色をしていて、黒曜石《こくようせき》にも似た輝きと黒さがある。

いつもは細い黒髪に霞んでいる玲瓏《れいろう》な目が私をじっと捉えていた。普段の穏やかさは微塵もなく、今は標本針にも似た、私の自由を奪う鋭利な凶器にしか見えなかった。私は彼の思うがままの姿を取る一匹の蝶に過ぎない。

その目に促されるように、私はこう云った。

「ええ、だって私が弥生を殺した犯人なんだから。私がチェロバスよ」

午前零時四十分。

事件の幕が降りてから一時間近くが経っている。私は恐れていた警察と法律と時間からは逃げ延びることができたが、最も愛していて、最も知られたくなかった男の目からは逃れることができなかったのだ。

終章

「私が弥生を殺したのよ」

夫の視線を真正面から受け止め、私は呟くように云った。十五年間、体の裡に澱のように醜く沈んでいた言葉である。云わなければいけないと思いながらも、最後の最後で声にならなかった重い言葉だ。

「やっと告白してくれたね」

場に不釣り合いな笑みを作って夫が云う。まるで素人が舞台に上がって演技をしているような、不自然な微笑だった。

私は短く息を止め、

「やっぱり知っていたのね、私が弥生を殺した犯人だって」

と云った。

やはり夫はもうずっと前から、いや、ひょっとしたら十五年前から私が殺人犯だということを知っていたのだ——。

先刻から抱いていた疑惑が今はっきりとした形となって私を襲った。僕は別に、というぼんやりとした優しい言葉の裏には、鋭くて残酷な視線が隠されていて、私が夫に嘘を吐き続けていたように夫も演技を続けてきたのである。

「僕はきみのその言葉をずっと待っていたんだよ」

そう云ってもう一つ笑みを重ねた。

その笑みが私の中に燻っている罪悪感を刺激した。しかし、確かに夫を騙してきたことには罪悪感を抱いているが、弥生を殺したことを後悔したことはない。犯行を決意したときには総てが明るみに出たときの昏い想像が頭を掠めたが、冷たい手錠の感触も、礫《つぶて》のような世間の視線も、暗色に鎖されるであろう自分の未来も、恐ろしいと思ったことは一度もなかった。

それは弥生を殺したあとも同じだった。

刑事たちの拷問に近い尋問も、良心の呵責という名の死者の手招きも、冷ややかな世間の視線も私には無意味だった。友人や家族が離れていくのは苦痛だったし、職を失ったのは大きな痛手だったが、そのどれもが私を本当の意味で苦しめはしなかった。後ろめたさがない私にはそういった辛苦は何の意味も持たなかったのである。

私が唯一畏怖していたのが淳二だった。愛のために罪を犯したのに、私は愛する人を最も恐れていた。血で染まった手と醜い嘘で彼の気持ちに触れるのは、殺人よりも重い罪のような気がしたからだ。弥生を殺したあと、淳二に別れ話を持ちかけたのはそのせいだったのだが、彼は、僕は別に、という言葉でそれを躱してしまった。

総てを知り、それでも私を愛そうとしてくれたその言葉を素直に受け入れればよかったかもしれない。しかし、弥生の死の上に成り立つ幸福を享受するだけの強《した》かさが私にはなかった。そのとき、残酷な優しさがあるということを私は初めて知った。

「きみも僕が真相に気づいているって薄々は判っていたんじゃないのかい？」

笑みに歪んでいた唇を元に戻すと私にそう訊ねた。

それに答えず、私は逆に問い返した。

「……あなたはいつから気づいていたの？」

夫は少しの間も置かずに、

「事件のことを聞いた瞬間からだよ」

私は驚きで声が紡げなかった。

「といっても、最初は確固たる証拠はまったくなかったけれどね。唯一の証拠があったとすればきみの僕に対する愛情くらいなものかな。僕のことを心底心配して、愛してくれているきみならば、弥生を殺すくらいのことはしてしまったかもしれないって思っただけだよ」

鋭い目を私の顔にぶつけながらそう云った。

「次は僕の質問に答えてくれるかい？　きみの方も最初から気づいていたんじゃないか？」

瞳とは逆の優しい声でそう訊いてきた。図星であり、やはりこの人は何もかもを判っているんだと思ったが、

「……判らないわ。いつのころからか漠然とそう思い始めただけ」

と誤魔化した。

ただ、何となく、私を裁くならば警察でも法律でも神でもなく、最も愛している夫なのだという妙な確信があった。

「どちらにせよ、僕らはずっとお互いを騙し続けていたわけだね。まるで、喜劇みたいに」

「そうね。滑稽な芝居みたいね」

私も同意した。自然に儚い笑い声が唇から零れた。

人生は芝居のようなものだと弥生は云った。それぞれ何かの役を演じる芝居なのだと。

もしそうだとすれば、私は時効という終幕のあとにただ一人で佇んでいる、淋しい主役だ。

幾枚もの愛の衣装を纏い、その一枚一枚を男の前で脱いで見せるような派手な女優は死体

となって退場してしまったし、年上の愛する男のために殺人に手を染めようとした一途な女もここにはいない。それに、復讐のために毒薬を握った妹想いの男も、そしてずっと自分が殺人劇の主演だと思い込んできた男も舞台から降りてしまった。緞帳《どんちょう》はもう既に降りている。世間や警察や法律という、この殺人劇を見てきた観客ももう誰もいない。私はただ一人で本当の終演を待つ、哀れな主役だ。

思えば、私は最初から一人だったのかもしれない。ずっと表舞台に立つことなく、ひっそりと演じてきた黒子のような主演女優だったのだから。観客どころか共演者さえも私を主役だと思っていなかっただろう。私は十五年、いや、それ以上前から誰にも知られることなくこの殺人の舞台を演じてきた。あのとき流れていたカノンは惨劇の第二部の始まりを告げるベルだったが、私は龍太や圭や真佐人たちよりも早くにそれを聞き、弥生の死の舞台を整えてきた。水銀で殺そうと思ったのはその話が出たゼミのときだが、私はそれよりもずっと前に何らかの形で弥生を殺そうと思っていたのだから。

「きみが香りの強いアッサムを選んだのはセレンの独特の匂いを消すためだよね？　それは判るけど、どこから解毒剤を——セレンを使うことを思いついたんだい？　きみの親友に薬学部を卒業してどこかの研究所で働いている人がいたよね？　一度だけここにも来たことがある、髪をソバージュにした女性だった。その人から話を聞いたの？」

たった一人の観客となった夫がそう訊いた。私が総ての元凶だと知ったあとも、口調には何ら変わりはない。

　私は静かに頷き、

「メチル水銀はマグロとかの魚介類に多く含まれているらしいわ。でも、同時にセレンも含まれていて、これがメチル水銀の毒性を軽減させているっていう研究が発表されたの。そこで初めてメチル水銀とセレンが拮抗《きっこう》関係にあるということがようやく周知の事実になった。彼女もそれで知って私に小話程度に聞かせてくれたの」

「なるほどね。それでこの方法を考えついたというわけか。それにしても、きみは、いや、きみたちは運がよかったね。弥生以外は誰も体に変調を来たすことがなかったんだから」

　私は小さく首を振り、

「専門家でも解明できていないのに、素人の私がそんなに巧く毒物を扱えるはずがない。誰にも云ってこなかったけれど、メチル水銀の毒性はちゃんと現れたわ。まるで弥生を殺した罰みたいに、酷い口内炎とか腹痛とか頭痛があって……。でも、誰にも云えなかった。被害者の振りをしようと思ったけれど、そうするとどこにメチル水銀が入っていたか知れてしまう可能性があった。だから、ずっと黙っていたの」

　自然と当時を懐かしむような口調になった。

「それは知らなかったな。いや、そうか。よく考えてみればそれは当たり前のことなんだな……」

ふと思案顔になって夫が独り言のように呟く。

「もしかしたら、セレンの量が足りなかったのかもしれないね。きみは砂糖の中にセレンを入れて、クリープの中のメチル水銀と拮抗させて、自分と圭のミルクティーを無毒化させようとした。確かにそれ自体は成功した。けれど、予想外のことが起きて、結果的にきみの体に水銀中毒の症状が出たんだ」

専門家ではない私にはメチル水銀とセレンをどのような比率で加えればいいか判らなかった。親友に訊けば詳細を答えてくれたかもしれないが、まさか人殺しの相談をするわけにはいかない。自分なりに調べたところ、水銀とセレンの体内保有比率が一対一のときに有効な無毒作用が発生するという報告を見つけたのでそれに従うことにしたのだが、やはり完璧に無毒化させることはできなかったらしい。だが、他に方法が見つからなかった私はこのトリックに賭けるしかなかったのだ。

夫の云う通り、ほぼ計画通りに犯行は成功したのだが、予想外のことが起きた。それが龍太の行動だ。

「龍太がスープにもメチル水銀を入れてしまった。そのせいで、スープを飲んだきみと圭、そして真佐人の体にはセレンが無毒化できる量以上のメチル水銀が蓄積されてしまったというわけだよ」

十五年前のあの日、毒は合計五ヵ所に仕掛けられていた。貯水タンク、蛇口、スープ、ブランデー、そして私が仕掛けたクリープだ。それに加え、私は砂糖にその毒を無毒化する解毒剤を混ぜた。

この事件で奏でられていたのはパッヘルベルのカノンだけではない。事件そのものは確かに複数の殺意が織り重なることでカノンを模《かたど》っていたが、弥生の死で幕を下ろすことになる殺人劇の第一幕では、様々な思惑と六つもの薬物が乱れた輪舞曲《ロンド》を奏でていたのである。

「貯水タンクと蛇口は水泡に帰したのだから関係ないとしても、スープとブランデーとクリープ、そして砂糖はきみたち全員が口にする機会があった。このうち、きみはクリープと砂糖の両方を摂ったときに無毒化するように分量を調節しておいただろうけど、他の人はそんなことを知る由もない。だから、それぞれが無意識のうちにメチル水銀とセレンの両方を摂取していた。龍太と真佐人はニコラシカに救われたね。致死量の半分とはいえ、龍太は毒入りのブランデーを飲んでいた。けれど、ニコラシカで砂糖を口にしたため、拮抗して何も起こらなかった。普段は飲まないスープを気紛れで飲んでしまった真佐人に至ってはきみが意図せず命を救ったようなもんだね。致死量の半分の毒を二回口にしたから、本来ならば弥生同様に命を落とす可能性が高かった。もし、砂糖たっぷりのニコラシカを飲んでいなかったら彼は弥生と同じように死んでいたかもしれない」

龍太と真佐人がニコラシカという奇妙なカクテルを飲み始めたときには肝が冷えた。セレンも立派な毒物だからだ。けれども、二人は苦しむ様子もなく、そのことが私の胸にずっと引っ掛かっていたのだが、警察に尋問を受けている最中、龍太も犯人なのではないかという仮説を思いついたときに総てに合点がいった。私の予想を越えて、神が悪戯でもしたかのように、メチル水銀とセレンの量の調節が取れて二人とも命を落とさずに済んだのである。

「きみの体にそういう害が出たとするならば、同じように――メチル水銀とセレンの両方を――口にした圭や真佐人の体にも何らかの影響が出ていたかもしれない。特に真佐人はニコラシカを一杯飲んでいる上に、スープも飲んでいたからね。何らかの異常が出ていたかもしれない。でも、あの二人も自分が弥生を殺したと信じ込んでいた。たとえ何か変調があったとしても、自分の犯行が発覚することを恐れて誰にも云わなかっただろうね」

「そうね。今となっては確認できないけれど」

表向きは単純な毒殺事件だったかもしれないが、舞台の裏側ではこんがらがった毛玉のような複雑な状況が起きていたのである。

「そういえば、きみはどこから薬物を手に入れたんだい？　例の親友から譲り受けたわけじゃないよね？」

「まさか。そんなこと頼むわけにはいかなかったわ。実家に水銀と一緒にあったのよ」

水銀とセレン。この二つを入手する幸運があったからこそ、私はあの事件を起こすことを決意したのだ。もしも、この二つが揃っていなかったら、私は龍太たちのように別の計画を立てていただろう。

「それにしても、シュガーポットを割ったのは巧かったね。きみは他の三人と違って重大な証拠を砂糖の中に残してしまっていた。だから、あのときみはわざと弥生に突っかかって口論を演じて見せ、シュガーポットを割って中身を処分したんだ。解毒剤のセレンを抹消するためにね」

「ええ。そうしないと警察が調べたときにすぐに判ってしまうから。もし、あれが失敗したら、夜にでもこっそりと処分するつもりだったんだけど……」

私は語尾を濁した。

「でも、そんな危険な真似をせずとも証拠品を処理することができた。そして、きみの目論見通り、いいや、きみだけじゃなくあの場にいた全員の希望通りに弥生は死に、事件を暗示するかのようにカノンが流れて殺人の第一幕は大成功を収めた」

荘厳な音の渦が第二幕の始まりを報せ、弥生が冷たい死体になると、私は長く孤独な殺人者になった。そして、あのカノンが事件を暗喩しているなんて知らなかった私は、それを自分を祝福する凱歌《がいか》のように聞いていたのだった。

このときから、私だけがこの芝居の本当の主演となった。誰もが犯人だけれども誰も弥生を殺していない奇妙な喜劇の中で、私だけが本物の罪人として主役を演じることになったのだ。龍太のように良心の呵責を背負った人もいたかもしれないが、それを背負うべき人間は私だけだった。誰しもが他人を犯人に仕立て上げようとし、自分の廉潔さを主張したが、その必要はなかった。その必然性を持っていたのは私だけだったのだから。

「そして、真佐人の言葉をきっかけにして第二幕、犯人探しが始まった。彼が犯人探しをしようと切り出したのは、自分のトリックを成立させて自分の安全を確保するためだった。つまり、水には毒が入っていなかったことを示唆しておいて、自分を容疑者圏外に置こうとしたのさ。自分で水を飲もうとしてきみから止められただろ？　あの場面を作って早々に自分の無実を証明したかったのさ」

「そうね。そうだったわ……あのときは判らなかった。どうして真佐人が頑なに水を飲もうとしていたのか。今ならそれも判るわ」

真佐人は自分の仕掛けた毒が一回限りのものだと知っていたから、己の潔白を証明しようと躍起になって水を飲もうとした。けれども、あの場所に人を殺せるものは何も存在しておらず、弥生が水を飲もうとした時点で既に彼女の死は確定していたのである。龍太と同様、真佐人もまた自分が主役だと思い込んできた滑稽な道化だったのだ。

いや、道化という言葉が最も似合うのは私だろう。カノンは私の犯行の成功を祝福するように流れ、私はそれを確固たる勝利の証のように錯覚してしまった。弥生の死は確かに勝利だったかもしれない。結局、第二幕も私は大役を演じ切り、この殺人劇を成功へと導いたのだから。

けれども、両手を血で穢してまで手に入れたかった夫の気持ちを摑めたかどうかは判らない。一つの殺人が十五年という空虚な時の流れだと悟り、恐ろしい罪業を虚構の無辜《むこ》へと掏《す》り替えた今となっても、いや、そうなった今だからこそ、答えはますます遠ざかってしまった。時効は罪を逃れるための免罪符となったが、それは夫の愛情を信じることができずに逃げ続けた卑怯者の証のように思えてくる。時間からも警察からも、そして夫からも逃げようとしてきた私にはそれを訊く権利がないような気がしてならないのだ。

私は夫の瞳から逃れるように、頭を下げるように俯いた。決して消せない罪をひた隠しにし、仮初の結婚生活を続けてきたことを詫びようとしたのだが、ごめんなさいと云う言葉の代わりに、私の口は心を落ち着かせるかのように溜息を吐き、その細い息とともに、

「――怒っている？」

そんな言葉が自然に流れ出ていた。

夫は即座に頷いた。

「――そうよね。だって、私はずっとあなたを騙してきたんだもの。人を殺した上に十五年もそれを隠して妻を演じてきたなんて怒るのは当然よね。弥生を殺した時点であなたに罪を告白して何もかもを棄てて牢獄に入ればよかったんだわ」

今まで抑えていた感情が一気に声に絡まり、涙声になった。十五年前には欠片もなかっ

た後悔の念が今になって大きな津波となり私の胸に押し寄せてくる。そこには、ただ一人の観客のための殺人劇だったにもかかわらず、その客を満足させられなかった悲しさと虚無感があった。

だが、そんな私の様子を見た夫は今度は首を横に振り、

「怒っているよ。でも、僕を騙していたことに対してじゃない。僕を信用して罪を告白してくれなかったことだよ。人を殺したから嫌われると思ったの？」

柔らかな云い方だった。瞳にも柔らかさがあり、そのせいか、責められているような気にならなかった。

「もし、そう思っていたんならそれは間違いだよ。先刻、龍太にも云ったよね？　幽霊だろうが、殺人犯だろうが関係ない。僕は別に気にしないって。あれは本当はきみに云った言葉だったんだよ。きみが殺人犯だろうが、何だろうが関係ないさ。人の気持ちってのはそういうので変わるもんじゃないだろう？　人を殺したから、別れるだとか——人を殺さなかったから、添い続けるだとか——そんな莫迦な話ってあるかい？　少なくとも、僕はそういう理由できみと一緒にいるわけじゃない。確かに普通ならば人殺しと連れ添うなんて考えはそのルールから外れた行為かもしれないね。百人いたら九十九人が別れるだろう。でも、僕は残りの一人でありたい。九十九パーセントの外に存在する一パーセントでありたいんだよ。その気持ちはきみが罪を告白したあとでも変わらない」

云うと、気恥ずかしそうに笑みを泛べ、自分の放った言葉を隠すように顔を伏せた。

だが、何かに思い当たったようにすぐに顔を上げると、

「もし、事件後すぐに罪を告白してくれたら、僕だったらきみが罪を償うのを待つことができた。罪悪感っていう亡霊に憑かれていたなら、それを払うことだってできた」

「でも、もう手遅れよね。時効が成立して、私はそんなあなたの気持ちを信じることができずに法律の外側に逃げてしまったんだから」

「いや、全然手遅れじゃないさ。もし、きみが時効前に僕に罪を告げて自らの手で事件を終わらせたいんなら、時計の針を戻してそれを叶えてあげるよ。今度こそ僕のことを信じてくれるならね」

「……」

戸惑いの沈黙を返すと、夫は意味ありげに微笑みを広げ、席を立って柱時計に向かった。時計の針は夜を暗く染みつかせ、鈍い色で深夜の時刻を報せている。針は何かに遠慮するように、午前一時寸前で止まっていた。

夫はゆっくりとガラス盤を外すと、指先を針に近づけその歩みを制めた。そして、十二時二分前まで強引に針を巻き戻すと、さらに文字盤を外して細い指を工具のように動かして、内部の細かいネジを取り外した。振り子が左右に揺れるのを止め、針が完全に静止する。夫はそれを見届けると、手の中に残った細かい部品を手荒な手つきでゴミ箱に棄てた。

弥生の死と私の罪を封印してきた事件の墓標とも云うべきこの柱時計は、もう二度と動くことはないだろう。

子供っぽい悪戯に、

「ありがとう。でも、もういいの。全部、先刻カノンが流れたときに終わっちゃったんだから」

私は微かに笑い声を立てた。夫の心遣いはありがたかったが、それは茫洋《ぼうよう》と広がった心の虚しさを埋めはしなかった。小さな針が刺さったように、罪の意識が胸の奥に鈍い痛みを残している。

私の計画は何一つミスなく進んだが、この罪悪感だけは予想できなかった。それは私の唯一のミスであり、同時に最も犯してはいけない過ちだった。

思えば私はいつも大事なところで間違いを犯してきたような気がする。あの殺人も、今になってみればいくつもの間違いの上に成り立った偶然だった。私がセンター試験の数学のときに間違えて解答欄を一つずらさなければあの大学に入ることはなかっただろうし、判例集を忘れて隣の席の弥生に見せてもらわなければ彼女と私の人生の線は重なることはなかっただろう。そして、初めて恋人ができたからといって浮かれて弥生に紹介したのが最も大きな誤りだった。そうしなければ、弥生は夫の会社の件で私を強請ることまではしなかったはずだ。弥生は夫のことを愛していたわけではないし、自分の家の会社の未来を考えて取引を有利に進めるつもりもなかっただろう。私から幸せを奪い去ることが彼女の唯一の願いだったのだから。

けれども、間違いと偶然が私と夫を結びつけたのも事実だ。

大学二年の夏のことである。茹だるような暑さの日で、陽炎がキャンパスを白く揺らめかせていた。私の頭もその熱にやられていたのだろう、間違えて法学部の隣の経済学部の教室に入ってしまったのだった。けれども、間違いと気づいたのは授業が始まって随分経ったあとのことだった。何故なら私のすぐあとに入ってきて隣に座った男も場違いな家族法の教科書を堂々と広げていたからである。

それが早間淳二だった。陽は夏らしい真っ青な空の中心から金色の矢を降らしていて、教室の小窓からもそれは冷房を切り取るように射し込んできている。その光の矢の中に彼が悠然《ゆうぜん》とした態度で座っていた。部外者のくせに、そこだけスポットライトが当たっているかのようで、彼が教室の主役のように見えた。

実際、彼は教室の中で最も優秀な学生のようだった。教室から出る素振りも見せずに、畑違いのはずの経済の授業を熱心に聞き、時折ノートにペンを走らせては教授の云うことに頷きを返している。教室はガラガラで老教授がどの生徒に対して話をしているのか判るくらいなのに、出席している数少ない生徒もうたた寝をしたり、小説を読んでいる。そんな学生よりも彼の方がよほど真面目な経済学部の学生だった。

一瞬、もしかしたら本当に経済学部なのではないかと疑ったが、彼の机には見せつけるように家族法の教科書がのっている。法学部以外の人間が家族法の教科書を買うはずはない。それに、言葉を交わしたことはないが、何度か法学部の講義室で彼の顔を見たことがある。私とは違って熱心な生徒で、必ず前の席で授業を受けているので記憶に残っているのだ。

席が後ろであることを除けば、彼にいつもと違う様子は見られない。いつになったら教室を間違えていることに気づくのだろうか、と興味深く思った私は教室から退出することなく、一時間半もの間、彼の様子を観察することに費やした。

しかし、彼が席を立つことはなかった。何事もなかったかのように、一時間半が過ぎ、授業の終わりを報せるベルが鳴った。

拍子抜けして教室から出ようとすると、彼は突然私の方を振り向いて、「ちょっと訊きたいんだけど、もしかして、この授業、家族法じゃなかった？」と恍けたことを訊いた。先刻までの聡明さは消え、同じなのは髪の僅かな隙間から覗く真面目そうな目だけだった。今の今まで彼は自分の誤りに気づいていなかったらしい。

それが私と夫の始まりだった。それがつい先刻、終わったのである。小さな間違いと偶然から始まった恋愛は、数々の偶然で彩られた殺人を経て、最後に大きな誤りによって幕を閉じた。十五年前、夫の気持ちを信じ切れなかった私は罪を吐露できなかった。それが私の最大の間違いであり、もしかしたら弥生が死んだときに流れたカノンは殺人劇だけでなく些細なミスから始まった可笑しな恋愛の終わりをも報せる前奏曲だったのかもしれない。

時計の針は愚直に同じ場所に留まっている。

柱時計の針が巻き戻ってもそれは見かけだけのことで、実際には事件については虚しい結末がついていたし、そして私と夫の関係ももう戻れないところまで来ていた。総てが終わり、何もかもが失われたのだ。

「そんなことないさ」

思いに耽っている私の意識を夫の声が断ち切った。

「今、この世を動かしている時計に縛られた時間なんてものはここ数百年に作られた嘘っぱちの時の流れなんだよ。左から右に流れていく直線の時間の流れも、時計によって定義される時間も、それはあくまでも仮の姿であって本当の姿じゃない。だから、別にそれを捻じ曲げるのは簡単なことなのさ」

えっ、と声に出してしまった私に夫は頬を綻ばせ、胸ポケットからテレビのリモコンを取り出すとカウンターのテレビをつけた。

店を開くときに買った十年もののテレビが映し出す画面は霞んでいるように見える。その、まるで寝ぼけているような画面から時報が流れ、気だるげなアナウンサーの顔が映し出された。

――日付が変わって十二月二十日。今入っているニュースをお報せします……。

目の前の現実がガラガラと音を立てて崩れていくような気がした。それまで経験していた時間がすっかり瓦解し、自分がどこにいるか判らなかった。

喫驚《きっきょう》して夫を見ると、

「ね、間に合ったでしょ？　先刻きみが僕に総てを話してくれたときは時効前だったんだよ」

莞爾《にっこり》と笑い、三十過ぎとは思えない少年のような無邪気な微笑を泛べた。

「きみと龍太が話をしているときに、時計にちょっとした細工をして時間が早く進むようにしておいたんだ」

思い返してみると、龍太が話をしているとき、夫は時計のガラス盤を拭いていた。あのとき密かに中の機械を弄ったのだろう。時効前に私の口から罪を告白させるために。たったそれだけのためにこんな真似をしたのだ。

時効は私にとって一つの区切りだった。私は龍太同様、手錠をかけられることは弥生に負けることと同義だと思っていたから、何とか時効という勝利を摑もうとしていた。けれども、それは夫への裏切りを意味していた。殺人犯であることを隠しつつ、結婚という幸せを手にするのは卑怯者のすることだろう。それは判っていた。だが、どうしても時効が訪れる前に云い出すことはできなかった。冷たい牢獄に入り、弥生への敗北感を背負ったまま生きていくか、それとも、幸せを噛み締めながらも、夫への罪悪感を抱いて暮らしていくか、その二つしか選択肢はないように思え、私は後者を選んだのだった。

だが、夫は第三の選択肢を用意してくれた。もちろん、時効前に罪を明かしたからといって完全に夫への罪悪感が消えたわけではない。けれども、法律や警察、そして龍太たち昔の仲間をも欺いた私にとって、事件が完全に終わる前に一番大切な人に罪を告白できたという事実は大きかった。それが夫によって歪められた時間の中でのことだとしても。

「……時計が遅れるのはよくあるけど、早くすることなんてできるの？」

心の動揺を隠すように私はそう訊いた。

「これを振り子にこっそりとつけておいたんだよ」

云って右手を開いた。小さな錘《おもり》が銀の煌きを散らしている。

「これは振り子で秒を刻む古い時計だからね。振り子の錘の位置をずらして左右に振れる振り子の動きを速めてやればいい。そうすれば、普通よりも早く時が進むようになるんだよ」

錘をポケットに仕舞い込むと、テレビを消しながら事もなげに云った。

静まり返った夜に染みついて、先刻の時報と淡々としたキャスターの声が残っている。

それとは逆に、先刻までの罪悪感や、カノンが鳴り響いた瞬間に覚えた寂寥感が意識の彼方へとゆっくりと溶けだしていくのが判った。

私は時効という免罪符を手にする代わりに、その代償として夫の愛情を失うかもしれないと思っていた。それは対価として最も相応しいもののように思えた。けれども、私はそのどちらも手に入れることができた。夫は絶望の沼に沈んでいた私を引き摺りあげてくれたのだ。

だが、私の口からは感謝の言葉も歓喜の声も出てこなかった。言葉が昂った感情を整え切れず、声にすることができない。低い嗚咽が罪の残滓のように唇の端から零れ落ち、私はただ涙で暈けた視界の中で懸命に夫の姿を探すことしかできなかった。今度は姿だけでなく心も見られるようにと、しっかりと視線を注いだ。

しかし、夫は私ではなく、逆の方向に体を向け、壊れてしまった時計と入り口に飾ってある水仙を鋭眼《えいがん》で睨みつけているようである。両手で髪を掻きあげているところを見ると、あの深い湖底のような黒い瞳が時計と花を捉えているのだろう。だが、私には何故彼がそんな目で二つのものを睥睨《へいげい》しているのか判らなかった。

数秒そうしていると、夫は突然振り返って、視線を私に流した。

「それじゃあ、この事件の本当の始末をしようか」

「え」

私は自分の耳を疑った。

「本当のってどういう……？」

私が云い終わる前に、夫の手が狂ったように暴れて柱時計を壁から引き剝がした。心許無いネジで固定されているから外すのは容易だが、それなりの大きさと重さを持った柱時計はそう簡単には動かない。けれども、彼はまるで癇癪を起こした幼児のように執拗に柱時計に力を注ぐ。光沢のある茶色の柱時計は徐々に壁から外れ始め、やがてゴォンという轟音で夜を破って床に落ちた。

耳を劈《つんざ》くような音に私は思わず耳を塞ぎ、目を伏せた。古くなり、細かい傷が目立つようになった板張りの床に、粉々になったガラスがいくつかの光に散って煌いている。

「ちょっと何をして――」

何とか絞り出した声でそう云ったときには、夫は今度は切り鋏を手にしていた。そして、余響が収まるのを待たずに、玄関の小テーブルの花瓶に活けられた水仙の数輪を摑み取った。

凋んでしまった水仙は自分の色を忘れてしまったかのように、色褪せてしまっている。その上、夫の迫力に気圧されるように花弁を小さく縮こまらせているように見えた。

「総ての罪を清算するんだよ」

声に応えるように、鉄の刃が玄関の暗がりを一筋の光で切った。

「あの事件ときみの十五年はこれで終わる――」

消えていった言葉尻とは裏腹の鋭い手つきで、刃を花の茎にあてると、何の躊躇もなく右手に一気に力を込めた。鋏が獰猛な輝きを見せ、悲鳴に似た甲高い音と同時に茎が切り落とされた。

可憐な花に刃を入れるのは一種の残酷な処刑だった。鋏の音が響くたびに、水仙の花は声にならない悲鳴のように白く揺れた。

だが、夫は微塵も躊躇う様子を見せずに、二、三センチの間隔を空けて水仙を切り刻んでいく。茎の残骸が緑色の管のようにばらばらと床に零れ落ち、薄闇を吸って深緑の絨毯を編んでいく。次々と積み重なっていく緑の骸を、夫は感情のない静かな横顔で見守っている。

冷徹な刃が花まで辿りつくと、今度は手で六枚の花弁を一枚一枚剥ぎ取り、何の感情も籠っていない冷たい手でそれを棄てた。萎れた花片は僅かに白い煌きを残して、暗がりの中へと沈んでいく。

なおも夫は他の水仙を手に取った。先刻よりも烈しくなった鋏の音とともに、夫の手の中から水仙の小さな命が零れ落ちていく。

総ての水仙の命を断つと、夫は深い溜息を吐きながら、粉々になった柱時計の残骸と散らばった花々を見下ろした。瞳は前髪の後ろに隠れたままだが、それでもその奥に烈しい感情が灯っているのが判った。漆黒に塗り込められている右目さえも、滾《たぎ》った怒りが炎となって燃えているかのように赤黒く光って見える。

「――物事を知るっていうことは、新たな喜びの発見なのかな。それとも会いたくもない悲しみとの出会いなのかな。どっちだと思う？」

縫いつけるかのような視線を床に落としたまま、夫がそう訊いてきた。

何のことかまったく判らず、私は小首を傾げることでそれに答える。

「――もし、本当は弥生を殺していない、ということを早いうちに龍太が自覚したとしたら、あそこまで衰弱することはなかったのかな？　それとも、彼の運命は予め決まっていたのかな？」

「……」

私は胸の奥が少し痛んだ。私が事件後すぐに警察に何もかもを話していたら、龍太は人並みの幸せを摑めたはずだ。ありもしない殺人の十字架を背負って生きなくてもよかったはずだ。もしかしたら、病気にも罹らずに済んだかもしれない。

表情の曇った私を気遣ったのか、

「いや、きみのことを責めているわけじゃないんだよ。僕が云いたいのは彼は真実を知り、新しい喜びを発見する権利を持っていたな、ということ。そして、きみも龍太と同じように真実を知る権利を持っているっていうこと。会いたくない悲しみと邂逅《かいこう》することになるかもしれないけれど……」

「……どういうことなの？」

「真実を知るか否か。龍太の運命はそれによって変わってしまった。実はきみの十五年も似たようなものなんだよ」

　今度は本当に夫が何を云っているのか見当がつかなかった。龍太と私が同じとはどういうことだろう。

「本当のことを知るかどうか——それは人の運命を変えてしまう力を持っている。でも、もう一つ、運命を変える方法がある。それは偶然を起こすことだ。いや、それは正確じゃないな。見せかけの偶然を起こすって云った方が正しいかもしれないね。人はそれを奇跡って呼んでいるけれど、世界のシステムを知りつくして、そこに少しだけ力を加えてやれば、陳腐な奇跡なんかいくらでも起こせるんだ。僕が時間を巻き戻して見せたのと同じだよ」

　少しだけ笑ったようだったが、顔と目は笑い切れていない。頬のあたりは歪んだままで、瞳の奥の炎はさらに色を深めている。

「世界に外から力を与えるんだ。そうすれば世界は奇跡という名の必然を起こす。今回の事件もそうだった」

「今回の事件も？　奇跡って、もしかして、あの場にいた全員が弥生を殺そうとしていたことを云っているの？」

夫はそれには答えず、

「どうして龍太は弥生を殺した——いや、殺そうとしたんだろう？」

「それは恨みがあったからでしょう？　気持ちを弄ばれたし、あの指輪の事件もあったし」

「なら、どうしてきみは弥生を殺したんだい？」

「あなたを助けたくて……」

少し恥ずかしかったが、正直に私は答えを返した。

だが、夫はそれは大事なことじゃないとでも云いたそうに首を振って、

「動機としてはそうだろうね。でも、そう思ったからといって実行できるわけではない。人はいつだって誰かを殺したいと思っているし、常に誰かの殺意に満ちた視線を浴びている。でも、殺人事件なんて滅多に起きないよね？」

鬼気迫るような声に、黙したまま数回頷く。唇と頬の片隅に怒気と嫌悪感が貼りついていて、私が今までに見たことがない奇怪な顔をしている。

「何故なら、事件の発覚を恐れたり、それによって生じる社会的不都合を想像してしまって、普通の人は殺人を行えないから。それに、それ相応の覚悟があったとしても機会に恵まれなくて殺人事件が起きない場合もあるよね。実際、龍太も何度か踏み止まっていた。つまり、余程の偶然が重ならない限り、事件は起きないんだ。そういう風にして僕たちの

日常は守られているんだよ。それが僕たちが生きている世界のシステム。けれども、先刻云ったように偶然を支配し、奇跡を起こしてやれば人を動かして殺人を行うことができる」

少しだけ足を動かし、位置を変えた。散らばったガラスが高い音を立てる。事件を飾る音楽がカノンだとすれば、効果音はこの透き通ったガラスの悲鳴と、水仙の音のない慟哭だ。そこに口笛のような風音が薄っすらと混ざっている。

「この事件にはいくつもの偶然が重なっていたね。事件前、山荘に弥生と彼女に恨みを持つものだけが集まった、という偶然。四人が四人とも自分が弥生を殺したと信じ込んでいた、という偶然。四人が四人とも自分が弥生を殺したと信じ込んでいた、という偶然。殺意を実行に移そうとした人間が四人もいた、という偶然。そして、事件を象徴するカノンが流れたという偶然。巧く偶然が重なって事件は時効という結末に着地した」

また一歩、夫は私の方に歩み寄った。ガラスが音を鳴らす。

「きみは――きみたちは気づかなかっただろうけど、事件を暗示するもう一つの偶然があったんだよ」

「――何？」

「階段の終わりに飾ってあったっていうマサッチョの絵画だよ。あの絵は一つの絵の中に複数の場面を描いたものだったよね？　あれは弥生に殺意を持った複数の人間が一堂に会することを暗示していたと考えるのは穿ち過ぎかな？」

「……」

真佐人に絵の説明をされたはずだが、そんなことはまったく考えなかった。云われてみればそういう解釈ができるかもしれない。

「もしそうじゃないとしても、作者のマサッチョは毒殺されたっていう説があるんだよ。すごい偶然だね」

偶然の部分だけ語気を強めて云った。

「これらの偶然はそれぞれ単体で見ると確かにただの偶然に過ぎないかもしれない。でも、この世に偶然なんてものは存在しない。意味がないっていう言葉をよく使う。確かに世界は意味のあるものとないものの二つに大別できる。でも、そう考えた瞬間、意味のないものも意味がないが故に意味を持ってくる。だって、意味がないものが隙間を埋めなければ世界は成立しないんだからね。それと同じように、偶然は偶然であるが故に世界全体で見たとき、世界を構成する必然のピースになる。意味のないものがないように、偶然もこの世に存在しない」

「何を云っているか判らないわ」

「――偶然を装った必然を操ってこの事件を構築した人間がいるんだ。この事件のシステム上、その人間がいたと考えなければ今回のことは成立しない。カノンが三つのヴァイオリンだけじゃ成り立たなかったように、きみというチェロバスがそこに加わったとしても、この曲を奏でることはできないんだ。ちゃんとした指揮者《コンダクター》がいないとね」

「指揮者……」

「そう指揮者。タクトを振ってきみたちを指揮していた人間がいたんだよ」

「……話が飛躍しすぎてるわ。そんなの偶然よ」

「そうだね。そもそも、この事件はいくつもの偶然が重なり合って起こったんだから、総ては不幸な偶然だった、という言葉で片づけることもできる。でも、何度も云うようだけど、偶然なんてものは存在しない」

暗がりの中で彼の目が黒く光った。闇の中で瞳が光るのは奇妙な話だが、薄闇を絡め取って深まった夫の黒い瞳が本当に不気味に輝いて見えたのだ。どこまでもどこまでも落ちていきそうな底の見えない黒さだ。

「今度は別の角度からもう一度問おう。あの別荘への旅行の日取りを決めたのは誰だったっけ？」

「……」

「ゼミの人数は十人もいるのに、あそこへきたのは五人だけだった。しかも、弥生と彼女に恨みを抱く人間だけに絞られている。もし、誰かの殺意が他の人間に漏れたとしてもこれならば心配はない。殺人を邪魔されることはないからね。打ってつけの人たちが偶然にも揃ったってわけだよ」

「でも、それは水道管が破裂してしまったから、仕方なくあの日程になっただけで……」

夫は私の言葉を遮り、

「水道管を破裂させたのが暖かい地方の出身者だったならば判る。水抜きなんてしないだろうからね。しかし、彼は新潟出身だった。新潟だったら、冬場に水抜きをすることくらいは常識だよ。つまり、彼はわざと水道管を破裂させて日程をずらしたんだ」

次第にひんやりとしたものが背筋を伝っていく。

「……」

「きみたち四人が水銀を使うきっかけになった話をしたのは誰だった？　多分、あれがなければきみたちはメチル水銀で弥生を殺そうとは思わなかったはずだ」

「……」

「あの別荘のある場所もよく考えてみるとおかしい。どうしてあんな雪深い場所にあるんだろう？　スキーが趣味でもない人間があんなところに別荘を建てるなんて不思議だね。しかも、折角建てたというのに、内装は人任せだし、最新式のキッチンも何故か蛇口だけ旧型だ。さらに、偶然にも流しは奥に作ってあって、リビングから見えないようになっている。偶然にもまるで食べ物に毒を入れろと云わんばかりの構造になっているね」

「……」

「そしてこの時計」

足蹴《あしげ》にするように靴先で時計の残骸に触れた。ガラスが小さな生き物の息遣いのようにカチリと音を立てた。

「弥生が云っていたね、この時計はディスク・オルゴールで曲を変えられるって。それなのにわざわざカノンが流れるなんて面白い偶然だね。それに、あそこに飾ってあった水仙の絵。水仙は実は毒を持っているんだよ。アルカロイドの一種のリコリンっていう物質を持っていて、催吐《さいと》作用がある。摂取しすぎると死ぬこともあるらしいよ。といっても微弱なもので致死量は十グラムらしいけどね」

夫は弱々しく笑った。

「それとさりげなく飾ってあった、古本」

「『カンタベリー物語』?」

「うん。『カンタベリー物語』の中には毒を買い求める殺人者の話があるんだよ」

そのことを知らなかった私は返事ができなかった。夫が次々にパズルのピースをはめていくのを私は無言のまま見守るしかない。

「これだけの偶然を偶然と云って片付けられるかい? やっぱり偶然なんてものはないんだよ」

彼が行ったのは実に単純な作業だった。

完成させたばかりの魅惑的な小さな箱を用意し、そこに猛獣たちを入れて、弥生という獲物を放り込んだのだ。

弥生を別荘に来させた方法も巧妙だった。よく考えてみると、あれだけ身勝手な弥生が、あの荒天の中、わざわざ別荘に来たこと自体おかしい。弥生の性格からすれば、キャンセルする可能性が大きかったはずだ。けれども、彼はどうしてもあの晩、弥生を別荘に招く必要があった。獲物は檻にきっちり入れておかなければならない。そうしなければ、いくら殺意を持った獣たちといえど、殺人は行えない。

先生からみんなのことを頼まれてるのよ、と云ったときの弥生の自慢げな顔を私は思い出した。弥生はまんまとその言葉に操られて、猛獣たちの待つ別荘に足を運んでしまった。弥生の性格を熟知したよくできた操り方だ。

あとはただ獣たちが弥生を殺すのを遠く離れた安全な場所から見ていればいい。カノンや絵といった小道具を遊び程度に配い、私たちのいる世界の外からそれを傍観していればいいだけだ。四人もいれば誰か一人は弥生という獲物を殺してくれるかもしれない。そんな淡い期待を描いて、子供が思い描くような危険な遊びを行った。元々、あの人は浮世離れしたところがあったから、そういう物語を設定したのだろう。

そして、私たちは指揮者の思い描いた通りのカノンを奏で、全員が犯人という喜劇とも悲劇ともつかない滑稽な芝居を演じた。

「邪魔だったんだろうね、弥生が。多分、指揮者と彼女は深い関係にあった。弥生自身、そう取れる発言をしているからね。でも、彼には奥さんがいる。それに、何より不倫相手が悪すぎた。きっと無茶な要求とかをしてきたんじゃないかな」

「でも、それなら何故圭を殺そうとしなかったの？　圭とも関係を持っていたんじゃ……」

夫はいいや、と小声で云い、

「彼は圭がどんな気持ちで自分を見ていたか、充分に判っていた。恋愛の対象というよりは、憧れとしてしか見ていないということを——。圭はどこか子供っぽいところがあったようだしね。そういう部分はあっただろう。多分、彼女とはそれほど深い関係になかったはずだ。それに、恋敵であった弥生が殺されたとなれば、圭も精神的にダメージを受ける。それによって自分から離れていくと予想したんだろう。結果的にそうなったんだよね？　僕は圭はもう結婚したと聞いてるんだけど」

ええ、と答え、酷く気分が悪くなった私はテーブルにうつ伏せになった。

「彼に不都合なことは何も起こらずに十五年が経って、総ては巧くいった。彼の振るタクトは見事なカノンを響かせ、全員が主役であり本質的には誰も主演ではない芝居を成功させた。本当の主役は舞台の袖にいたんだよ。こっそりと、それでいて確実に芝居を操ってたんだ。つまり、龍太が殺人未遂犯でありながら殺人犯でなかったように、きみもまた殺人犯でありながらこの事件の真犯人じゃなかったってことさ」

体内に侵入した毒蟲でも吐き出すように乱暴な口調で云った。髪が手揉みされた和紙のようにくしゃくしゃになっていて、その髪の下には憂悶《ゆうもん》した表情が泛んでいる。

「実はね、僕がこうしてきみに話していることすらも彼の予想の範疇にあるんじゃないかって思っている。僕もきみや龍太と同じようにこの殺人劇の出演者に過ぎないんじゃないかって……もしかしたら、どこか物陰から僕が真相を暴くのを見ているんじゃないかなって。彼から事件のあらましを聞いたときから、僕も操られているんじゃないかって思うときがあるんだ」

初めてくぐもった弱気な声を出した。ぐったりと力の抜けた肩が淡い燈の中に落ちている。そんな夫を嘲笑っているかのように、ぼんやりとした燈を薄っすらと浴びて、足許のガラスと花片が火花のように光を散らした。

「事件の外側に立っていたいと思っていたんだけど、結局僕もその中に取り込まれてしまったみたいだね。いくらシステムを知ってもそれに抗うことはできないのかもしれないね……」

疲れ果てた声が夫の口から零れた。喋りすぎたせいだけではないだろう。

他人の意図通りに殺人を犯してしまった私には今の夫の気持ちが痛いほどよく判る。私が指揮者の思い通りに動き、殺人犯という役を演じさせられたように、夫も事件の総てを目撃する観察者として用意されたに過ぎないのかもしれない。私を襲っているのと同じ虚しさと屈辱と失望感が、夫にも大波となって押し寄せているのだろう。

だが、何かを決意するように固く唇を噛み締めて、

「そうだと判っていても僕は彼に抵抗したい。僕の一生は僕のものだし、今までの十五年は違ったかもしれないけれど、これから先の一生はきみだけのものだ」

一生という大袈裟な言葉を夫は何の衒《てら》いもなく云い放った。確かに大袈裟な言葉だが、それは自然に私の心に染み込んできた。時間を巻き戻し、時計を粉々に破壊し、水仙を無数に切り刻んだ彼の言葉だからこそ私の心はそれを素直に受け入れることができたのだ。いや、十五年もの間、総てを知りながらもこの日を待っていてくれた夫だからこそ信じられるのだ。

ただ、一つだけ判らないことがあった。

「ねえ、それなら、どうしてあの人は水仙を毎年持ってくるの？」

私は時計と水仙の墓場と化している床から目を逸らした。

夫はようやく顔色を元に戻し、声を落ち着かせて、

「当然、彼の計画が成功しない可能性もあった。彼の思惑、そしてきみたちの計画、それだけを抜き出せば致死量未満だったかもしれない。でも、総てが合わさって殺人は完遂してしまった。彼の企てのせいで。だから、水仙を持ってきてくれるのはそういう意味だと

思うよ。あの人も罪悪感はあったし、贖罪の思いはあるんだと思う。僕たちに喫茶店を紹介してくれたのもあの人だったろ？」

確かに私と夫は困難を乗り越えて、それなりの幸せを摑んだ。他人から見れば小さな幸せかもしれないが、人殺しには余りある幸福だ。

「あの人もあの人なりに十五年間、苦しんだんだ。自分の子供じみた計画がまさかここまで見事に成功してしまうとは思っていなかったんだろう。だから、僕たちを支援してくれた」

「そういえば、圭の今の旦那さんはあの人の紹介だったって聞いてるわ」

「だろうね。駄目になりかけた真佐人の就職も、あの人がお偉いさんに頭を下げて、何とかしたらしい。龍太にも何かしてあげたくて、行方を探していたんじゃないかな。結局、十五年、見つからなかったけれど……」

そこまで云い、夫は話し疲れた、というように首を回した。それが事件の終わりの合図だった。

私は確かに蜘蛛のように精緻に張り巡らされた偶然の糸に囚われていた。見せかけの偶然に絡め取られ、思いのままに操られる愚かな獲物だった。

だが、それはそれで構わないと思った。悪意ある偶然がただの女だった私を殺人者に仕立て上げ、その意図通りに操られ、大罪を犯したのは事実だろう。邪悪な意思が引いた設計図が存在していたのも本当だろう。しかし、いくら操られていたとはいえ、私が人を殺したのもまた動かし難い現実なのである。十五年の辛苦は負って当然の罰だという気がする。夫に罪を打ち明けなかったことを除けば私の十五年に後悔はないし、操った真犯人にも恨みはない。

それに、偶然は何も悪いものばかりではない。私と夫を引き合わせてくれたのも一つの偶然なのだから。しかも、事件の真犯人の意志とは無関係の。

私は椅子から腰を上げて、夫に寄った。窓の外の景色がちらりと目に入ってきた。いつの間にか雪は止んでいて、空も暴風を吹き続けるのに疲れたのか、溜息のような微かな風を吐き出しているだけである。

それを見ながら、私はこれから夫と話すことを考えていた。

今度はどんな時計がいい？

圭と真佐人に会いに行って総てを打ち明けたいんだけど、あなたも一緒に行ってくれる？

しかし、どの問いも意味を持たないだろう。夫は一つしか答えを返してこないだろうから。どうせ控え目な小さい声で、僕は別に、と云うに決まっている。どんな罰が待っているかは判らないが、その言葉さえあれば総てを素直に受け入れられるような気がした——。

クリスティーの囁き

作家
有栖川有栖

アガサ・クリスティーが耳許で囁くのを聴いたことがある。

場所は東京。二〇一三年七月九日の夕刻だった。

支離滅裂なことを言うな、と叱られそうなので急いでご説明すると、それは第三回アガサ・クリスティー賞の選考会でのことで、私は北上次郎さん、鴻巣友季子さん、小塚麻衣子さん（《ミステリマガジン》編集長・当時）のお三方とともに選考委員として末席に連なっていた。

それぞれに持ち味の異なる最終候補作の五篇について審査し、なんとか二篇に絞ったのだけれど、一長一短あって甲乙つけがたい。選考委員にとって最も苦しい状況となり、結果の報せを待っている候補者の胸中を想像すると胃のあたりが重くなった。

ミステリの女王が囁いたのは、そんな時だ。三沢陽一さんの作品のコピーをめくっていた私に、彼女は慈母のごとき優しい声で言った。

「（流暢な日本語で）まっすぐなミステリで楽しいわ。これになさい」

悩みすぎて幻聴を耳にしたのではなく、豁然《かつぜん》と思ったのだ。この作品は最もアガサ・クリスティー賞にふさわしい、と。それで心は固まったのだが、私がただちに選考会の流れを変える鋭い発言をしたわけではない。さらに討議に時間をかけた末に三沢作品への授賞が決まったのである。最終候補作の段階でのタイトルは『コンダクターを撃て』だったが、刊行に際して『致死量未満の殺人』に改題された。

その『致死量未満の殺人』の文庫解説なのだから、選考会で絶賛されてぶっちぎりで受賞しました、と書けば景気がいいのに、よけいなことを書いている、と思われるかもしれない。しかし、これは親本の巻末に掲載された選評にも書いたことだし、鴻巣さんはそこで「実は最初の総合点は僅差ながら受賞作が最も低かったのです」と明かしていて、おまけにその事実を私は贈賞式の講評で述べた。私が作者の三沢さんなら、「滑り込みで受賞したみたいに言わないで」と思ったかもしれないが――。

小説というのは面白い。講評を終え、ほっとして壇上から下りた私は、パーティにいらしていた何人もの方に「興味深いお話でした」「受賞作が読みたくなりました」と声を掛けられた。満場一致の即決で選ばれたのではなく、候補作についてあれこれ論じているうちに評価が上がり、ついにはトップに立ってゴールインした、という経緯がかえって「読んでみたい」と読書欲をそそったらしい。ある編集者の方は、「そういうことって、新人賞でありますね。あるんですよ」ときっぱりおっしゃった。

抽象的な表現になって判りにくいかもしれないが、小説だけでなく人間にだって当て嵌まる現象だろう。新人賞の選考会というのは、デビュー後もずっと活躍してくれる新しい才能を探すのが目的だから、第一印象だけで受賞作を選ぶのではなく、前から横から斜めから近くから遠くから候補作と向き合って判定を下さなくてはならない。だから時間をかけて選ばれた作品は、えてして強いのだ（もちろん、第一印象が素晴らしく、よくよく見たらなお素晴らしい、という人や作品もあるけれど）。

『致死量未満の殺人』は、毒殺トリックを核にした作品だ。そのモチーフに絡めて言うならば、作品自体はじわじわと効いてくる遅効性のクスリである。やがてそれは全身に行き渡って、読む者の心をしっかりと摑んでしまう。毒殺はクリスティー作品によく登場するが、だから「クリスティー賞にふさわしい」と安易に考えたわけではない。

「弥生を殺したのは俺だよ」

こんな台詞で幕が上がるから、犯人を読者に明かして物語が進む倒叙ミステリかと思いきや、〈俺〉が語る十五年前の事件の顚末はいかにも古典的な本格ミステリとなる。雪に閉ざされた山荘に集まった大学のゼミ仲間五人。みんなが同じものを飲んで食べて過ごしていたのに、女子学生の一人・弥生が服毒死する。その場にいた四人の男女は、彼女に対してそれぞれ形の違う憎悪を抱いていた。警察がたどり着くのを待てずに四人は犯人を推理し合う。〈何故に？〉は謎ではなかったが、いくらディスカッションをしても〈誰が？〉と〈どうやって？〉は解けなかった——。

　さながらクリスティーの名作「ねずみとり」を思わせる舞台設定だ。毒殺についても前述のとおりで、さらに過去の事件を掘り起こす、という趣向もクリスティーっぽい。外界から孤立した殺人現場（クローズド・サークル）、毒殺トリック、未解決に終わった過去の事件の推理。本格ミステリでは御馴染みのモチーフばかりだが、これらを三ついっぺんに扱うのは困難を伴う。①描けるスペースも登場人物も狭く限定されているし、②誰がいつどうやって何に毒物を投じたのかを細かく検討しなくてはならないし、③探偵役は関係者から話を訊くより捜査の仕様がないから、地味で窮屈になりがちなのだ。①は犯人探しの本格ものには都合がいいとしても、②と③を同時にやってしまうのはきつい。

　それでも作者はその困難に果敢に挑んで食い下がった。ただチャレンジしただけでなく、意外な方法で成功させてしまうのだから大したものである。毒物がいつどこでどうやって被害者の口に入ったのかをつぶさに検証するパートは込み入っているが、じっくりお読みいただきたい。舞台のミステリ劇を鑑賞する面白さが味わえるし、混乱しそうになったら演劇と違って便利なことに前のページを読み返せる。

　しかし、〈誰が？〉〈どうやって？〉を命題とする古典的なスタイルに則ったミステリのようなのに、読者は序章の冒頭で「俺だよ」という時効成立直前の告白を聞いている。それを真犯人の自供と素直に受け取り、〈どうやって?〉だけが解くべき謎になるのかというと……これがそう単純な話ではないところが面白い。

二段構え、三段構えの仕掛けが施してあるので、内容について多弁を弄するのは控えよう。うっかり口を滑らせてしまってはこれから本篇を読もうとしている方にも作者にも申し訳ない。

思いついた大技のトリック一発で勝負したのではなく、いくつものトリック・アイディアを巧みに組み合わせて書かれた作品であることは読めばお判りいただけるだろう。クリスティーだけでなく古今東西の本格ミステリを読み込み、そのテクニックを学んだ人なのだな、と思いながら作者のプロフィールを聞いたら東北大学ミステリ研究会に所属していたとのこと。さもありなん。

一九八〇年生まれの作者は、クリスティーら本格ミステリ黄金期の作品ばかりを読み漁っていたはずもない。《ミステリマガジン》二〇一四年一月号に載った受賞の記念対談で三沢さんからお話を伺ったところによると、やはり高校時代から日本の新本格ミステリもお読みだった。ただ、新本格も好きではあるけれど、もっと古い作品に「どうしてもさかのぼりたくなる」のだとか。そして、ご自身の作品に「新古典派」というキャッチフレーズをつけてみせてくれた。これには共感するところ大だった。

　私は一九五九年生まれで、時代遅れと見られがちだった本格ミステリを再興させた新本格の第一世代と呼ばれることもある。これは私に限らないことだと思うのだが、新本格派の作家は自分たちの本格を愛読してもらうことに感謝はすれど、「これからも新本格だけをたくさん読んでください」という意識が希薄で、「私たちが夢中になり、お手本としている本格ミステリの古典的名作も楽しんでもらいたい」と希望した。さかのぼると本格の楽しさが広がりますよ、というアピールなのだが、読者にすれば「そこまで手が回らないよ」ということも多いだろうし、「新本格の方が面白い」と言う声も聞いた。後者はまことにありがたいのだが予想しなかった事態で、本格ミステリの系譜に自分たちが断層を作ることになろうとは、と戸惑いもした。

　これは当然のことで、人間に与えられた時間は有限だから仕方がない。そのうち読み手ばかりではなく、書き手にも「新本格で本格ミステリの面白さを知った。古い名作は読み切れていない」という人が現われ、五十数年も生きると状況はがらりと変わるのだ、と実感せずにいられなかった。

　しかし、新しい読み手書き手に様々な人がいて、とうとう三沢さんのように新古典派を標榜する作家が出てきた。前記の対談の中で、私はそれを「レボリューション」と評している。革命と訳される revolution の語源は、「後ろへ回転すること・巻き戻し」だと聞き齧ったことがある。まだ見ぬ新しいものを先取りするのではなく、色々あってこうなったという現状をひっくり返して、本来の姿へ立ち返ることこそを革命と捉えると、新古典派は歓迎すべきものだ。

本格ミステリとは、私にとって常に古くて常に新しいものである。孔子の言う温故知新でもない。それは、故きを温めることで新しきと出会ってしまうものなのだ。三沢さんが新古典派を確立する助けとなるのなら、私は一命を擲《なげう》ってもよい。

――などと思うはずもないのに、三沢さんに殺されてしまった。実在の作家や評論家が実名で登場する受賞第一作『アガサ・クリスティー賞殺人事件』（このテーマは早川書房の編集部から課されたもの）の中で、被害者となってしまったのである。どういうことか、と気になった方は同書をお読みください。遊び心に満ちているだけでなく、次々に繰り出されるアイディアから作者の多芸ぶりが確かめられる。

三沢さんはデビューから二年と経たないうちにポップな青春ミステリの第三作『不機嫌なスピッツの公式』（富士見L文庫）、連城三紀彦氏ばりの情念ミステリの第四作『華を殺す』（KADOKAWA）と快調に世に送り、早川書房で刊行予定のお酒にまつわる連作短篇もやがてまとまるだろう。これも対談で伺っていたが、三沢さんは本格ミステリだけを専門としているのではなく、エンターテインメントの広い範囲で筆を振える書き手なのだ。

これから書いてみたいものとして「密室や誘拐、街を巻き込むパニックもの」などがあるそうだが、「それを本格の形でやりつつも、ちょっと新しいものをとりこんでいこうかなと思っている」という。どんな作品になるのか楽しみだ。

たった今、私の耳許で再びクリスティーが囁いた気がする。

「ほら、私の言うとおりにしてよかったでしょう」

本書は、二〇一三年十月に早川書房より単行本として
刊行された作品を文庫化したものです。

著者略歴　1980年長野県生，東北大学大学院法学研究科修士課程修了，作家　2013年に本書（『コンダクターを撃て』改題）で第3回アガサ・クリスティー賞を受賞　著書『アガサ・クリスティー賞殺人事件』（早川書房刊）『不機嫌なスピッツの公式』『華を殺す』

HM=Hayakawa Mystery
SF=Science Fiction
JA=Japanese Author
NV=Novel
NF=Nonfiction
FT=Fantasy

致《ち》死量《しりょう》未満《みまん》の殺人《さつじん》

〈JA1204〉

二〇一五年九月二十日　印刷
二〇一五年九月二十五日　発行

（定価はカバーに表示してあります）

著者　三《み》沢《さわ》陽《よう》一《いち》
発行者　早川浩
印刷者　草刈龍平
発行所　株式会社　早川書房

郵便番号　一〇一 - 〇〇四六
東京都千代田区神田多町二ノ二
電話　〇三 - 三二五二 - 三一一一（大代表）
振替　〇〇一六〇 - 三 - 四七七九九
http://www.hayakawa-online.co.jp

乱丁・落丁本は小社制作部宛お送り下さい。
送料小社負担にてお取りかえいたします。

印刷・中央精版印刷株式会社　製本・株式会社川島製本所

ISBN978-4-15-031204-6 C0193

本書は活字が大きく読みやすい〈トールサイズ〉です。